A CRIATURA

THE ONLY CHILD
Copyright © 2017 by Andrew Pyper
Enterprises, Inc.

Todos os direitos reservados.

Tradução para a língua portuguesa
© Cláudia Guimarães, 2019

Diretor Editorial
Christiano Menezes

Diretor Comercial
Chico de Assis

Gerente Comercial
Giselle Leitão

Gerente de Marketing Digital
Mike Ribera

Editores
Bruno Dorigatti
Raquel Moritz

Editores Assistentes
Lielson Zeni
Nilsen Silva

Capa e Projeto Gráfico
Retina 78

Designers Assistentes
Arthur Moraes
Flavia Castro

Finalização
Sandro Tagliamento

Revisores
Ana Kronemberger
Isadora Torres
Marlon Magno

Impressão e acabamento
Ipsis Gráfica

DADOS INTERNACIONAIS DE CATALOGAÇÃO NA PUBLICAÇÃO (CIP)
Angélica Ilacqua CRB-8/7057

Pyper, Andrew
 A criatura / Andrew Pyper ; tradução de Cláudia Guimarães.
— Rio de Janeiro : DarkSide Books, 2019.
 304 p.

 ISBN: 978-85-9454-105-5
 Título original: The Only Child

 1. Ficção norte-americana 2. Ficção gótica (Gênero literário)
 3. Contos de terror I. Título II. Guimarães, Cláudia

18-0161   CDD 813.6

Índices para catálogo sistemático:

1. Ficção norte-americana

[2019]
Todos os direitos desta edição reservados à
***DarkSide**® Entretenimento LTDA.*
Rua Alcântara Machado, 36, sala 601, Centro
20081-010 — Rio de Janeiro — RJ — Brasil
www.darksidebooks.com

Andrew Pyper
—A—
CRIATURA

TRADUÇÃO
CLÁUDIA GUIMARÃES

DARKSIDE

Para Heidi, Maude e Ford

"*Não acha que existem coisas que não compreende, mas são reais? Não acredita que pessoas podem ver coisas que outras não conseguem? [...] O mal da ciência é querer explicar tudo e, se não consegue, diz não ter explicação.*"

BRAM STOKER
Drácula

A CRIATURA

PARTE 1

O NOVO MUNDO

—A—
CRIATURA
ANDREW PYPER

CAPÍTULO 1

Ela foi acordada pelo monstro que batia à porta.

Lily, mais que qualquer um, sabe como é pouco provável que isso esteja realmente acontecendo. Em todos os seus anos de estudo, e agora com o trabalho nos tribunais, dando seu depoimento como especialista em estados psicológicos, ela aprendeu o quão duvidosas podem ser as lembranças de uma criança. E ela só tinha seis anos quando aconteceu. A idade em que certas coisas ficam presas na rede da memória real, com outras coisas que você diz a si próprio que aconteceram, mas são, na verdade, inventadas, transformadas em convincentes pedacinhos de sonhos.

O que se sabe comprovadamente é que Lily, aos seis anos, era pequena para sua idade, tinha olhos verdes e cabelos negros lisos enredados em um ninho. Que era a única sobrevivente. E havia um cadáver, claro. O de sua mãe.

Ela relê os documentos apresentados pelas autoridades da mesma maneira que outras pessoas voltam a velhas cartas de amor ou álbuns com fotos de família, rastreando os contornos dos rostos. É um ato de recordação, mas também algo mais. Ela está em busca do elo perdido. Porque, apesar de os relatórios do legista e da polícia serem conclusivos o bastante, plausíveis o bastante, ela consegue perceber que os fatos haviam sido exagerados para se conectarem a outros fatos, com longos fios de especulação entre eles. Foi uma história montada para encerrar um caso. Uma terrível narrativa sobre o ataque de um animal do norte, contudo, nem um pouco inédita: uma criatura de tamanho considerável — um urso, isso era quase certo, atraído pelos odores de carne assada e suor humano — invadira o chalé a cerca de duzentos quilômetros do Círculo Polar Ártico, no Alasca, e destroçara a mãe dela, poupando Lily, oculta em seu quarto, onde ela se escondera dos gritos.

Aceitável à primeira vista, como tais histórias são criadas para ser. Ainda assim, havia tanta coisa que não se sabia, que acabava sendo uma narrativa que desabava ante a menor estocada. Por que, por exemplo, o urso não havia comido a mãe? Para onde ele poderia ter ido, já que os caçadores que foram procurá-lo apenas um dia depois não conseguiram encontrar seus rastros?

E a parte mais intrigante: como ela havia conseguido escapar da floresta?

A uma distância de quase cinco quilômetros da única estrada que levava, depois de duas horas de carro, a Fairbanks, a trilha para o chalé era um conjunto de sulcos lamacentos no verão. Mas, nas profundezas abaixo de zero de fevereiro, ela se tornava inacessível, exceto para um veículo especial para a neve, e a Kawasaki de sua mãe permanecera intocada no local. Quando e por que a menina havia deixado o chalé? Como havia conseguido atravessar o bosque sozinha?

No ano em que completou três décadas de vida, Lily passou suas férias de verão investigando por conta própria. Ela foi até o norte para ver o chalé e, a partir dali, atravessou um bosque de faias até o trailer que sua mãe chamava de "o lugar secreto" delas. Ela conversou com todas as pessoas citadas nos relatórios que conseguiu encontrar.

Foi assim que acabou conhecendo um dos caçadores que havia auxiliado no caso. Um idoso que descansava na cama de um asilo para indígenas em Anchorage, ao lado de quem ela havia se sentado, na ocasião. Um homem velho o bastante para não ter nada a perder, grato pela visita de uma jovem.

"Meu nome é Lily", disse ela.

"Lily Dominick? Quando eu era uma menininha..."

"Eu me lembro de você."

"Você se lembra?"

"Aquela que não foi tocada pelo urso." Ele balançou a cabeça numa espécie de alegria triste, como se lembrasse de uma brincadeira que não deu certo. "Só que não era um urso."

"Como você sabe?"

"Marcas na neve", respondeu ele, mexendo os dedos para indicar pernas. "Do chalé até algumas bétulas a cerca de meio quilômetro de distância. E nenhuma pegada de urso."

"Isso não estava no relatório."

"Não estaria. Eu falei disso com aquele idiota de uniforme — o investigador federal —, mas ele nem se preocupou em olhar, disse que a neve tinha apagado tudo. Mas eu vi bem. Não de uma máquina, não de sapatos de neve. Não de botas."

"Do quê, então?"

Ele sorriu, deixando à mostra a meia dúzia de tocos de dente. "O que mais parecia? O que eu disse ao idiota de uniforme? Um cavalo."

"Um cavalo", repetiu Lily. Não era uma pergunta. Era para ouvir de sua própria boca algo impossível e que ela, no fundo, já sabia.

"Os caras de uniforme nunca colocaram isso em nenhum relatório. 'Para evitar constrangimentos.' Da minha parte, acredito", disse o velho homem. "Porque não há cavalos selvagens no Alasca. E nenhum cavalo de criação teria conseguido atravessar uma neve tão espessa, mesmo que alguém o rebocasse até lá. Ele não teria conseguido *chegar* lá, o que significa que não teria conseguido *sair* de lá."

Isso deixava a pergunta sobre o que havia acontecido para ser respondida por uma hipótese apoiada por uma colcha de retalhos do que fora apurado na cena do crime e em depoimentos de especialistas em comportamento animal. Lily não ajudou muito. Tinha sido considerada pouco confiável devido a sua idade e traumatizada pelo choque da perda de sua mãe. O que tornou sua versão dos fatos ainda mais inaceitável era que ela obviamente havia criado uma fantasia. Ela descreveu a forma escura de um demônio curvado sobre o corpo de sua mãe, seguida pela aparição de uma criatura mágica que a levou nas costas até o bosque. Como agora era psiquiatra, Lily sabia que isso era verdade: as crianças inventam coisas o tempo todo, não apenas por prazer, mas, às vezes, para sobreviver.

Ainda hoje ela se "lembra" de coisas daquela noite. Um punhado de detalhes, recordados com a clareza de acontecimentos vividos.

Ela foi acordada pelo monstro que batia à porta.

Ela pensa nele dessa maneira, como um monstro, porque ela sabe que não era um urso. Porque ursos não batem antes de entrar. Porque a diferença entre animais e pessoas é que animais não cometem assassinatos, eles caçam.

Porque ela o viu.

—A— CRIATURA
ANDREW PYPER

CAPÍTULO 2

Não importa o tempo que faça, a dra. Lily Dominick vai a pé para o trabalho todos os dias. Subindo a Segunda Avenida, saindo de seu apartamento e atravessando a ponte Robert F. Kennedy até as vastas superfícies de quadras de esporte e *campi* institucionais da ilha Randall. A partir dali, o caminho mais curto para o Centro Psiquiátrico Judicial Kirby seria a estrada secundária que passa debaixo da interestadual, mas Lily se mantém junto ao rio, tendo por companhia apenas os corredores mais dedicados e algumas babás entediadas empurrando carrinhos. Leva mais tempo, mas ela sempre chega cedo. Não há nada em sua vida que pode atrasá-la.

Nesta manhã, uma maravilha de céu azul de outubro, ela faz uma pausa para olhar a ilha de Manhattan, que invariavelmente, da perspectiva de quem olha na direção sul, a faz pensar em uma turma de escola enfileirada por ordem de altura: os atarracados prédios de apartamentos e conjuntos habitacionais que vão se elevando até as exibidas torres do centro da cidade. Mesmo assim, não é essa a vista que prende sua atenção. Ela olha para o outro lado das águas agitadas, para o menor prédio de todos — bem ali, a sua frente, onde teve de ficar de pé, cercada de estranhos nas fotos escolares de sua adolescência — e tenta analisar a si própria, da mesma maneira que faria com os acusados que interroga em seu trabalho.

Por que você está pensando no chalé hoje?

Por causa do meu sonho na noite passada.

O velho sonho. Aquele que há anos você não tinha.

Sim, já faz algum tempo.

O sonho de cavalgar um cavalo branco através do bosque depois da morte de sua mãe?

Não da "morte". Do assassinato. E não acho que tenha sido um sonho. Não acho que tenha sido um cavalo.

Ainda hoje? Você acha que realmente aconteceu? Você ainda acredita em mágica?

Lily não tem uma resposta para essas últimas perguntas. O que a deixa em uma situação parecida com a da maioria dos seus clientes. Eles podem contar o que viram, como fizeram, que argumentos as vozes dentro deles apresentaram. Mas será que tudo aconteceu mesmo? É como perguntar a uma criança se a criatura que vive embaixo de sua cama é real.

Ela tem um dom para o serviço. Algo que vai além de seus desempenhos excepcionais nas provas e da obsessão com o trabalho, algo confundido com ambição, mas que era, na verdade, o bem-estar que sentia caminhando pelos corredores do hospício. Ela encontra música nos palavrões gritados e nos gemidos infernais que vêm das celas. E há os clientes. Mutiladores, perseguidores, adoradores de suas próprias igrejas de magia negra. Almas malignas que a maioria das pessoas, seus colegas, inclusive, considera além de qualquer compreensão. Lily, no entanto, não vê as coisas dessa forma. Ela consegue entrar nas florestas queimadas e nas cidades destruídas que são as mentes deles e encontrar a trilha de suas intenções, o cerne de seus desejos, enterrados sob cinza e pedras.

"Por que você fez isso?" É a pergunta final dela, na maior parte das entrevistas.

"Não sei", responde o assassino ou o estuprador.

"Eu sei", diz Lily.

Ela começa a andar de novo, na direção dos muros claros do Kirby, à frente, sua falta de beleza e enormidade que nem tentam disfarçar o fato de ali ser uma casa de loucos. A maior parte das pessoas com quem ela trabalha, os assistentes sociais e enfermeiros, costuma dizer que o prédio é horroroso, ou, como um procurador de gravata-borboleta que costuma dar em cima dela, sendo sempre rejeitado, gosta de dizer, "o Pandemônio nos Portões do Inferno". Lily discordava totalmente. Era verdade que ela trabalhava em um lugar para onde ninguém quer ir. Por isso achava sua aparência arquitetonicamente honesta. Havia um motivo para se parecer com o inferno.

Havia muitos outros empregos aos quais Lily poderia ter se candidatado, posições menos exigentes, em que ela enviaria criminosos violentos para instituições públicas como o Kirby sem ter de lidar diretamente com eles. Sã e salva. Mas nunca desejou isso. Era satisfatório encontrar algo com o qual sentisse afinidade na sala de aula da universidade, mas, assim que começou no Kirby, ela achou eletrizante a prática de sua profissão. Lily tinha um talento especial para ouvir ecos das vozes demoníacas nos pensamentos de seus clientes, uma espécie de empatia que seu supervisor, dr. Edmundston, acreditava destiná-la a um sucesso ainda maior do que ela já conhecera, ainda que admitisse que isso o deixava um pouco assustado. Às vezes, Lily também se sentia um pouco assustada. Mas, apesar de o Kirby representar o lugar mais imundo da prática psiquiátrica, Lily havia encontrado ali tudo de que precisava. Ela ganhava mais do que o suficiente para uma mulher solteira que não saía muito em um apartamento mediano. E nunca quis que seu trabalho fosse seguro.

Não se podia admitir isso, não era profissional, era errado, mas Lily se sente estimulada, quase excitada, ao vislumbrar as mentes mais doentias. É como olhar para a beira de um precipício. Se você chegar muito perto, pode sentir como seria dar mais um passo e ver o mundo sumir sob seus pés.

Uma mulher vem correndo em sua direção. Não muito diferente dos maratonistas emaciados que dão voltas pela cidade, noite e dia. Normalmente passam sem se dar conta da presença dela. Mas aquela mulher, com os cabelos escuros presos numa trança que bate em um ombro e depois no outro a cada passada, olha diretamente para ela.

Havia apenas duas fotos, ao menos que ela conhecesse, quadrados brilhantes saídos dos lábios de câmeras Polaroid. Retratos de uma mulher que Lily comparava com ela mesma, nos quais às vezes se via, às vezes não. Mas, quando a corredora olha para trás ao passar, Lily a reconhece.

Aquela mulher que corre é idêntica a sua mãe.

–A–
CRIATURA
ANDREW PYPER

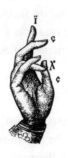

CAPÍTULO 3

O que você é? Alguma espécie de louca?

A dra. Lily Dominick digita seu código de segurança na entrada de funcionários, enquanto edita, em sua cabeça, a acusação que havia surgido em sua mente.

O que você é? Alguma espécie...

Alguma espécie de quê?

Como a diretora assistente de Psiquiatria Judicial em uma das principais instituições de segurança máxima do país se diagnosticaria? Ela sabe ao menos por onde começar. Sintomas. Primeiro, um sonho da noite anterior, no qual ela era resgatada no dorso de um animal branco. Essa manhã, a lembrança de um monstro de pé numa poça de sangue na porta do chalé. E, agora há pouco, a alucinação de ver sua mãe no rosto de uma desconhecida.

Ela não consegue fazer isso. É impossível para Lily ver a si mesma como uma cliente, porque não há qualquer dúvida em sua mente de que ela é fundamentalmente sã. Dada a crises de ansiedade em ocasiões sociais, mais reservada com suas emoções do que deveria ser, funcionalmente assexuada por períodos mais longos do que gostaria, mas clinicamente normal. Essas visões eram apenas um sinal de sua personalidade criativa, ela dizia para si mesma, não um transtorno registrado em sua bíblia, *Avaliação Judicial de Saúde Mental*, segunda edição. *Não sou eu*, pensa Lily quando a porta se abre com um sinal, permitindo que ela entre em Kirby. *Há algo de diferente no mundo hoje.* Algo que está aqui. Aqui dentro.

As sapatilhas de couro, que havia calçado no banheiro, no lugar dos tênis, ecoam no piso de mármore. Ela escolhe o conforto em lugar dos centímetros adicionais que um sapato de salto lhe proporcionaria. Quando está perfeitamente ereta, Lily mede um metro e sessenta e dois. Ela não é pequena apenas em termos de altura, mas proporcionalmente: dedos finos, quadris estreitos, orelhas diminutas. Por toda a sua vida foi chamada de *petite*, um termo que a fez odiar o francês. Ainda assim, ela tem consciência de que algumas de suas escolhas reforçam, de alguma forma, o estereótipo. Os terninhos feitos sob medida, os óculos redondos de aro de tartaruga, os cabelos negros cortados em um chanel curto. Ela é, ao mesmo tempo, compacta e severa, o tipo que tanto homens como mulheres tendem a classificar como "intensa". Mas havia algo de sedutor em sua intensidade, algo que muitos outros viam, mesmo que fosse invisível para ela. Não era bem um convite, mas ela trazia a promessa de uma descoberta extraordinária, um presente admirável a ser compartilhado, se apenas fosse possível encontrar a chave que a abria.

Dando bom-dia aos colegas que passam, ela entra no elevador que leva ao seu escritório, o tempo todo dizendo para aquela vozinha interior se calar. A voz lhe pertence, mas é diferente da sua. É aquele demoniozinho irritante que todos nós temos — Lily, no fundo uma freudiana sentimental, acredita nisso —, que precisa ser domado de tempos em tempos.

Inadequada. Os outros não percebiam que estava lá, essa outra parte dela, maníaca e com um riso de escárnio.

Lily abre a porta da antessala atulhada, onde fica a mesa de sua assistente Denise, cercada de arquivos altos e uma triste cadeira com uma cratera no assento. Só de olhar, ela percebe que Denise tem novidades. Aquela expressão que denuncia o fato de haver algo particularmente saboroso para ser compartilhado. As sobrancelhas erguidas e seus grandes brincos em movimento, sinal de que ela acabara de balançar a cabeça, incrédula.

"Faça-me um favor, fique parada aqui um pouco", diz ela ao entregar a pasta de um caso a Lily. "Quero ver sua cara quando você ler o que esse aí fez."

"Não podíamos começar com um bom-dia?"

"Você é que vai ter um bom dia. Vá, leia."

"Você sabe que esses arquivos são confidenciais, não sabe?"

"Sei manter segredo." Denise faz o sinal de fechar um zíper sobre os lábios.

Lily olha para a pasta e vê que não há nome na etiqueta de identificação na capa, apenas um número. Não é raro aparecerem clientes que não sabem quem são ou que apenas não querem passar essa informação à polícia. Mas esse arquivo tem algo de diferente. Um calor vibrante que atravessa o papel rígido e chega a seus dedos.

"O que ele fez?", pergunta Lily.

Denise se levanta para sussurrar. "Para ser sincera, não quero dizer."

"Por que não?"

"Porque é muito... anormal."

"E isso surpreende você? Olhe ao seu redor. Estamos na fábrica da anormalidade."

Saiu antes que Lily se desse conta. *Fábrica da anormalidade*? Era o tipo de coisa que Denise falava, e que Lily sempre desaprovava. Mas, nesta manhã, a frase pertence a ela.

"Nesse ponto você tem razão", diz Denise.

—A—
CRIATURA
ANDREW PYPER

CAPÍTULO 4

O homem está a sua espera. O arquivo não tem muito a dizer, além de sua falta de nome, a descrição do crime violento pelo qual foi preso e a observação de ele estar estranhamente calmo no momento da prisão. Ele está sentado à mesa de aço, as mãos sobre os joelhos. Na foto tirada pela polícia, seu olhar firme sugeria motivos inimagináveis. Agora, a três passos de distância, ele olha para Lily, e ela não tem a menor ideia sobre o que se passa na cabeça dele, ainda que o consiga sentir entrando em sua mente para tentar descobrir seus pensamentos.

Psicopata.

Havia muitas palavras que não deveriam ser usadas que sua segunda voz adorava sussurrar em seu ouvido. "Psicopata" era uma delas. Nunca se dizia isso deles. Nos poucos anos de sua carreira relativamente recente, ela observara os pacientes — não, isso também havia mudado, agora eles eram *clientes* — e as palavras imputadas a eles iam e vinham, como se levadas por ondas. *Bipolar* para o que um dia fora insano, *alto risco* para os perigosos.

Mas a verdade — a verdade que não podia ser dita por alguém na posição da dra. Lily Dominick — é que aqueles enviados ao Kirby eram todos psicopatas, todos perigosos à sua maneira.

Este não é muito diferente dos outros.

Lily fecha a porta de segurança atrás de si, deixando a mão pousada sobre a maçaneta por um segundo a mais que o necessário, para evitar o olhar do homem.

Anormal.

É preciso estar preparado na presença de pessoas assim, mesmo que as pernas delas estejam acorrentadas a uma mesa aparafusada no chão. Elas podem ser tão trapaceiras nas coisas que dizem como nas coisas que fazem. Mas esse homem — há alguns segundos, um número em um arquivo; agora, real — é alguém que fez uma coisa horrível e que, no momento em que ela ergue seus olhos, a encara, transmitindo algo ao mesmo tempo brutal e sereno. O olhar que eles compartilham é estranhamente íntimo, o tipo de olhar que ela imagina ser trocado por amantes. É uma das coisas que torna esse sujeito diferente dos outros. Provavelmente é isso o que o torna perigoso, mais até do que outros psicopatas acorrentados a mesas com que ela se defronta nessas salas que cheiram a, e têm a cor de, ervilhas cozidas.

Lily se recorda do que foi fazer ali. Isso sempre ajuda. Quando entra nessas salas, seus sentimentos são forçados a desaparecer. Há apenas as perguntas que ela faz e a maneira como eles respondem.

Foi isto o que a atraiu, inicialmente, na psiquiatria criminal: Lily não trata seus clientes, ela os avalia. Não há qualquer obrigação de prescrever remédios ou curar, apenas de classificar, chegar a uma conclusão sobre a capacidade deles de fazer a coisa terrível da qual são acusados, bem como de reconhecer ou não que é terrível. Ela apresenta suas perguntas e eles respondem, ou ficam em silêncio, ou vomitam bile do outro lado da mesa de aço, nas entranhas desse edifício mais presídio que hospital. Às vezes, o cuspe acerta a sua pele.

Ela solta a maçaneta, dá um passo adiante e se dá conta, pela segunda vez, de que aquela manhã não será tranquila.

O homem ali sentado, meio que sorrindo para ela, *é* diferente dos outros. Como ela pode afirmar isso? Não se trata de seu rosto, nem de seu corpo. Ambos são agradáveis, ainda que de uma maneira não convencional. A força esbelta e o peito largo de um nadador, uma força que Lily pode ver mesmo nos dedos entrelaçados de suas grandes mãos. Suas bochechas, maxilar e queixo são definidos, a pele esticada contra os ossos. Ela calcula que ele nasceu em um país estrangeiro, mas não consegue imaginar a que lugar pertencem aqueles traços.

O que realmente o destaca são os olhos. Grandes e profundos, vivos, de uma sagacidade animal. Íris cinzentas, quase completamente engolidas por pupilas negras. Olhos que comunicam múltiplos pensamentos simultâneos, ainda que, na aparência, permaneçam suaves, piscando com um senso de humor compartilhado. Os olhos não o tornam melhor nem pior que os outros, nem necessariamente são. Certamente não inocente. Apenas diferente.

"Qual foi o nome que me deram?"

Um sotaque impossível de identificar. Lily tenta alinhá-lo com uma cultura, um continente, mas tem a sensação de que é uma mistura de lugares e classes sociais. Há Leste Europeu em sua base, depois um operário russo, com um traço do Nordeste dos Estados Unidos, o inglês de Oxford na versão de um clube de discussão da Ivy League. Ela monta todo esse quebra-cabeça com base em meia dúzia de palavras.

Ele pigarreia. Lily ainda não o respondeu. Ela não dirá nada até que ele fale de novo.

"Seus papéis", diz ele, apontando com o queixo para o arquivo que ela tem sob o braço. "Estou curioso. Como vocês se referem neste lugar àqueles que não têm nome?"

"Designamos um número temporário para eles. Até descobrirmos a identidade do cliente."

"E se vocês não descobrirem?"

"Todos têm um nome."
"Você está enganada, doutora."
Ele traz à memória dela um de seus professores da pós-graduação. A maneira como a questionava, de modo a levá-la a novas conclusões. No caso do professor, ela se deu conta tarde demais de que era uma forma sutil de flerte. Com aquele homem ela tem certeza de que não se trata disso. Por outro lado, teve a mesma certeza com relação ao professor.
"Você não trazia qualquer documento de identificação quando foi preso", retruca ela. "E se recusou a ajudar os policiais dizendo quem é. Mas isso não significa que você não tenha um nome."
O homem sorri. Uma simples mudança em sua expressão, que faz Lily se sentir — o quê? Inquieta. Tonta e com o coração acelerado, a princípio uma reação ao charme sedutor, algo que logo se torna desagradável, a náusea que antecede o vômito.
"Talvez você possa me ajudar", sugere ele.
"Ajudar você?"
"Você é médica, certo?"
"Certo."
"Isso acarreta obrigações profissionais para aqueles como eu."
"Como você?"
"Os acusados." Ele dá de ombros, fazendo um ruído como se alisasse lençóis por dentro de sua camisa. "Os perversos."
"Como você descreveria sua doença?"
"Eu disse 'perverso', não 'doente'."
"Sua perversidade, então."
"Estou acostumado demais com ela para descrevê-la."
"Então você acha que meu trabalho é explicá-la a você?"
"Não. Quero sua ajuda em um problema completamente diferente."
"E qual seria?"
Ele sorri de novo. E, mais uma vez, ela se sente indefesa, da mesma maneira poderosamente perturbadora de antes.

"Talvez você possa resolver o problema da ausência de um nome para mim", diz ele.

Um brincalhão. Um convite irritante para um jogo inofensivo. No entanto, há também uma autoridade imperiosa em suas palavras. Suaves, gentis, mas que chegam a Lily como uma ordem. A voz dele é tão persuasiva que é quase física.

Lily fecha os olhos. Abre-os.

Isso dispersa o feitiço dele. Não que ela ache que aquele homem é mágico ou coisa do gênero. "Feitiço" é a única palavra que vem a sua mente.

"Podemos falar do motivo de você estar aqui?", pergunta ela.

"Claro." Ele ri, um rosnado de fumante. "Mas é um pouco estranho conversar com você desse jeito."

"De que jeito?"

Ele aponta em direção à cadeira vazia do outro lado da mesa, a sua frente. "Você de pé e eu sentado. É uma situação que, entre outras coisas, considero muito pouco cavalheiresca." Ele sacode as pernas, e as correntes em torno de seus tornozelos se agitam e tilintam. "Eu levantaria, mas meus limites não permitem."

"Está bem. Vou sentar, então", diz Lily, mas ela não se move.

Pouco cavalheiresca.

A expressão a detém. Lily aposta que nunca foi pronunciada naquela sala. Ela teria esperado um tom de sarcasmo, dado o lugar onde estão, dada a situação complicada em que o homem se encontra, mas ele está claramente falando sério. Um cavalheiro. É assim que ele se vê, é assim que ele quer que ela o veja. Só isso bastaria para fazer dele um caso interessante, se o turbilhão de outras observações em sua cabeça já não houvesse feito isso.

"Vou sentar", repete ela, e dessa vez realmente se senta.

Ela abre o arquivo. Ele olha para ela. Ela está tão consciente do olhar dele que as letras dançam nas páginas.

Chega de babaquice, sua segunda voz lhe diz. *Você está parecendo mais doida que ele.*

Controle. Lily considera esse o seu maior talento. Ela esteve nesta sala com homens que prometeram matá-la, confessaram atos indescritíveis entre acessos de riso, disseram coisas tão abjetas que ela teve de tomar um banho assim que saiu dali. Uns dois deles chegaram a fasciná-la por alguns momentos, até que ela finalmente encontrou o alçapão que eles mereciam em um dos manuais de diagnóstico, percebendo que aquele fascínio era apenas o entusiasmo passageiro do desafio profissional. Passando por tudo aquilo, por todos aqueles condenados, ela havia mantido o controle.

Mas agora, com aquele homem, ela sente algo totalmente diferente. Não é medo, mas a agitação que se experimenta quando se está perto de alguém capaz de uma violência imprevisível. Já percebeu que ele é inteligente, que é preciso estar preparada para surpresas desagradáveis. Ainda assim, sua excitação não é aquela que se tem quando se está diante de um adversário respeitável. Deve-se à noção de que este momento representa algo para ela, algo importante, de uma maneira impossível de compreender agora, mas que, se ela se mostrar merecedora, acabará entendendo. Além da sensação inabalável de que ele está aqui por causa dela. Lily sente como se ele a elogiasse apenas por estar sentado aqui, um prisioneiro, olhando para ela.

Pare com isso. Controle-se. Já.

"Você compreende do que é acusado?", pergunta Lily.

"Sim, compreendo."

"Agressão em primeiro grau. Isso é um crime grave."

"'Uma pessoa é culpada de agressão em primeiro grau quando, no intuito de desfigurar séria ou permanentemente outra pessoa, ou de destruir, amputar ou incapacitar um membro ou órgão do corpo dela, causa tal injúria àquela pessoa ou a um terceiro.' Creio ser essa a subseção pertinente."

"Você memorizou o código penal?"

"Não por inteiro. Falta poesia nele, não acha? Mas eu pedi para olhar o livro, e eles deixaram."

"Sim."

"Sim o quê?"

"Eu diria que essa é a subseção relevante. 'Intuito de desfigurar séria ou permanentemente.'"

Ele franze o nariz, e a palavra *fofo* pisca na mente de Lily. *Sexy*, corrige sua incômoda segunda voz. *Não fofo. Mas, definitivamente, sexy.*

"Eu discordaria do 'permanentemente'", diz ele. "A cirurgia plástica hoje em dia faz coisas maravilhosas."

Ela pensa em escrever *Transtorno de Personalidade Narcisista?* => *falta de compaixão; ferimento direto infligido à aparência, não ao corpo da vítima* em suas notas, mas não quer interromper o fluxo de palavras entre os dois.

"Você poderia me contar o que aconteceu?", pergunta ela.

"Eu arranquei as orelhas de um homem."

"Não havia uma faca?"

"Não era preciso usar uma faca."

"Isso não é comum."

"Não?"

Ele pisca. De modo tão lento, com a sala tão silenciosa, que ela pode ouvir.

"Arrancar as orelhas de alguém com as próprias mãos", diz ela. "Eu diria que não é algo comum. Como você fez isso?"

Ele mostra suas mãos. Junta os dois indicadores com os respectivos polegares, formando dois círculos. "Eu as peguei assim e puxei, desse jeito." Ele solta as mãos, e as algemas fazem um tinido ao bater na mesa.

"Foi o que bastou?"

"O corpo humano é mais maleável do que as pessoas imaginam. Mais frágil, também."

"Você se aproximou dele por trás?"

"Não. Ele vinha de um lado, e eu do outro."

"Ele não tentou impedir você?"

"Como tentar impedir algo que não se espera que vá acontecer?"

"Você falou com ele?"

"Sim."
"O que você disse?"
"*Inspire.*"
"Por quê?"
"Porque eu sabia que ele faria isso. E porque, quando ele expirasse, eu teria terminado."

Mais uma vez, Lily precisa fixar seu olhar nas páginas do arquivo sobre a mesa, usando-as como uma âncora que a prende ao mundo lá fora.

"Eu vi as fotos", ela diz, usando o polegar para passar as páginas. "Apenas com as mãos — não acreditava que isso fosse possível."

"Normalmente, não. Suponho que não." O homem balança a cabeça, como se ouvisse um comentário inesperado.

"E você não é normal."

"Nem um pouco."

"Então diga-me", continua Lily, olhando novamente para ele. "Compartilhe comigo seu segredo ensurdecedor."

Ele ignora a piadinha dela, tão facilmente como ela havia caído na dele.

"É claro que demanda certa força", responde ele. "E é preciso não hesitar. Isso mais que tudo."

"Você não hesitou porque aquele homem merecia o que você fez com ele?"

"Não, não. Você entendeu mal." Ela pensa mais uma vez naquele professor, lembrando-se, agora, da impaciência dele. "Eu não hesito em nenhum de meus atos."

Ela faz uma anotação no arquivo. Um rabisco taquigráfico. Ele a observa enquanto ela escreve, e Lily tem certeza de que ambos consideram essa uma ação sem qualquer sentido.

"Você acredita que uma declaração como essa torna mais fácil descobrir qual é o meu problema", ele diz. "Algo na área sociopática, imagino."

"É um aspecto interessante. Apenas isso. Mas gostaria de saber mais."

"Estou à sua disposição, doutora." Ele tenta abrir os braços em um gesto de compreensão, mas as algemas o impedem, então apenas ergue as mãos unidas à frente de seu rosto, como em uma prece.

Quando ele as abaixa, Lily estuda seu rosto, sem desviar o olhar.

Ele nunca seria tomado por um homem bonito, talvez nem mesmo vistoso, mas é indiscutivelmente atraente. O nariz, longo e de narinas abertas, os vestígios de barba, os olhos com os cantos ligeiramente caídos, transmitindo uma expressão que podia ser tanto de empatia como de mágoa permanente. Havia sinais de força no menor de seus movimentos. Não os músculos saltados de quem vive malhando, mas um corpo rijo e cheio de nervos, como uma corda trançada. Ela se enganara em sua impressão inicial dele como um nadador. Há uma elegância nesse esporte — o progresso de um corpo contra um elemento que oferece resistência — na qual ele não teria interesse. O cliente de Lily tem a presença física de alguém que nunca fez nada simplesmente pelo prazer atlético, mas apenas para provocar uma alteração imediata em seu ambiente, seja proporcionar prazer, seja infligir dor. Ela se dá conta de que a natureza dele se divide, em partes iguais, entre amante e brigão de rua.

É a boca. Outras partes também, mas Lily acha que, mais do que tudo, é a boca. Cheia e de contornos nítidos. Uma boca para ser beijada, para a qual se abrir. "Não sou especialista", é o que Lily sempre diz quando Denise mostra uma foto de algum ator em uma das revistas que leva para o trabalho, perguntando se ele é um tesão. "Acho que é bonito, mas não sou especialista." Como se fosse necessário ser especializado em algo para avaliar a aparência de alguém.

"Por que você decidiu machucar um estranho?", pergunta, abaixando de novo seus olhos para o arquivo.

"Estava perto."

"De quê?"

"Do carro da polícia parado na West Broadway."

"Você queria ser visto?"
"Sim."
"Para ser preso?"
"Sim."
"Por que as orelhas dele?"
"Eu precisava fazer algo fora do comum."
"Por quê?"
"Não são esses os tipos que mandam para você? Os tipos assustadores?"
"Então você fez isso porque queria ser trancado em uma instituição psiquiátrica para criminosos?"
"De jeito algum, doutora. Eu fiz isso porque queria ver você."

Lily apoia as costas na cadeira. O homem não faz qualquer gesto em sua direção, mas ela sente o cheiro da pele dele, como se ele houvesse colocado as mãos sobre seu rosto. Um odor de madeira queimada, bem como de algum destilado. Serragem e carne velha do açougue.

"Você acha que sabe quem eu sou?", ela diz, imediatamente dando-se conta de que essa é a pergunta errada. Se um cliente acredita haver uma relação entre ele e a pessoa que o examina, é importante mostrar que essa conexão é um efeito colateral da anormalidade, uma ilusão de intimidade. Uma médica na posição dela precisa ou recolocar as coisas nos trilhos, ou simplesmente encerrar a entrevista e tentar de novo em outro momento. Lily cometeu um erro. Ela deu àquele homem a oportunidade de afirmar suas convicções. Que é exatamente o que ele faz.

"É claro que eu conheço você", responde ele.
"Então me conte."
"Você é a dra. Lily Dominick. Trinta e seis anos de idade. Solteira, sem filhos. Completou a residência em psiquiatria criminal em Brown e, antes disso, graduou-se *summa cum laude* em biologia na Universidade de Michigan. Tudo com bolsa integral, com um ou outro emprego de meio expediente. O Kirby é seu único local de trabalho desde que você começou, o que,

acredito, foi uma escolha sua. Você queria o melhor. O que, no seu campo de trabalho, significa o pior."

"Meu nome. É com isso que você está trabalhando", retruca Lily, com um tom intencionalmente áspero, para disfarçar o tremor em sua voz. "Os nomes da equipe aqui são de conhecimento público. Meu currículo está em algum lugar da internet, junto da minha data de nascimento, pelo que sei. Uma eficiente busca na internet. O que é muito diferente de saber quem eu sou."

"Verdade. Falando assim, você não passa de uma coletânea de fatos para mim. Mas eu espero que isso mude em breve."

"Não vai."

"Agarre-se a suas dúvidas, doutora. Elas lhe darão consolo por algum tempo."

"Até o quê?"

"Até que tudo se transforme em pó. Até que sua antiga vida termine e uma nova comece."

Ela rabiscou outra anotação. Dessa vez, para compor a pergunta correta, aquela que lhe permitiria sair daquele nó de enigmas cada vez mais apertado.

"Se você realmente me conhecesse", diz ela, "saberia os nomes da minha mãe e do meu pai."

"Esperta! Colocando armadilhas para mim!"

"Como assim?"

"Você nunca teve um pai, até onde sabe, pelo menos. E sua mãe — qual é o termo educado na América? 'Morta' não, claro que não! Vocês são alérgicos a essa ideia neste país, até mesmo à simples menção disso. Sua mãe *se foi*. Mas foi ela que eu conheci pessoalmente. Antes que você nascesse e até que ela..."

"... morresse. A palavra não me ofende."

"Claro que não! Que médico ficaria ofendido? *Morresse*. Assim! Sejamos adultos."

Não passa de um bem-sucedido tiro no escuro — adivinhar que ela era filha de mãe solteira, sem nomes, nenhuma circunstância específica —, mas Lily tem de se esforçar para manter isso em mente. Ele está jogando verde, nada além disso. Como a vidente que se arrisca com o parente morto cujo nome começa por uma vogal ("Tio Ed!") e ganha o crédito por ser espantosamente precisa, aquele homem está tateando na expectativa de que ela o ajude a encontrar uma particularidade qualquer. Algo que ela não vai fazer. Em primeiro lugar, porque seu trabalho é virar o jogo nessa entrevista. Em segundo, porque não gosta da ideia de que ele tenha o mínimo conhecimento, ainda que falho, de seu passado.

"Há uma série de problemas em sua proposição", afirma Lily, com toda tranquilidade.

"É mesmo?"

"Para começar, parecemos ter a mesma idade. O que significaria que, se eu era uma criança quando conheceu minha mãe, você também era uma criança. Então, mesmo que a houvesse conhecido — o que eu duvido —, você não se lembraria, pois seria muito novo para isso."

"Você falou que havia alguns problemas. Pode citar outro?"

"Você não deu um nome a minha mãe, nem disse em que circunstâncias a conheceu."

Há um relógio na parede, e o homem olha para ele, calculando, com razão, que essas entrevistas têm limites de tempo preestabelecidos. Suas correntes retinem sob a mesa, enquanto pondera que abordagem adotar.

"Tenho muitas coisas a dizer que você classificaria como inacreditáveis logo de cara. Essas suas dúvidas me deixam em desvantagem, especialmente aqui, onde não posso lhe mostrar coisas, apenas falar", diz ele. "Ainda assim, aguardo ansiosamente nossas discussões futuras, doutora. Elas vão demandar um bom tempo. E a demonstração vai ajudar."

"Daqui onde estou, posso observar mais do que você imagina", diz Lily, colocando os cotovelos sobre a mesa. "E minha audição é ótima. Meu trabalho é escutar."

"Então escute isso. Não sou igual a ninguém que já tenha passado por este lugar. Sou um caso extraordinário."

"Era isso que você estava tentando mostrar quando atacou aquele homem daquela forma?"

Ele inspira lentamente e com força. "Vamos parar de falar dele."

"Ele não é a razão pela qual estamos juntos agora?"

"Não. Ele não significa nada."

"A dor que você provocou. Você está dizendo..."

"NÃO!"

O homem se põe de pé. Dá um coice nas correntes das pernas com tanta força que a mesa e até o chão tremem. Com os punhos cerrados, ele evita oscilar. Lily hesita, mas um segundo depois se endireita na cadeira.

"Não estou aqui para explicar um crime banal! Não sou um *caso* a ser estudado! Achei que você..."

Ele se cala no instante em que se dá conta de que está gritando. Senta. Seus olhos se dirigem para a porta, como se esperasse um policial entrar. Lily também meio que espera isso. Mas, seja porque o guarda do outro lado do vidro está muito ocupado molhando sua rosquinha, seja porque ele aguarda um sinal da parte dela, a porta permanece fechada.

"Estou aqui para lhe dar um presente", diz o homem, a voz apenas um sussurro.

Lily fecha o arquivo. "Preciso ir."

"Por favor, fique."

"Essas entrevistas não podem ocorrer se..."

"Prometo que não farei isso de novo. Serei paciente. E é um presente realmente extraordinário. Por favor, Lily."

A maneira como ele fala o nome dela. O som, com o sotaque dele, parece mais próximo de sua pronúncia verdadeira do que quando ela mesma o pronuncia. Ela se deixa ficar, em parte para confirmar seu diagnóstico ao saber o que ele quer lhe dar de presente, em parte para ouvi-lo pronunciar seu nome de novo.

"Que presente?", pergunta.

"Algo que eu nunca compartilhei por completo com outra pessoa."

"Um segredo."

"Se é um segredo, está debaixo do nariz da humanidade há um bom tempo."

"Um conhecimento especial, então."

"Apenas a verdade, doutora."

Lily larga a caneta. Faz um sinal para que ele prossiga.

"É verdade que, por nossas aparências, parecemos pertencer à mesma geração", começa ele. "O que significaria que eu era uma criança na mesma época em que você. Mas a verdade é que nunca fui uma criança."

"Metaforicamente."

"Nada disso."

"Não entendo."

"Vim ao mundo nesta forma adulta, na qual permaneci por toda a minha vida. Uma vida que já se estende por mais de duzentos anos, dra. Dominick."

Lily assente com a cabeça da maneira mais casual possível e pega de novo a caneta. Faz outra anotação no arquivo.

Afirmação irracional de idade. Constância = aparência.
Características sobrenaturais.

É quase decepcionante. Até mesmo este, tão interessante, aparentemente tão diferente, está se acomodando, caindo em uma categoria.

Delírios de imortalidade consistentes com esquizofrenia
=> indicação de síndrome de Cotard?

Ele estava o tempo todo indo nessa direção, ela se dá conta agora. Era a intensidade dele — sua atratividade perturbadora — que a havia tirado do rumo. Mas ele agora está entrando no foco do diagnóstico, exatamente como todos os outros. O que torna esse dia igual a todos os outros que vieram antes. Isso faz com que ela se sinta velha. Uma velha de duzentos anos.

"A maior duração já registrada para uma vida humana é de cento e vinte anos", argumenta. "Você está ciente disso?"

"Cento e vinte anos e cento e sessenta e quatro dias. Sim, estou ciente disso."

"Então você se considera uma exceção?"

"Sim."

"Como?"

"Nas palavras mais simples? Não sou um ser humano."

Ah, lá vamos nós, pensa Lily. O que vai ser? Alienígena ou anjo? É sempre um dos dois. Ainda que ela esteja preparada para dar a esse aqui o crédito de aparecer com alguma coisa mais original.

"Você pediu por essa pergunta, 46874-A", diz Lily, lendo o número da etiqueta de identificação do arquivo. "Se você não é humano, o que você é?"

Ele sorri. Mas é um sorriso diferente dos anteriores. Há uma tristeza em seu rosto que se transmite para ela, e um desespero toma imediatamente conta de seu peito.

"Acho que a resposta para isso é o porquê de eu estar aqui", diz ele.

"Você já disse isso. Para que alguém lhe dê um nome."

"Não, Lily." O rosto dele se aproxima do dela por sobre a mesa, mais perto do que ela havia imaginado que as correntes permitiriam. "Para que você saiba o que eu sou."

Desaba de chofre sobre ela. O medo.

O homem a deixara em alerta desde o momento em que ela entrara na sala. Mas, até agora, não havia se sentido realmente apavorada.

Para que você saiba o que eu sou.

As camadas de uma descoberta indesejável que ele implicava apenas com essa frase, uma escuridão que vai mais além de qualquer condição psiquiátrica — isso a atinge como uma bala de gelo no peito.

"Tenho outro compromisso", murmura enquanto ajeita o arquivo e se levanta. "Teremos de marcar..."

Sem querer, ela derruba a cadeira, que cai ruidosamente no chão. Isso parece atrair a atenção do guarda, pois ela escuta o zumbido da porta destravando. A apenas três metros dali, mas parecendo o triplo da distância. Ela não coloca a cadeira no lugar. Ela não olha para o homem.

"Alison", diz o homem acorrentado.

"O que você disse?"

"Ela usou outros nomes em épocas diferentes da vida, mas esse deve ser aquele pelo qual você a conheceu."

Lily não consegue encontrar palavras. Ou ar. Ela vai até a porta, mas, ao chegar lá, sua mão fica congelada na maçaneta.

"Sua mãe", prossegue ele. "Eu a conheci, Lily. De uma forma que você nunca imaginou. Nem imagina."

"Como você..."

"Sua mãe não era quem ela dizia ser. De maneira alguma."

"Isso não é..."

"Ela lhe contou uma história. E, à medida que crescia nas casas de outras pessoas, você passava essa história adiante, até poder construir a sua própria. Mas eu vim aqui para dizer que o que você sabe de suas origens contém apenas uma minúscula parte da verdade."

Lily tem de usar toda a força de vontade, mas se volta para encará-lo. "Então por que não me conta? Conte-me a verdade."

"Seu pai não era um homem chamado Jonathan. As poucas fotos que você tem são de um estranho, que lhe foram entregues por sua mãe para que parecesse que você era fruto de um relacionamento breve, que eles haviam tomado caminhos diferentes."

"Chega."

"Enquanto a mulher que você conhece como Alison era sua mãe..."

"Cala a *boca*!"

"Alison era sua mãe, mas o homem naquelas fotos — Jonathan — não teve qualquer participação na sua concepção."

"Você está enganado", diz ela. "Jonathan Dominick era meu pai."

"Não, não era."

"Como você pode saber?"

"Porque eu sou seu pai."

—A—
CRIATURA
ANDREW PYPER

CAPÍTULO 5

Lily deixa a sala de entrevistas cambaleando, com as mãos estendidas à frente, em parte para se equilibrar, em parte para se defender de um possível ataque. Essa possibilidade a preocupa mais que a tontura, que ela sente como pássaros em um ninho dentro de sua cabeça, batendo as asas contra as paredes de seu crânio. Defender-se? De quê? O cliente estava sendo levado de volta a sua cela por um corredor separado e protegido. Ele já não é uma ameaça. Mas isso não impede que ela se sinta ameaçada. O meio sorriso e os olhos que a devoravam. *Ela lhe contou uma história. O corpo de sua mãe. A coisa de pé junto dela.*

Ela consegue sentir o cliente sem nome dentro do prédio. Em algum lugar na vastidão de concreto dos longos corredores do Kirby, ele irradia um calor que a faz olhar para trás mais de uma vez durante o dia, esperando vê-lo. A cada vez, um momento de verdadeira surpresa por ele não estar ali.

Lily sabe que é apenas ela rememorando repetidas vezes aquilo que ele disse. O que era estranho. Os clientes lhe diziam coisas bizarras o tempo todo, mas praticamente nada ecoava em sua mente depois que ela fechava a porta da sala de entrevistas. Ela tenta dizer a si própria que isso se deve ao fato de ele ter falado coisas extremamente pessoais. Mas, por outro lado, alguns clientes já haviam tentado irritá-la antes, colocando-a na berlinda. Nenhum deles se armou de fatos obscuros da maneira como o homem desta manhã havia feito. Seria por isso que a voz dele continua em sua mente? Estudos sobre fenômenos psíquicos afirmam que é o que acontece com fantasmas. Os mortos surgem mais vividamente para aqueles que estão a sua procura, então as pessoas que amargam luto veem aqueles que perderam, exatamente como quem brinca com uma tábua Ouija move, sem se dar conta, a setinha com seus dedos. Uma série de ligações criadas por ela mesma: ela está pensando nele, e isso lhe dá a impressão de sentir a presença dele, de maneira que parece que ele está tentando alcançá-la, exatamente como ela faz com ele.

Agarre-se a suas dúvidas, doutora.

Ele nem precisava se incomodar de dizer isso a Lily. A dúvida é algo que ela não precisa se preocupar em perder. As conversas de seus clientes não passam de uma colcha de retalhos de enredos, palpites, negações, ilusões. Sua profissão é duvidar das pessoas. Foi por isso que ela se dedicou tanto aos estudos, pensa agora. Aqueles boletins brilhantes, as bolsas de estudo, a carta de aceitação do Kirby — ela havia desconfiado de tudo isso. Ela sabe para onde, em última instância, seria conduzida pela terapia. Sua mãe. A maneira como havia morrido. Uma criança que acreditava ter sido um monstro a bater na porta do chalé. Um Pégaso branco voando pela floresta com ela na garupa.

Não, nunca teve qualquer problema com dúvidas.

Ela pode dissociar muito facilmente tudo o que ele disse — os nomes de seus pais haveriam demandado alguma pesquisa, mas qualquer pessoa obsessiva com um computador e tempo a perder chegaria a essa informação. Era ainda mais fácil refutar o restante. Mais de duzentos anos de idade. Sem sinais exteriores de envelhecimento. A afirmação de ser seu pai. Não é preciso ter um diploma avançado de psiquiatria para classificar tudo isso como loucura total.

Então por que você olha para trás a cada cinco minutos?
Ele é diferente.
Ela sentiu isso no instante em que o viu. Até antes disso, em sua caminhada para o trabalho naquela manhã, ao ver sua mãe passar correndo. E previamente também. O sonho com o monstro.

Não há qualquer ligação entre esses momentos e os sonhos, mas, ainda assim, sua mente vagueia entre eles com a fluidez da coerência. Sua mãe, o homem na sala de entrevistas, a coisa no chalé. De volta a sua mãe mais uma vez.

Em certos aspectos, Lily se lembra até de mínimos detalhes sobre a mãe, mas, em outros, não tem nenhuma recordação. Nesses casos, ela se sentia olhando uma paisagem a mil e quinhentos metros de distância. Às vezes, as nuvens cobriam tudo de cinza, e outras vezes elas se afastavam para mostrar a fumaça que saía de uma chaminé, o balanço no quintal, alguém pendurando roupa na corda.

Um dos detalhes que se revela agora é como, antes das cantigas que a faziam dormir, ela costumava ouvir histórias. Lily desconfia de que eram inventadas na hora, já que nenhum dos enredos correspondia aos clássicos infantis que ela conhece, nada de rimas do Dr. Seuss, de animais que falam ou livros com desenhos encantadores. Na verdade, não se pareciam com histórias que se contam a crianças daquela idade. Para começar, eram muito assustadoras. Um homem que entrava num quarto proibido e era quase devorado por mulheres que se transformavam em demônios. Um garoto que ficava até tarde na rua e era repetidamente chutado por um estranho, até sua cabeça se abrir. Um médico que descobria uma maneira de colocar um espírito em um cadáver retirado do cemitério. Quando cresceu, Lily passou a ver essas histórias como variações dos contos dos Irmãos Grimm, cujo objetivo era admoestar e instruir.

Mas, agora, ela vê as fábulas que sua mãe contava como algo pior que isso, mais doentio. Eram histórias de horror.

Lily folheia o catálogo de sua memória, em busca de uma recordação mais terna, mais salubre. Então, quando o cabelo de sua mãe vem à mente, ela se prende a ele. Um tom escuro que era quase líquido, pela maneira como desviava a luz em faixas que desciam pelos fios. Lily se aninhava nas costas da mãe e escondia o rosto sob os cabelos dela, espiando por entre eles como se estivesse em uma cachoeira. Agora ela sente, mais uma vez, o cheiro daqueles cabelos. Uma fragrância de baunilha que não vinha de qualquer xampu ou condicionador, mas da pele de sua mãe, o perfume dela que se agarrava aos filamentos negros e macios.

O cabelo de Lily seria desse jeito se ela não o cortasse na altura do queixo. Ela sempre partiu do princípio de que isso era uma maneira de afirmar uma postura sensata e profissional, mas agora se dá conta de que deve ter mais a ver com evitar a dor de ver sua mãe todas as vezes em que se olhasse no espelho, se seus cabelos fossem longos.

Agora, uma nova pergunta: se ela sentia sua mãe de forma tão viva, mesmo tão distante no passado, por que seu pai — sua imagem, seu nome — não lhe provocava qualquer sentimento específico? O homem na sala estava certo pelo menos nisto: Jonathan Dominick, para ela, não era nada além da fotografia de um estranho. O que não é a mesma coisa que dizer que a ideia de um pai não significasse nada para ela. Lily sentia a ausência dele de forma aguda, tão aguda quanto o horror pelo assassinato de sua mãe, um vazio insaciável corroendo seu coração.

Você quer seu pai, diz sua voz interior. *É a sua cara compadecer-se mais de algo que sempre esteve ausente.*

Então outra voz. A dele.

Até que sua antiga vida termine e uma nova comece.

A despeito de todas as suas dúvidas, parece a Lily que já começou.

Uma nova vida. Mais enérgica que aquela que a antecedeu, todo o seu corpo irritadiço e ativo. Ela não pode dizer que está mais feliz (medir a felicidade nunca foi fácil para ela, algo como olhar para um lago escuro e tentar adivinhar sua profundidade), mas, mesmo assim, uma camada de pele foi retirada hoje de seu corpo. Isso a deixou menos travada. Encarar os compromissos de sua agenda — o almoço com um colega que se resumiu a queixas sobre o ar-condicionado ruim do escritório dele, responder a e-mails sem importância. Ela teve de se controlar muito para não mandar seu colega comprar a droga de um ar-condicionado próprio, já que ele não gostava do "barulho incessante" daquele que o hospital lhe fornecera. Até responder a um pedido de aconselhamento sobre um arquivo, feito pelo dr. Edmundston, seu chefe, o homem gentil que a havia contratado e que ela adorava, pareceu-lhe uma árdua tarefa.

Qualquer que fosse a forma que essa nova vida adquirisse, está claro para Lily que aquela inadequada voz interior teria um peso maior.

A entrevista daquela manhã a deixara tão perturbada que Lily quase se esquece de que tem um encontro à noite.

"Então", diz sua assistente, batendo no lábio inferior com a ponta da caneta. "Com que roupa você vai?"

"Roupa?"

Denise larga a caneta. Estala os dedos. "Chamando a dra. Dominick. *Alô-ô?*"

"Desculpe. Estou um pouco distraída hoje."

"Estou perguntando como você vai se arrumar para ver o seu homem."

Seu homem.

Por um instante, Lily pensa que Denise está falando sobre o cliente que encontrou naquela manhã.

Só então ela se lembra do cara do serviço on-line de encontros. Um nome, uma foto e um perfil que aceitaram o nome, a foto e o perfil dela, e agora esses dois avatares vão se encontrar num restaurante. Foi Denise que a convenceu a fazer isso. Ela explicou a Lily que as pessoas não se *encontram* mais, não *namoram* mais, elas *transam*.

"Você não quer ficar sozinha para sempre, quer?", ela havia perguntado.

Lily já estava se sentindo uma velha pelo fato de estar recebendo orientações sobre romance de uma mulher que era só três anos mais nova, mas o que a fez se sentir realmente muito velha foi o fato de a sua resposta àquela pergunta ser sim, realmente queria ficar sozinha para sempre.

Ela se lembra de ter achado bonito o homem com quem vai jantar, quando aceitou o convite dele. *Gostoso*. A palavra usada por Denise. E agora por ela.

Lily olha o relógio. 15h42. Repassa o que ainda a espera no dia: outras duas entrevistas, uma pilha de anotações para ditar, e ainda uma reunião importante do Comitê de Planejamento, com o dr. Edmundston presidindo.

"Cancele o resto dos meus compromissos pelo dia", diz Lily, agarrando seu casaco.

"Hein? E o que eu vou dizer?"

"Diga que eu estou me sentindo mal."

"Mas aonde você vai?"

"Fazer compras."

As roupas de Lily são caras. É o único aspecto pessoal no qual gasta dinheiro. Blusas, casacos e calças feitos sob medida, um uniforme do profissionalismo feminino da elite de Nova York. Mas não há praticamente nada em seu guarda-roupa que possa ser chamado de sexy. Simplesmente porque ela quase não pensa mais em sexo, que dirá fazer. Há quanto tempo? Ela se surpreende ao se dar conta de que o período pode ser medido em anos, não meses. Lily tinha um circuito completo de desculpas prontas para as ocasiões, cada vez mais raras, em que ela temia que isso fosse percebido como um problema maior:

a dificuldade de encontrar um sujeito decente em Nova York, as demandas do trabalho, a preferência por um copo de vinho e Netflix no fim do dia em comparação a conversar com alguém. Para ser honesta, teria de acrescentar outra razão. Ela perdeu o contato com o desejo.

Você perdeu o contato com o seu corpo, esclarece sua voz interior. *No sentido de que ninguém está tocando nele. Nem mesmo você.*

Ainda assim, lá está ela, experimentado roupas que mostram suas curvas, em vez das linhas simples com as quais se acostumou. Roupas que nunca poderia usar no Kirby. *Sexy*. Essa é a palavra que ela usa ao fugir do trabalho pela primeira vez desde que conseguiu o emprego, pegar um táxi e ir até a Quinta Avenida.

"Estou procurando alguma coisa sexy", ela diz à primeira vendedora em todas as lojas em que entra.

Não é fácil.

Lily é atraente — grandes olhos amendoados, boca delicada, um corpo de bailarina —, mas sempre preferiu o bom gosto à ousadia. Uma abordagem que não se restringe a suas roupas. "Uma domadora-humilhadora", dizia seu professor-amante. Ele falava isso em tom de aprovação, pois era o tipo de homem que gostava de imaginar que merecia ser disciplinado e precisava de alguém que o fizesse lembrar-se de como ele era mau. Mas a expressão magoou Lily. Não por ser um sinal de como ela tratava seus amigos, mas de como tratava a si própria. Domando e humilhando. Algo verdadeiro o bastante para machucar.

Havia uma alternativa? Ela era uma médica, uma profissional. Uma mulher. *Petite*. Para alguém em sua posição, era necessário ser assim. Manter o controle, deixar que seu equilíbrio conquiste para você a autoridade que, para os outros, para os homens, vem automaticamente. A voz interna de Lily gostava de lembrá-la do que ela era capaz, se renunciasse a tudo. Havia poder no oposto do equilíbrio. Seus clientes lhe mostravam isso diariamente. As coisas que se pode atingir por impulso, a liberdade da imprudência. Loucura. Ela não conseguia se lembrar de um único momento em que houvesse permitido que a menor gota disso entrasse em seu sangue. Hoje ela abriria uma exceção.

Enquanto experimenta o vestido de noite que a vendedora descreve como "fatal", seu celular vibra dentro da bolsa. Outro e-mail do dr. Edmundston, perguntando se ela está bem. *Por favor, Lily, lembre-se. Você pode falar comigo.* E é verdade. Ele é o mais próximo de um mentor, um pai que jamais teve.

Ela não pode contar uma mentira descarada para ele. Mas a verdade também não serve. Então ela opta por um meio-termo.

> Lionel,
>
> Estou bem. Apenas uma indisposição estomacal (cuidado com o bufê de saladas da cafeteria!). Desculpe por não ter podido ir à reunião. Ligo para você de manhã.
>
> Obrigada por se preocupar comigo,
> L.

No espelho, enquanto se vira para ver como o vestido esculpe seu corpo, imagina o homem da entrevista olhando para ela. Ela se pergunta se ele gostaria do que vê. Em que parte dela os olhos dele se deteriam. Onde ele a tocaria primeiro.

"Vou levar este", decide.

A aparência do homem não é tão boa quanto nas fotos. Lily estima que esse é o padrão. E ele não é tão interessante como seu perfil prometia — escalador, investidor "de alto nível" em fazendas de energia solar —, mas é bonito o bastante, interessante o bastante. Lily não consegue evitar compará-lo ao homem que entrevistara naquela manhã, considerando-o inferior.

Que diabos há com você? Aquilo era uma sessão com um cliente. Um psicopata. Isto é um encontro.

É uma luta contínua para se lembrar do nome do homem bebericando o vinho e cortando o linguado a sua frente, do outro lado da mesa. A fim de não esquecer, ela cita o nome na conversa sempre que possível.

"Mas, Tim, você nunca tem medo quando olha para baixo, do pico da montanha?"

"Posso fazer uma pergunta pessoal, Tim?"

"Eu gostaria de ir embora agora, Tim."

Essa última é antes de a sobremesa chegar.

"Você está se sentindo bem?", pergunta ele, já empurrando a cadeira para trás, como se estivesse pronto para executar a manobra de Heimlich em Lily.

"Eu realmente gostaria de ir ao seu apartamento", é sua resposta. Até ela fica surpresa com isso.

Ele está surpreso também. Mas essa surpresa não o impede de se erguer e fazer o gesto de assinatura para o garçom, para que lhe traga a conta.

Até durante o sexo ela se assegura de chamá-lo de Tim.

É uma tentativa de parar de imaginar que não é seu encontro on-line que está na cama com ela, mas o cliente de hoje. Porque ela não consegue parar de pensar nele dessa forma — *seu cliente* — e 46874-A também não funciona, então ela lhe dá um nome. Pensa nele como Ivan.

Não permita que ele invada seus pensamentos, Lily. Principalmente agora. Fique com este homem. Com Tim.

Como ele seria? Não o cara da energia solar, e sim Ivan. Aqui, na cama?

Ele certamente não seria desse jeito, ela tem certeza.

Ainda que seja realmente bom — Tim é atencioso, quer lhe mostrar seus truques, suas mudanças suaves de posição —, na cabeça de Lily tudo não passa de fazer amor. Ivan seria menos consciente dos papéis presumidos para ambos, menos autocongratulatório em sua generosidade.

Eu não hesito em nenhum de meus atos.

Ivan a foderia.

Tim ainda dorme quando Lily acorda ao som de grilos. O rádio-relógio na mesa de cabeceira está marcando 2h42. Os grilos são o sinal de uma ligação no seu celular. Além de Denise tentando tirá-la de uma entrevista que se estendeu demasiadamente, ou de seu instrutor de ioga avisando de um cancelamento de aula, ninguém telefona para ela.

Ela desliza para fora da cama e leva a bolsa para o banheiro, no corredor. Fecha a porta.

"Alô?"

"Lily? É o dr. Edmundston."

"Lionel. Sinto muito. Não queria que você ficasse preocupado..."

"Não se trata de você ter faltado à reunião de ontem. É mais urgente que isso."

A voz de Edmundston é calma, ainda que ele esteja ligando às quinze para as três da madrugada. Mas Lily já ouviu essa versão da tranquilidade antes. Ela mesma a utiliza com seus clientes menos previsíveis.

"O que houve?", pergunta Lily. "Qual o problema?"

"Não posso falar pelo telefone. Você poderia vir ao meu apartamento?"

"Agora?"

"Se você estiver se sentindo bem o bastante. Se não der muito trabalho."

"Não entendo. Por que não podemos..."

"Soa estranho, eu sei. Mas não posso falar sobre isso com ninguém além de você. Por favor. Pode vir?"

"Claro que sim. Apenas me dê tempo para..."

Mas o dr. Edmundston já desligou.

—A—
CRIATURA
ANDREW PYPER

CAPÍTULO 6

Ela já estivera no apartamento do dr. Edmundston várias vezes, para jantares e reuniões do departamento, mas nunca sozinha. A possibilidade de esse ser algum tipo de convite romântico passa pela sua cabeça, mas é rapidamente refutada. Lionel Edmundston é divorciado, tem cinquenta e poucos anos e dois filhos na universidade. Lily tem a impressão de que essa nova liberdade lhe deu a chance de buscar uma vida diferente. Ele às vezes comenta que foi à ópera ou ao cinema com "meu amigo", que ela realmente acredita ser outro homem.

Lily pede ao taxista que a deixe na esquina da Madison com a 96 e vai caminhando até o prédio de Edmundston. Àquela hora, até mesmo em Nova York você pode ser a única pessoa no quarteirão, situação em que Lily se vê agora. Ela não tem o hábito de usar saltos altos, então seus sapatos novos arranham a calçada a cada três passos. *Clique-claque-raaaaque*. Ela se dá conta de que, se precisar correr, não conseguirá ir mais rápido do que agora.

Ela aperta o botão do interfone do apartamento de Edmundston e, em segundos, a voz dele se faz ouvir.
"Lily?"
"Sou eu."
O zumbido da porta.
Em vez de abri-la, ela sente a necessidade imperiosa de se virar e sair *clique-claque-raaaaque*, refazendo seu caminho pela rua. Ela não precisa fazer isso. Se Lionel Edmundston teme uma guerra civil interdepartamental, se quer pedir ajuda para encobrir alguma negligência embaraçosa, se está à beira de um colapso nervoso — não é ela quem tem de subir as escadas e bater à porta dele no meio da noite.
Não é isso, sua cagona, diz sua voz interior. *É que você está morrendo de medo.*
O zumbido da porta é insistente.
Ela a empurra com o ombro.
Sobe a escada até o segundo andar. A rua lá fora, do outro lado das paredes, a atrai como um ímã, mas ela luta contra essa atração, indo o mais rápido que pode. Ao chegar ao apartamento de Edmundston, ela encontra a porta entreaberta. Ele a poupou de um novo round de hesitação que teria sido bater à porta. Tudo o que precisa fazer é empurrar a porta e entrar.
É o que ela faz. Entra.
Lily adora este lugar. O pé-direito alto, as janelas em arco, a parede de tijolos aparentes. E ainda por cima no Upper East Side. Ela não sabe como Lionel faz para pagar. Dinheiro da família, provavelmente. A habitual resposta nova-iorquina para os intrincados cálculos da inveja imobiliária.
Absorta com essa ideia, ela leva alguns segundos para notar que o apartamento está praticamente às escuras. A única luz vem de um abajur ao lado do sofá. Isso e uma fraca luz amarelada que vem da cozinha, como se ele tivesse deixado a porta da geladeira aberta.
"Lionel?"

"Venha", ele responde da cozinha. "Você gostaria de um drinque?"

"Não, obrigada."

Dois cubos de gelo caem em um copo de uísque, e ela espera o som de um líquido sendo derramado sobre eles, mas, se isso ocorre, é fraco demais para conseguir escutar.

"Por favor, feche a porta e entre, Lily."

Feche a porta.

O som da voz dele é normal? Este é um lugar normal para estar, uma coisa normal para ela estar fazendo?

Não, não e não.

A estranheza da situação a afeta de uma maneira que tirar as calças do homem com quem ela se encontrou não a havia afetado, que pegar suas roupas do chão do quarto dele e sair sem deixar um bilhete não a haviam afetado. Isso se deve ao fato de ela ter decidido fazer aquelas coisas, e esta a escolhera. As últimas vinte e quatro horas já reuniam muitas esquisitices. Agora, ali na semiobscuridade do apartamento de Lionel Edmundston, ela se dá conta de que abandonar o controle leva a situações assim. Você blefa e vai às últimas consequências algumas vezes, e com certeza sua sorte vai acabar.

Ela começa a se dirigir à porta quando Edmundston aparece, vindo da cozinha. Está escuro demais para que ela veja os detalhes em seu rosto. Ele segura o copo com os cubos de gelo.

"Obrigado por ter vindo", diz ele.

Soa normal, ainda que a situação não seja.

"Eu sabia que, para você me chamar a esta hora, devia ser importante", ela diz, aproximando-se. "Mas preciso dizer que isso é meio..."

O rosto dele.

Agora que Lily está a poucos passos dele, a luz do abajur mostra o que ela não podia ver antes. É o dr. Edmundston, mas ele havia chorado. Um fio de baba pendendo de seu lábio inferior. Todo o seu corpo treme.

Vá.

Os lábios dele se movem em torno dessa palavra, mas não emitem qualquer som.

Lily tenta se mexer, mas é como se o peso de suas pernas tivesse duplicado. Sair correndo daquele apartamento era tão impossível quanto desaparecer apenas estalando os dedos.

Uma sombra se move no chão.

Lily observa enquanto uma figura emerge da cozinha e se coloca atrás de Edmundston. Pousa a mão sobre o ombro dele. Uma mão que não é uma mão. Os dedos são longos demais, as pontas são curvadas e pontudas, metálicas.

Uma garra.

A figura inclina a cabeça para a frente, como se fosse sussurrar algo no ouvido de Edmundston. Inclina-se o suficiente para que metade de seu rosto fique iluminado.

É ele. O homem da sala de entrevistas verde-ervilha. Aquele que Lily havia começado a chamar, em sua mente, de Ivan. Mas nunca mais ela pensará nele dessa forma.

"Nem um pio", diz o homem.

Não está claro se ele se dirige a Edmundston ou a ela, mas ambos permanecem calados.

A outra mão do homem leva alguma coisa do tamanho de uma maçã até a boca. Será comida que ele pegou da geladeira e resolveu, por fim, comer? Ela aguarda o ruído da mordida. Em vez disso, ele abre a boca de uma maneira inacreditável e joga a coisa lá dentro. Cai com um clique.

Ele afasta os lábios.

Dentes.

Prateados. Enormes e afiados. Os caninos longos e finos como agulhas.

"Observe."

Os dedos de Edmundston se abrem e deixam o copo cair no chão, espalhando cubos de gelo e milhares de caquinhos em forma de diamante pelo piso de madeira. O homem espera o olhar de Lily se voltar para ele e, então, afunda seus dentes prateados na lateral da garganta de Edmundston.

Lily faz o que ele manda. Observa.

Não há muito sangue. Onde ela esperava ver o líquido esguichar do pescoço branco de Edmundston, encharcando a camisa dele, há apenas um círculo úmido em torno dos lábios do homem. Ela leva alguns instantes para entender o motivo.

É que ele não está apenas mordendo. Ele está se alimentando.

Vá!

Lionel havia tentado alertá-la. Tão apavorado que só foi capaz de emitir essa única palavra. Agora ela a murmura para si própria.

Desvie o olhar... e vá!

Não faz a menor diferença.

Não há nada que impeça Lily de retroceder até a porta. Nada além dele. Tolhida pela ordem do homem para que ela observasse, como se seus pés estivessem aparafusados ao chão da mesma forma que a mesa na sala verde-ervilha do Kirby.

Ela tenta se concentrar em Lionel, transmitir-lhe alguma segurança, o conforto de haver um amigo ali com ele. Mas ele apenas arregala os olhos, sua pele cada vez mais pálida, transformando-se em papel. Sua boca escancarada, arquejante. O pomo de adão em sua garganta se move para cima e para baixo, enquanto ele engole cuspe e ar.

É mais fácil olhar para o homem.

Ela escuta o som de vidro quebrado raspando o chão e percebe que são os sapatos de Edmundston, chutando e pedalando. Mal tocando o piso de madeira, porque o homem por trás dele o ergueu, como se ele não passasse de uma criança.

É rápido, mas parece demorar a noite inteira.

O homem solta a garganta de Edmundston e o larga. O colega dela se contorce no chão, cacos afiados de vidro entrando em suas roupas. Mas isso só dura um instante. Há um espasmo final, bem como um som que parece uma tentativa de falar algo — *corra*, *porra* ou *morra* — e então ele fica imóvel.

O homem passa por cima do cadáver e vai na direção de Lily.

Ele vai fazer a mesma coisa com ela.

É o que vai acontecer depois. Ele queria que ela observasse, para saber como seria morrer daquela maneira. Seu rosto, no entanto, diz outra coisa. A linha carmim em torno de sua boca lembrava um batom mal aplicado. Uma expressão que pode ser de compaixão. O olhar que um pai dirige a seu filho antes de levar o velho cão da família para o veterinário, para ser sacrificado.

Antes de tocá-la, ele para. Uma estranha lentidão a domina. O tempo se estende como uma bola de chiclete, cada vez mais fina, mas que não arrebenta. Ela não desvia o olhar. Não consegue.

"Durma", ele diz.

Ela então dá um passo no abismo e cai.

Cara Lily,
Sei o que você está pensando, mas não o faça. Não chame a polícia. Não conte a ninguém. Eu diria que você se arrependeria, mas você não viveria o bastante para isso. Essa aventura — é essa a palavra certa? essa revelação? essa troca de presentes? — fica entre mim e você. Há tantas coisas que eu espero que você descubra, coisas realmente surpreendentes, mas não posso estar a seu lado o tempo todo. Além da polícia, há outros sujeitos muito mais perigosos atrás de mim, e, se eles acharem que você é minha cúmplice, vão destruí-la tão rapidamente como buscam me destruir.

Mesmo agora você pode se sentir compelida a envolver as autoridades. É preciso resistir a esse impulso.

Em primeiro lugar, pense em quão fantástica a verdade soaria: um louco que fugiu do hospital atraiu você até o apartamento do seu chefe, para que você testemunhasse — o quê? Ele mordendo o pescoço do homem com dentes de prata? Ele se alimentando? Pare um momento. Pense em como seria fazer essas declarações ao policial do setor de homicídios sob luzes fluorescentes e nada além do café em um copo de isopor para acalmar você.

Se sua consciência ainda ordena que você pegue o telefone, vamos considerar outros fatores. O sangue do doutor, para começar. Enquanto você dormia, eu passei um pouco nas suas mãos, nas suas roupas. Coloquei suas impressões digitais no chão, na mesa, na maçaneta da porta. Nenhuma preocupação para uma pessoa como você, cujas digitais e D N A não estão arquivados. Mas, se você procurasse a polícia, eles fariam todos os testes possíveis. Seria muito simples, então, atribuir o assassinato a você.

Já entrou na sua cozinha? Atente para a ausência de uma faca no cepo. É claro, você me viu, com seus próprios olhos, acabar com a vida do dr. Edmundston. Mas, assim que você dormiu, usei sua faca — tirada do seu apartamento enquanto você jantava com seu bonitão desconhecido — para acrescentar alguns ferimentos ao corpo do doutor. Legistas não procuram por dentes feitos sob medida, Lily, eles vão em busca do óbvio. Esses estranhos furinhos serão um mistério, sem dúvida, se trazidos à baila em seu julgamento. Mas a sua faca? É mais do que suficiente para fazer de você uma assassina.

Eu tenho a faca. Se você não fizer o que eu digo, vou mandá-la para a polícia.

O que eu quero que você faça? Apenas uma coisa.

Venha até mim.

Eu sou o fugitivo, o que arrancou orelhas, o assassino de um guarda da prisão. Um homem sem nome. Eles virão atrás de mim, desde que não tenham mais ninguém — desde que não tenham você — na lista. Eles vão me rastrear como a um animal.

Como sempre, se devo ser um animal, serei o animal superior.

Se vou ser caçado, os caçadores é que vão sofrer.

–A–
CRIATURA
ANDREW PYPER

CAPÍTULO 7

Lily acorda no chão do apartamento do dr. Edmundston, dando-se conta imediatamente de onde está.

A primeira coisa que passa por sua cabeça é que ela estava em um dos jantares de Lionel e desmaiou. Vinho demais em um estômago vazio. Uma alergia alimentar descoberta em um momento inoportuno. Ela olha a sua volta, a fim de se desculpar pelo vexame com os convidados, mas o apartamento está vazio. Nada de música. E escuro demais para um jantar.

Então tudo volta.

A cor do abajur, a única fonte de luz na sala, detona suas lembranças. A lâmpada de tom bege que havia revelado o rosto de Lionel depois de o homem sair da cozinha e pousar as garras curvas no ombro dele. A luz que lhe permitiu ver o horror nos olhos de Edmundston, a consciência de que ele morreria em breve e que a havia entregado ao mesmo destino, pelo simples fato de que aquele homem pedira que o fizesse.

Mas ele não havia matado Lily. Ele a colocou para dormir.

Algum tipo de hipnose instantânea que a derrubou no chão, deixando-a imóvel e sem sonhos por — quanto tempo? Ela procura seu celular na bolsa para descobrir que horas são, mas o aparelho sumiu. O que significa que não pode chamar a polícia. Edmundston, ela sabe disso, não tem uma linha fixa. E ela conclui que o homem pegou o celular de Edmundston, assim como pegou o dela. Ela poderia dar uma olhada, para ter certeza, mas uma combinação de asco e cautela de sua voz interior a impede.

Tudo a sua volta é tinta fresca. Não encoste, ou deixará uma marca.

Ela tenta não olhar para o cadáver, mas é impossível. Ela precisa ter certeza. Parte dela ainda se agarra à possibilidade de que o que está imaginando seja apenas a lembrança de um sonho. Então ela se vira assim que se põe de pé. Edmundston está ali, uma versão encolhida, nanica, do homem que era quando vivo. Aí ela vê a escura poça de sangue em torno da cabeça dele e se lembra de que metade dele, seu interior líquido, foi roubada pelo homem com os dentes de prata.

Ao abrir a porta que dá para a rua, Lily fica ali parada, imaginando o que deveria ser feito em primeiro lugar. A polícia precisa estar envolvida, ela sabe disso. Mas não sabe ao certo se ainda existem telefones públicos, e seu instinto lhe diz que não seria uma boa ideia parar um estranho ou pegar um táxi na rua.

Vá para casa, diz sua voz interior. *Lá você conseguirá pensar.*

Não é longe. Assim que encontra a Segunda Avenida, ela começa a andar na direção norte. Aí tira os sapatos e sai correndo.

Em tempos difíceis, Lily faz listas. Ela está criando uma em sua mente — chamar a polícia, tomar uma de suas pílulas antes de escondê-las, checar o e-mail para ver se alguém deu notícias sobre como o homem escapou do Kirby — para quando chegar ao apartamento e se assegurar de que todas as três trancas estejam bem fechadas depois que estiver lá dentro.

Mais tarde, vai se perguntar por que nunca passou por sua cabeça que o homem poderia estar lá dentro esperando por ela. Pode ter sido porque não havia qualquer sinal de que alguém mexera na porta, e, como ela mora no sexto andar, não havia outra maneira de entrarem. Pode ter sido a ideia de que ele não teria tido tempo — ainda que, ao passar por um relógio na vitrine de uma lojinha de esquina enquanto andava para casa, ela viu que eram 5h42, o que significava que não havia sido um simples desmaio: ela ficara apagada por pelo menos duas horas. Pode ter sido porque ela não pensava que o homem iria até lá para matá-la, quando poderia ter feito isso no apartamento do dr. Edmundston.

Fosse o que fosse, tornou a descoberta do sangue na pia da cozinha uma completa surpresa.

Um borrão sinuoso na base do cepo das facas, como se uma mão houvesse encontrado algo interessante e casualmente removesse dali, deixando uma marca. Naquele instante, ela percebe que a maior ranhura do cepo está vazia. Sua faca. A enorme faca alemã Henckel que ela só usava para atacar as coisas mais resistentes: as embalagens plásticas e os abacaxis.

É lá que ela encontra a carta que lhe diz para não ir à polícia. Escrita apressadamente em um bloco de notas, com uma esferográfica manchada de sangue, tirada de uma gaveta do armário da cozinha.

Lily corre até o banheiro para vomitar, mas nada sai.

De nada adianta se olhar no espelho sobre a pia, mas ela o faz mesmo assim. É a necessidade de saber se é realmente ela vendo tudo aquilo. Se aquele fosse um pesadelo particularmente convincente, ao olhar seu reflexo no espelho veria uma cabeça de bode, ou o rosto de sua mãe, ou o daquele homem — algo que seria chocante e horrível, mas que mostraria que as últimas quatro horas haviam sido irreais, como era sua esperança. Em vez disso, viu a si própria. Uma maquiagem estranha, colocada para seu encontro, agora borrada pelo sexo e pelas lágrimas. Ela abre a torneira para limpar o rosto e descobre que há sangue em suas mãos.

Quando ela se ajoelha de novo para vomitar, tudo sai.

No momento em que deixa o banheiro, totalmente curvada, vê o que não havia percebido de cara ao entrar no apartamento.

Páginas. As duas primeiras escritas em uma tinta aparentemente recente, o resto tão velho e desbotado que lembra camadas de um ninho de vespa. Folhas arrancadas às pressas de um diário, uma pilha delas, em sua mesa de jantar compacta, que fica encostada na parede junto à cozinha, a única coisa naquela superfície além do jogo de galo e galinha de louça que formam o saleiro e o pimenteiro.

A letra é dele. Ela tem certeza disso. O cursivo formal, desbotado pelo tempo, pela exposição ao sol e pela secagem depois do contato do papel com a chuva, deixando ali enormes manchas de tinta.

Antes de decidir se deveria ou não fazer isso, ela lê a primeira página.

E para.

Ela vasculha mais uma vez todos os cantos do apartamento, como se as palavras dele em sua cabeça fossem capazes de se materializar do nada. Na cozinha, ela esfrega a bancada com uma esponja até encharcá-la, antes de espremer o sangue na pia. Ela fica olhando o sangue pingar como se só agora reconhecesse seu calor escaldante. Joga detergente por cima e abre a torneira. A água fica rosa e rodopia ralo abaixo.

Ela vai até o quarto e abre a caixa de joias onde guarda seus comprimidos. Ao longo de meses — ou teria sido mais? — ela se convenceu de que sua relação com eles é essencialmente inofensiva, assim como um copo de vinho depois do trabalho ou um cigarro em um dia particularmente difícil. Ela os toma tão raramente e em doses tão baixas que funcionam mais como placebo que qualquer outra coisa. Ainda assim, ela nunca abre a caixa onde mantém seus poucos brincos e colares, tirando dali o frasco de remédio, sem uma ponta de vergonha.

Sempre que Lily tem um comprimido nas mãos, pensa em sua mãe. Essa também era a droga dela.

Está tudo no relatório do legista. Seu histórico de entradas e saídas de hospitais psiquiátricos pelo país, devido a "episódios" descritos de forma vaga, a recusa de um tratamento longo, a resistência a um diagnóstico. E haloperidol. O antipsicótico com o qual ela permaneceu mais tempo, ainda que só Deus saiba se serviu ou não para alguma coisa.

Lily abre a caixa, pega um comprimido. Engole a seco.

Ele esteve aqui.

Ela olha em torno do quarto, como se agora estivesse iluminado por uma nova luz, ofuscante.

O louco esteve no seu apartamento. Entendeu?

Ela sente o remédio se dissolvendo, espalhando-se em sua corrente sanguínea. Silenciando tudo. Logo sua mente ficaria obscurecida. Mas, antes disso, uma última declaração.

Ele. Esteve. Aqui.

Quem é ele?

Um homem que se vê em termos sobrenaturais. Ela já teve clientes que acreditavam ser super-heróis, demônios, pessoas que viajavam pelo tempo. As afirmações dele, em comparação, são até conservadoras.

Seria fácil diagnosticá-lo — humanizá-lo por completo em sua cabeça —, não fosse o fato de que Lily já vira um monstro de verdade antes.

E agora, em um salto de sua memória, ela o vê de novo. A silhueta pesada e curva na entrada do chalé. As ondas de hálito quente que emanam de suas narinas. Os olhos amarelos e viscosos, como se lacrimejassem um pus infeccioso.

O homem que havia matado o dr. Edmundston não era o monstro. A criatura que a Lily Dominick de seis anos de idade observara de pé junto a sua mãe era maior, mais forte, inumana. Mas o homem não havia agarrado o ombro do dr. Edmundston com uma garra metálica? Ele não havia colocado em sua própria boca dentes afiados como agulhas antes de rasgar a pele da garganta do mentor de Lily?

É verdade que o homem que havia matado Lionel Edmundston apresenta um extraordinário distúrbio mental, é alguém que leva seu delírio de monstruosidade tão a sério que fabricou apetrechos para se transformar, uma fantasia de assassino. Mas qualquer um com uma luva de lâminas, agulhas para caninos e uma mente doente o bastante, poderia ter armado o mesmo truque. Você não tem de ser imortal para estar doente.

Além disso, a ligação dele com ela não passa de coincidência. Alguma pesquisa sobre os nomes de seus pais. Uma fuga. Ele deve ter ido a um lugar onde sabia que Edmundston estaria, talvez um bar onde homens encontram outros homens, e os dois foram juntos até o apartamento. Onde começou o pesadelo de Lionel.

Ele não a hipnotizou. Começou a andar na direção dela, uma mulher que havia acabado de testemunhar uma agressão horrível, e ela desmaiou. Então ele a sujou de sangue incriminatório, pegou todos os celulares e foi até o apartamento dela, onde encontrou uma maneira de entrar, e deixou lá sua insana confissão.

Uma confissão que ela poderia mostrar à polícia. Mas quem acreditaria? Ela mesma estava lá, viu tudo acontecer, e mal consegue acreditar.

E ele está com sua faca.

E isso significa o quê, doutora? Isso significa que vai fazer o quê?

Lily vai até a janela da sala, que dá para a rua 111. Ou ele é um chaveiro experiente, ou foi por ali que ele entrou. Há uma escada de incêndio aparafusada aos tijolos, a cerca de cinco metros à esquerda, e um beiral estreito que circunda a parede externa do prédio. É possível que ele tenha subido por esse caminho e se equilibrado no beiral até a janela dela, abrindo-a. Basta ter um bom equilíbrio e a mais total ausência de medo.

Aqui.

É isso que provoca a vertigem, que a obriga a retroceder e sentar-se à mesa, segurando-se com as duas mãos como se houvesse atingido o ápice de uma montanha-russa e fosse começar a descida. *Ele esteve aqui.* O homem que ela havia percebido ser diferente dos demais havia fugido do Kirby e se sentado na cadeira onde ela está agora. O que faz com que tudo o que ele fez diga respeito a ela.

Lily olha para seu telefone fixo sobre o sofá, repousando ali como um gato em uma faixa do pálido sol do amanhecer. A polícia saberá tirá-la disso. Eles saberão o que fazer.

Mas ela não se move. Ainda não.

Em breve, o telefone vai tocar. Alguém do Kirby vai lhe contar que um de seus clientes fugiu. Vão lhe dizer para ter cuidado — um alerta que o hospital é obrigado a dar a seus funcionários em situações desse tipo. Mais tarde, alguém vai encontrar o corpo do dr. Edmundston. No necrotério, vão achar as estranhas perfurações no pescoço, junto dos ferimentos maiores pelo corpo. Mas, antes disso, em alguns minutos, quando o sol estiver alto o bastante para não ficar mais atrás do prédio do outro lado da rua e seu apartamento clarear, ela vai contar à polícia tudo o que viu, tudo o que sabe.

Ou não.

Ainda há tempo antes de tomar uma decisão.

Tempo para ler as páginas que ele lhe deixou.

Nova York
16 de junho de 2016

Não sou um mito. Nem uma história, um conto de fadas ou uma lenda.

Não sou um ser humano, ainda que quase sempre seja confundido com um, mas sou composto de partes do corpo humano, entre outras coisas, algumas que entendo e outras que permanecem misteriosas, mesmo para mim.

Um nome.

Às vezes, penso se não seria melhor não ter um. Há um poder nele que só ocasionalmente pode ser vislumbrado, pequenos pedaços da realidade observada que forçam a pessoa a imaginar o todo. Ao longo dos séculos, esse poder foi atribuído a diferentes coisas: deuses, dragões, bruxas. É uma das razões pelas quais decidi prosseguir.

Neste momento, o mundo pode me chamar pelo meu pseudônimo preferido. O anjo guerreiro.

Michael.

Há livros sobre mim. Clássicos, à sua maneira. Em nenhum deles sou Michael, mas, ainda assim, sou eu quem está por trás de todas as suas invenções. Eles representam a obra da minha vida, ainda que não reconheçam minha participação neles.

A criatura sem nome de Victor F. O outro eu do dr. Jekyll. O conde da Transilvânia.

Shelley, Stevenson, Stoker.

Eles ganharam fama, que no entanto não os alcança onde estão agora, na terra fria de seus túmulos. Ao contrário deles, estou vivo.

E, ao contrário dos monstros cuja criação é atribuída a eles, sou real.

Londres
12 de outubro de 1812

Como começar, quando alguém não nasceu, e sim foi feito?

Tudo é dúvida, vejo agora, quando se trata de contar uma história. O que incluir e o que deixar de lado, onde se demorar, os momentos a declarar como pontos de inflexão. Quem tratar como herói ou vilão.

Não menos importante: em que língua escrever este estranho documento? Em que pese o fato de que nunca será publicado, ainda assim eu considero este registro como pertencendo ao mundo, então estou propenso a ditá-lo na linguagem do país onde me encontro neste momento. Os primeiros livros que li foram os que o médico calhou de me trazer da casa que ficava sobre minha prisão: tratados de anatomia, os poemas de Berzsenyi, a Bíblia. Mas também uma coletânea de peças de Shakespeare, em inglês. Ele não conseguia lê-las, então o fato de me entregar esse livro foi um gesto inútil, ou talvez uma piada às minhas custas. Mas eu aprendi a linguagem do Bardo graças a estudos constantes e, desde então, modifiquei-a para adaptá-la ao que se fala nas ruas nobres, nos pubs e nas casas de tolerância, nessas últimas semanas vagando pela Inglaterra.

Então, para começar. Comecemos pelo princípio.

Fui fabricado no porão da residência do cirurgião chefe, dentro do terreno do Sanatório Lipotmezei, nos arredores de Budapeste, em algum momento do outono de 1811.

Todo ser humano percebe seu criador como uma abstração do Todo-Poderoso, que cuida e possui um plano para a sua existência. Eu, por outro lado, fui criado por um homem, de barba escura e hálito de cebola.

O que eu sei da minha fabricação é o que o médico — dr. Tivadar Eszes — me contou, o que, ainda que eu não tenha motivos para achar que é mentira, é certamente incompleto. Dada a autoridade que ele tinha sobre a administração do complexo, nas colinas junto à Huvosvolgyi Road, ele tinha acesso indiscutível a todos os prédios, todas as enfermarias, todos os quartos. A todos os pacientes.

Por alguns anos, o dr. Eszes conduziu experiências no porão de sua residência, um belo imóvel amarelo de estilo barroco, exatamente em frente ao hospital principal. Ser um médico naquele país — e, especialmente, ser o diretor do sanatório nacional — significava conduzir testes AD HOC de todos os tipos. Alguns dos procedimentos que testemunhei não causariam estranheza em salas de tortura dos tempos medievais. Cirurgias no cérebro feitas pelas narinas ou pelo canal do ouvido. Mercúrio e chumbo administrados como remédio. Sem falar nas degradações mais triviais do asilo: fome, castração, estupro.

O dr. Eszes, no entanto, era um homem de uma inventividade ímpar. Seu receituário médico ia muito além da ingestão de um óleo no lugar de um pozinho, ou de recomendar uma histerectomia aqui em vez de uma flebotomia acolá. Ele era ambicioso no verdadeiro sentido da palavra, o que significa que devia ser insano também.

Além das responsabilidades de seu cargo, acomodar e tratar as mentes mais avariadas da Hungria, sua principal obsessão era devolver os mortos à vida. E mais ainda: dotar essa criatura reanimada de características de aprimoramento sobre-humano. Maior força e inteligência. Poderes hipnóticos de persuasão. Reflexos e instintos animais mais aguçados. Imortalidade também. Ele acreditava que, se conseguisse montar uma criatura tal, um protótipo que pudesse exibir aos líderes do governo, eles lhe dariam recursos para criar um exército deles. Sangue magiar refinado brotando da capital húngara e se espalhando pelo mapa da Europa! O dr. Eszes era, acima de tudo, um patriota. E um sádico. Um gênio. Pois o gênio não se define pela capacidade de criar algo sem precedentes?

O bom doutor usava seus pacientes como matéria-prima. Ele tinha a vantagem do acesso, pois cada novo cadáver podia ser entregue em sua casa minutos depois do suspiro final. A desvantagem era que o uso de corpos daquela fonte significava que ele estava trabalhando com peças defeituosas desde o início.

Mesmo assim, ele estava confiante de ter uma solução. Apenas o corpo precisava ser humano. A pele, os ossos, o rosto. A isso ele acrescentaria o sangue do que considerava ser o animal perfeito, mais um soro de sua fabricação, injetado pela órbita ocular. O objetivo era que o resultado fosse muito mais que o truque de salão de trazer um lunático morto de volta à vida. Ele antevia, isso sim, uma criatura nova e melhorada erguendo-se da plataforma suja de sangue! Seria a própria Hungria – sempre dividida, sempre reclamada e abandonada por forasteiros – unificada em um homem-melhor-que-o-homem!

Eu sou a criatura que, há um ano, ergueu-se da mesa cirúrgica.

Nem preciso dizer que o resultado não foi exatamente o que o doutor havia imaginado.

De todas as coisas que poderiam ter impedido seu sucesso, o que falhou não foi um processo biológico, químico ou cirúrgico. Foi uma doença da alma.

No instante em que o maior feito da ciência ficou de pé diante dele, o dr. Eszes olhou dentro dos meus olhos e imediatamente viu uma falha de caráter. Não a alma de um super-homem, mas o olhar inerte de um demônio.

Meu criador era um alienista. Especializado em doenças da mente. Também era um alquimista, talvez o último deles, e, ao me criar, o maior de todos.

O dr. Eszes ficava na fronteira que demarcava o fim da feitiçaria primitiva e o começo da ciência moderna. Somos parecidos nisso, o doutor e eu. "Pai" e "filho". Porque, assim como sou uma criatura da ciência, sou também a personificação do demoníaco, uma presença mais velha que a própria Terra.

O único paciente do dr. Eszes que foi usado na minha montagem — o cadáver doador — era um jovem assassino que acreditavam estar possuído. Mesmo depois que Peter Farkas foi submetido a um exorcismo pelo padre da cidade de Csany, onde nascera no seio de uma família de posses, o demônio zombou do religioso e das testemunhas presentes. O espírito lhes disse que jamais deixaria aquele menino, não importava que preces cantassem, porque tinha um plano para ele, um plano cujos frutos todos veriam com seus próprios olhos. E acredito que tenham visto.

Peter Farkas nunca foi à escola. Seus pais o alimentavam, mas o mantinham quase o tempo todo no quarto. O povo da cidade fazia parte dessa conspiração de negligência com o menino. Quando ele uivava e xingava pela janela, eles passavam sem olhar, como se não ouvissem nada além de pássaros.

Finalmente, o menino se tornou um homem. Concluindo que ele não era mais responsabilidade da família, o pai de Farkas o levou até o vilarejo agrícola de Szarvas, nas planícies do sul, deixando-o lá para que encontrasse emprego. E, realmente, Peter logo descobriu sua verdadeira vocação.

Indo de um lugar para o outro, dormindo em bosques e pastos, matando e se alimentando dos frutos de sua caça. Um modo de vida aceitável, se não fosse pelo fato de ele caçar humanos.

O dr. Eszes tinha uma casa de campo fora de Budapeste, nas colinas Bukk, no vilarejo hoje conhecido como Szilvasvarad. Ali ele mantinha

—A—
CRIATURA
ANDREW PYPER

CAPÍTULO 8

Acaba aqui.

Lily vai até a janela e a abre, coloca a cabeça para fora e examina o quarteirão, à esquerda e à direita. Tem certa expectativa de que ele ainda esteja lá embaixo, esperando na esquina, para acenar antes de escapulir.

Psicopata.

Um homem que acredita ter duzentos anos e ter sido a inspiração de *Frankenstein*, *O Médico e o Monstro*, *Drácula*.

Se você não é humano, o que você é?

Um psicopata como todos os outros. Mais imaginativo que a maioria, mas essa continua a ser a única resposta. O que impede Lily de acreditar totalmente nisso é a questão de como ele conhece o segredo dela. Aquele tão dissimulado que permanece oculto até dela própria.

Não sou um mito.

Lily começa a tremer, não consegue parar. *Isso é o choque*, ela diz a si própria. As últimas vinte e quatro horas se

fragmentando em vozes, frases escritas em um papel antigo. Uma horrenda colagem.
Sou um caso extraordinário.
O homem saindo da cozinha de Lionel.
Estou aqui para lhe dar um presente.
Os dentes prateados.
Se é um segredo, está debaixo do nariz da humanidade há um bom tempo.
Lily observa o bilhete manuscrito — aquele rascunhado em seu apartamento, alertando-a para não chamar a polícia — e percebe, pela primeira vez, que há alguma coisa escrita no verso.

Budapeste

Atrás dela, o telefone toca.
Ela olha para o seu canto da cidade, o sol do novo dia pintando de amarelo os tijolos e o concreto, e os carros trepidando na luz amanteigada. O cheiro fraco de castanhas torradas e esgoto, que ela considera o perfume específico de Nova York. Junto de alguma coisa que, ela diz a si própria, não passa de imaginação. Alguma coisa animal. A palha molhada e o hálito de cavalo de um estábulo.

A CRIATURA
PARTE 2

O VELHO MUNDO

—A—
CRIATURA
ANDREW PYPER

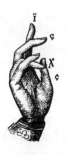

CAPÍTULO 9

Lily fica esperando vê-lo entre os presentes no funeral do dr. Edmundston. Sabe que se ele aparecesse seria um risco inconcebível, dada a caçada policial, apenas cinco dias depois do assassinato. Por outro lado, ele é louco.

O fato é que Lily tem estado à sua procura desde aquela manhã em que terminou de ler as páginas do diário. Começando pela sua caminhada até o Kirby, onde aguentou muitas horas ocupando-se do seu trabalho, fingindo não saber que o dr. Edmundston havia sido assassinado, até que, no fim do dia, Denise irrompeu em lágrimas na sua sala para contar do e-mail enviado aos funcionários. Encontrado morto em seu apartamento. Sinais de crime. Polícia investigando. Colegas de trabalho com qualquer informação solicitados a se apresentar.

"Parece que aconteceu algo ruim", disse Denise. "Algo *muito* ruim."

"Ah, meu Deus."

"Ele era tão gentil!"

"É horrível."
"Está tudo bem? Você parece..."
"Acho que preciso ir para casa."
"Claro."
"Você pode cuidar..."
"Não se preocupe."
Ela abraçou Denise ao sair. Foi então que Lily chorou — não de horror, apenas de tristeza.
"Eu telefono", disse Lily, obrigando-se a se desfazer do abraço e andar até o corredor.
Ela jamais viu Denise, ou seu escritório, outra vez.

Lily o procurou no caminho para casa. Depois, da sua janela, pelo resto do dia. E mais tarde, em sua corrida noturna até a mercearia para comprar suco, pão e Kleenex. Mesmo quando estava deitada na cama, sem expectativa de pegar no sono, mas querendo estar pronta para isso, se tivesse sorte, ela abria os olhos de tempos em tempos para ver se o homem que se autodenominava Michael surgiria das sombras de seu quarto.
Encontre-o, exortava sua voz.
Ele tem a faca. Enquanto a tiver, Lily estará nas mãos dele.
Então pegue-a de volta.
"Como?", pergunta ela em voz alta. "Seria melhor chamar um advogado."
Um advogado não vai ajudar se a faca acabar nas mãos da polícia. E um advogado não pode lhe dizer o que Michael afirma saber sobre quem é você. Quem era sua mãe.
"Ele não sabe quem eu sou."
A única maneira de você ter certeza disso é ir até ele.
"Por que eu deveria fazer o que ele quer?"
Porque é o que você quer também.

Quando um investigador deixou seu telefone, ela retornou imediatamente.

Foi mais difícil do que esperava separar o que ela realmente sabia do que era seguro contar. Deveria ter sido fácil contar uma mentira simples como "Não sei de nada". Mas, assim que se desviou da verdade e contou ao policial que havia deixado no meio da noite o apartamento do homem com quem saíra para ir dormir em sua própria cama ("Você faz isso com frequência?", perguntou ele, e ela respondeu "Eu gosto da minha cama"), as palavras soaram estranhas, como uma língua estrangeira que ela estivesse começando a aprender.

Dois dias depois do enterro de Edmundston, ela ligou para a diretora de pessoal do Kirby e pediu para tirar uma licença. Lily imaginou o olhar de pena no rosto da mulher. Tinha sempre essa expressão. Lily achava que isso se devia às muitas demissões que ela era obrigada a fazer.

"Você está ciente, doutora", começou a mulher, "de que licenças de luto só são possíveis em caso de perda de parentes próximos."

"Não espero que a licença seja remunerada", disse Lily.

"Entendo."

"E não sei quando volto."

Um longo suspiro atravessou a linha telefônica, até o ouvido de Lily. "Isso nos coloca em uma situação complicada, não? O dr. Edmundston não está mais entre nós, agora você — quero dizer, o *departamento*..."

"Só preciso de um tempo."

"É por causa do que aconteceu? Com o dr. Edmundston? Para o caso de apresentarmos uma alegação — há um processo de seguro. Você está tendo sintomas de medo? Ansiedade?"

"Sou obrigada a dizer, caso esteja?"

"Acho que não. Não."

"Então vamos apenas chamar de licença não remunerada por prazo indeterminado."

Lily desligou antes que dissesse algo do qual pudesse se arrepender.

Ela relê as páginas do diário de Michael tantas vezes que acaba por se ver alternando entre dois pontos de vista. Como uma psiquiatra, ela vê o texto como a articulação de um transtorno de personalidade altamente desenvolvido que maquinou uma identidade a partir da história impossível de suas origens. Mas ela então lê de novo, e vê que ao menos parte pode ser verdade.

Não sou um ser humano, ainda que quase sempre seja confundido com um.

Lily não pensa nem por um segundo que Michael tenha nascido em 1811. Mas ele talvez seja húngaro. E talvez sua família tenha considerado sua psicose uma possessão demoníaca quando ele era jovem (não seria a primeira vez que ela lidaria com um cliente e seus cônjuges ou familiares que acreditam ver um fundo sobrenatural em suas condições).

Talvez, depois de vir para os Estados Unidos, Michael tenha, de alguma forma, conhecido a mãe de Lily.

Pode ser que eles tenham se esbarrado em um hospital ou algo parecido, em algum lugar. Considerando sua idade, ele devia ser o filho de outro paciente, mas crescido o bastante para falar com ela, lembrar-se dela. A própria Lily não sabe muito sobre sua mãe, além de que, após seu nascimento, as duas se mudaram de um trailer para um quarto de motel, depois para o chalé no norte. Era uma existência nômade, decorrente do fato de serem pobres. Mas havia algo mais. Os remédios, por exemplo. Começava e parava, começava e parava. Muito provavelmente uma paranoica, como Michael. No caso de sua mãe, havia a crença de que estavam atrás dela. Lily tem uma vaga lembrança de perguntar quem eram essas pessoas.

"Aquelas que *sabem*", respondeu ela.

Para Lily, a doença mental de sua mãe tem um gosto: o chá amargo e, pior ainda, as sopas que ela era obrigada a tomar quando criança. Eram misturas que sua mãe devia fazer a partir daquilo que colhia na floresta, porque Lily não tem qualquer recordação das duas indo a uma loja de alimentos orgânicos, e, de qualquer forma, o chalé no Alasca era longe de tudo. O gosto da comida, relembrado décadas depois, deixa Lily enjoada, mas também com raiva, como se os caldos de sua mãe tivessem outro objetivo além de alimentá-la. Seriam algo do tipo *new age*, remédios do movimento antivacinação? Seriam uma punição?

Lily relê todas as páginas mais uma vez.

Não nascido, mas feito.

Michael não tem duzentos e quatro anos de idade. Ele não é a inspiração dos três romances góticos mais respeitados do século XIX. Ele não foi criado por um alienista, e sim veio ao mundo da mesma maneira que qualquer pessoa. Ele não é seu pai.

Mas é possível que saiba algo sobre sua mãe que ela mesma não sabe. E, se for assim, ela precisa dele.

Denise é a única pessoa para quem Lily telefona a fim de avisar que ficará fora por algum tempo. Sente que alguém precisa saber. Mas, assim que ela conta que foi muito afetada pela perda do dr. Edmundston e decidiu passar um tempo fora, tudo parece dar errado.

"Para onde você vai?", pergunta Denise, tentando disfarçar o alarme na voz.

"Não sei ainda. Pensei em apenas ir para o aeroporto e escolher algo no quadro de partidas."

"Isso não parece coisa sua."

"Acho que é por isso que quero fazer assim."

"É por causa de Lionel?", pergunta Denise. "Ou há algo mais?"

"O que você quer dizer com algo mais?"

"É que você... há medo em sua voz. E você não é uma pessoa de ter medo."

"Meu amigo acaba de morrer. Assassinado. Provavelmente por uma pessoa com a qual eu fui a última a falar. Você não acha que eu deveria ter medo?"

"Você acha que eu também devo me preocupar?"

"Ele não voltará ao Kirby", diz Lily, e, no mesmo instante, acredita que isso seja verdade.

"Por que não?"
"Minha profissão é diagnosticar personalidades."
"E daí? Isso faz com que você leia mentes?"
Depende da mente, pensa ela, mas não diz.
"Vejo você quando voltar", diz Lily.
"Tome cuidado."
"Sempre."

Ela está fechando a mala quando recebe um trote pelo telefone. É como Lily tenta tratar isso mais tarde, lutando para se convencer de que não há qualquer ligação entre os acontecimentos dos últimos dias, que a arrancaram de sua vida normal, e o estranho ao telefone, perguntando se ela é a dra. Lily Dominick, sem revelar seu nome.

"Quem está falando?"
"Precisamos nos encontrar."
"Foi aquele site de encontros quem lhe deu meu número? Se foram eles..."
"Quero proteger você."
"... isso é crime. Disseram que minha privacidade seria..."
"Você não está segura."

O homem tem uma voz forte, que transpira autoridade profissional. Lily tenta imaginar o dono daquela voz e o vê como fisicamente imponente e atraente. Isso quase a distrai da frase assustadora que ele acaba de pronunciar.

"Isso é uma ameaça", ela diz. "Também é crime."
"Preste atenção, Lily. Não há tempo a perder. O que está acontecendo — não é nada do que você imagina. Mas eu não posso — outros podem estar nos ouvindo. Apenas diga um local e vá direto para lá. Vou encontrar você. O que eu..."

"*Quem* está falando?"

"Meu nome é Will", responde a voz. "Temos algo em comum. Alguém. Apenas escolha um..."

Ela desliga. Depois de verificar no identificador de chamadas que a ligação vinha de um número bloqueado, ela desconecta o telefone, antes que ele ligue de novo.

Um trapaceiro. Seus dados pessoais hackeados de uma conta na internet. Um engraçadinho soltando uma dupla de insinuações vagas que atingiriam qualquer um. *Temos algo em comum. Alguém.* Lily rejeita o telefonema, pensa nele como trote, ainda que não acredite totalmente nisso.

Ela tem certeza de que ele continua tentando ligar e pensa em reconectar o telefone, nem que seja para ouvir novamente aquela voz ao mesmo tempo insistente e reconfortante, mas, no fim das contas, vai embora para não pensar mais no assunto e pega um táxi para o aeroporto.

No aeroporto JFK, ela encontra uma livraria e vai direto à seção de clássicos. Pega *Frankenstein*, *O Médico e o Monstro* e *Drácula*.

"Acho que você não pretende dormir no voo", diz a caixa.

No portão, Lily aguarda o embarque e abre *Frankenstein*.

> *Ficará alegre em saber que nenhum desastre me acompanhou no começo de uma empreitada que considerou com tantos maus presságios.* [...]

Por enquanto, nenhum desastre, diz sua voz interior. *Mas não faltam maus presságios.*

No instante seguinte, seu voo para Frankfurt é chamado. Ela nunca esteve lá. Nunca foi a qualquer lugar da Europa antes. Mas Frankfurt não é seu destino final. Lá, ela pegará uma conexão para Budapeste.

—A—
CRIATURA
ANDREW PYPER

CAPÍTULO 10

Ela termina o primeiro livro na metade do caminho, sobre o Atlântico. Em Frankfurt, sua conexão atrasa, o que lhe dá tempo para ler os outros dois. Devido ao jet lag e ao tema, ela chega a Budapeste assustada e agitada.

Há a sensação de que ela não apenas está viajando na direção do Oriente, como de volta ao passado. Seus primeiros vislumbres do Leste Europeu reforçam essa impressão: as árvores nuas que exibem os pompons dos ninhos de esquilo, as fábricas da era soviética e os campos de plantações agrupadas. Tudo isso sob uma bruma chuvosa, a madrugada nevoenta e sem cor.

O feitiço só é rompido em parte quando ela chega ao hotel na cidade cortada por um rio, no lado de Peste. No quarto, ela toma um banho, engole uma de suas pílulas e se enfia embaixo do edredom, desejando uma noite sem sonhos. Mesmo assim, ela sonha.

"Apoie a coronha em seu ombro. Firme, assim."

A voz de sua mãe é tão clara que Lily tem certeza de que está morta. Ambas estão mortas. O que faz deste seu primeiro passo na eternidade.

Ela tem novamente seis anos e está aprendendo a segurar uma arma.

"Aperte contra seu rosto, de forma que você veja bem lá na ponta. Feche esse olho e mantenha o outro aberto. Entendeu?"

Lily sente a madeira fria da coronha contra o rosto. O rifle é pesado, mas é um peso que consegue manipular, e ele fica totalmente firme em suas mãos. Ela o aponta para a escuridão. É noite? Elas estão lá fora? Consegue ouvir sua mãe, sentir sua proximidade, mas ela está atrás dela, mais ao lado, fora de vista.

"Mamãe?"

"Sim, querida."

"Como eu atiro?"

"Seu dedo fica aqui. Sentiu? Mas você só deve puxar se sentir que está tudo certo."

"Por quê?"

"Porque você não poderá voltar atrás."

Ela não consegue ver nada, mas, mesmo assim, encontra um alvo na escuridão. O rifle fica silencioso. Algo dentro dela mantém a mira firme, absorve todo o seu medo.

"Você está pronta", diz sua mãe.

Na manhã seguinte, depois de ovos fritos servidos no quarto, ela vai até um ponto de táxi e dá um endereço ao motorista. Ele retruca em húngaro, que para Lily soa como uma combinação de chinês, português e russo. Ela acredita ouvir algumas palavras e expressões em inglês, repetidas de maneira aleatória. *Catfish*, por exemplo. Bem como *sequence* e *told you*, e, com mais frequência, *hashtag*.

"Hospital", corrige ela. "O antigo hospício. Onde eles colocam os loucos."

Ele a olha como se a louca fosse ela, para depois dar de ombros e se pôr a caminho.

Michael lhe havia dito para ir até Budapeste, e, agora que chegou, ela vai ao único lugar mencionado nas páginas deixadas por ele. Onde tudo começou. Na cabeça dele, pelo menos. Para conseguir a faca de volta, ela tem de pensar como ele. *E, para perguntar sobre a sua mãe, você tem de encontrá-lo.*

O táxi cruza a ponte das Correntes, sobre o rio Danúbio, e vai para o norte, tomando a longa subida da estrada Huvosvolgyi. Depois de uns três quilômetros, a cidade cede lugar a amplas propriedades, que Lily imagina serem escolas particulares ou embaixadas. O veículo não para de subir, mas, quando ela olha pela janela traseira, a elevação não proporciona qualquer vista.

O taxista entra em um pequeno estacionamento e para. Tudo o que Lily pode ver como sinal de que chegou ao seu destino é um ponto de ônibus na beira da estrada e uma guarita de estuque com uma corrente bloqueando a passagem de qualquer veículo para uma estradinha tomada por arbustos selvagens.

"*Catfish hashtag*", parece dizer o taxista.

Lily olha para o valor marcado no taxímetro, os números em florins sem qualquer significado para ela. Lily dá ao homem cinquenta euros. Ele balança a cabeça pelo exagero dela, mas não lhe dá qualquer troco.

Assim que ela sai do carro e o taxista começa o caminho de volta, Lily se dá conta de que está sozinha. Ainda que um ou outro carro passe em alta velocidade, não há ninguém na calçada ou no ponto de ônibus. Há cortinas na imunda janela da guarita e uma lata de cerveja vazia junto à porta, mas ninguém aparece.

"Olá?", diz ela, e essa solitária palavra soa ridícula no ar cinzento.

Decide seguir em frente até que alguém a pare. E, se isso acontecer, ela vai bancar a idiota. Fingir que é uma turista com fixação em hospícios antigos. Ela espera ter euros suficientes em sua carteira para servirem de propina no caso de ser acusada de invasão de propriedade.

Ela pula a corrente e começa a andar pela estradinha de piso rachado. Um sistema de segurança bem esquisito, se isso for um, porque ela agora vê uma cerca alta que se espalha em ambas as direções, circundando o terreno, encimada por círculos de arame farpado.

Logo a estradinha se divide em duas, e Lily toma uma passarela que atravessa o que um dia parece ter sido um jardim. Fica imaginando quando vai ouvir uma voz perguntando aonde ela pensa que está indo, mas sobe os primeiros degraus sem qualquer interrupção, até se ver engolida por um túnel de ramos entrelaçados sobre sua cabeça, que ela pode tocar, bastando estender o braço.

Sua mente é tomada pela ideia de que ninguém sabe que ela está ali. Alguém poderia atacá-la, prendê-la ou matá-la, sem que vivalma neste lado do Atlântico se preocupasse com o que poderia ter lhe acontecido, sua existência apagada tão facilmente porque ela já meio que havia apagado a si própria. Esse temor quase a faz voltar. Mas o prédio do hospital principal surge a sua frente, e ela decide, por ter chegado a esse ponto, dar uma olhada mais de perto.

No passado, deveria ter sido esplêndido. Uma arquitetura elegante, imponente, para o que, há um par de séculos, visava acomodar todos os mais graves doentes mentais da Hungria. Lily imagina que, do portão, devia ser praticamente impossível ouvir os uivos e gritos, mesmo durante o verão, quando as janelas ficavam abertas.

Ela tenta as portas da frente. Elas cedem um centímetro, não mais que isso, trancadas com correntes por dentro.

Ao que parecia, o hospital não funcionava há décadas. De acordo com o que Michael havia contado, um dos antigos presos era Peter Farkas. Mas Farkas só havia se tornado Michael na casa do dr. Eszes, não aqui.

Ela toma a direita, seguindo a fachada do prédio principal, e vê a casa, voltada para o hospital a partir de um plano mais elevado. Construída com a mesma pedra amarela, mas com colunatas terminadas em arco na fachada que lhe dão a aparência de uma boca severa.

Lily sobe a colina, mais íngreme do que parecia, o que a obriga a cravar tanto as mãos como os pés na terra macia. No topo, ela luta contra a tentação de se deitar. Seja por nervosismo, seja pela mudança de altitude, respirar exige um esforço consciente.

Ela quer ir em frente.

Você quer saber.

O porão.

É por isso que ela está aqui. Não basta estar no local onde se passa a história inventada por Michael. Ela precisa entrar.

Ao contrário do prédio principal, as portas da casa do médico estão fechadas com correntes pelo lado de fora. As janelas ao longo das colunatas estão quase todas quebradas, mas há grades por dentro. Lily olha em torno da casa, buscando uma entrada.

Nos fundos, há uma única porta, ao fim de uma descida de três degraus de tijolo. É quase certo que também esteja fechada, mas ela sabe que sua vozinha interior vai chamá-la de frouxa se nem ao menos tentar.

A porta cede assim que ela a toca.

O ar fede a mofo e urina de gato, além de algo químico, como formol. Faz com que Lily comece a tossir ao entrar. O som ainda reverbera pelas paredes quando ela escuta um ruído leve, que só pode ser, diz a si própria, de um rato ou alguma outra praga em fuga.

Ela para na entrada de um corredor com largas aberturas dos dois lados, que dão para outros aposentos. Espalhados pelo chão, pacotes de cigarro vazios, folhas mortas, embalagens de comida. A três centímetros da ponta do seu pé há uma seringa usada.

Lily se lembra do aplicativo de lanterna no celular pré-pago que ela comprou assim que chegou, tira-o do bolso traseiro e acende.

Por um segundo, a luz capta um movimento na outra ponta do corredor.

Novamente o ruído. Mais claro dessa vez, como alguém mexendo em jornais. Mas, quando ela firma o celular, apenas comprova sua primeira impressão: um corredor com aposentos cujo interior ela não pode olhar, a não ser que entre neles.

E agora, psicopata?

Seu pé se ergue sobre a seringa, dando seu primeiro passo antes mesmo que perceba que resolveu ir em frente. O cheiro se torna mais forte. Faz com que pense estar penetrando no estômago de alguma besta adormecida, o fedor de seu hálito soprando em seu rosto.

Ela joga a luz do celular no primeiro aposento, encontrando um agrupamento aleatório de correntes enferrujadas em um semicírculo, como se uma sessão de terapia de grupo houvesse sido abruptamente interrompida há cinquenta anos. O aposento seguinte abriga o aquecedor. Dele saem respiradouros que atravessam o teto, até os pisos superiores.

O terceiro aposento é o maior deles. Lily consegue perceber o tamanho antes mesmo de olhar para dentro, a distância fria entre ela e as paredes se expandindo em um céu sem estrelas. É dali que vem o odor. Ela se dá conta de que é um cheiro de necrotério.

Ela entra na escuridão cada vez maior. Sente as pernas afundarem, puxando-a através dos alicerces da casa para a terra que há embaixo.

A luz do celular está apontada para seus pés. Lily passeia com o facho pela parede oposta, de tijolos.

Pernas. Olhos azuis. Cabelos escuros e cacheados. Pele nua.

Lily estende e firma seus braços. Obriga a luz a se projetar na coisa que está no canto.

Uma boneca de criança. Ajeitada de forma que suas pernas estão esticadas para a frente, seus olhos como contas brilhantes de surpresa. Uma menina.

Fuja.

Mas algo faz com que ela fique. Os braços da boneca abraçam um envelope. Ela força a vista para ler o que está escrito,

parcialmente escondido. Um L no começo e um Y no fim. Seu nome.
A boneca está ali para ela. A boneca *é* ela.
Ela move a luz do celular pelo entorno. Móveis quebrados formando uma pilha, como que prontos para serem transformados em uma pira. Caquinhos de vidro cintilando pelo chão. Uma cadeira de rodas com uma poça de água verde no assento.
O círculo de luz diminui, e Lily pensa a princípio que sua vista está falhando, que ela está prestes a desmaiar, como aconteceu no apartamento do dr. Edmundston. Mas logo a luz é reduzida a um círculo sépia no chão, bem a sua frente. A bateria. A que viera com o celular, já esgotada.
Ela vai até a boneca e a pega. Então a luz do celular se apaga. Lily fica imóvel, atenta ao silêncio. De novo o ruído, muito mais próximo que antes.
Ela desliga o celular, ligando-o de novo. Isso faz com que a lanterna pisque novamente. Para revelar um homem no outro canto do aposento. Seus dentes prateados formam uma linha de gelo em sua boca.
A luz morre.
Ela se choca contra a parede, as mãos batendo freneticamente na madeira da porta.
"Por favor, Deus. *Por favor...*"
Ela encontra a maçaneta e abre a porta, sobe de maneira desastrada os degraus e tropeça na borda elevada de tijolo no fim, o que a faz rolar por quase um metro sobre o cascalho.
Seus olhos se mantêm na escuridão para além da porta aberta do porão. Ela fica ali, o ar entrando e saindo de seus pulmões em assobios, esperando que alguma coisa apareça. Mas, quando percebe um movimento, ele não vem do porão, mas sim do outro lado da casa.
O cão para no mesmo instante em que os olhos de Lily pousam nele. Um pastor-alemão misturado com alguma outra coisa, uma dessas raças com cabeça enorme, cujas mandíbulas são feitas para se fechar e nunca mais abrir. Ele não rosna.

Apenas mostra os dentes, como o homem no porão havia feito, seus beiços rosados tremendo.
Fique parada.
"Levante-se."
Seu corpo obedece. Ela não tira os olhos do cão imóvel. Quando ela dá o segundo passo, as orelhas dele ficam para trás, coladas na cabeça.
No seu terceiro passo, o animal se lança sobre ela.
Lily sai correndo.
O cão a alcança antes que ela chegue ao caminho que leva à estrada.
A cada passada, ele dá um pulo à frente, de modo a ficarem ao lado, e ela vê seus dentes cobertos de tártaro, seus olhos injetados de fúria.
Ela larga a boneca, mas não o envelope. Não é de propósito, a boneca apenas escapa de suas mãos. Mas, quando acontece, Lily tem a esperança de que isso distraia o cão. Talvez ele pare para arrancar os membros da boneca, em vez dos dela. Mas a boneca apenas ricocheteia, de modo inofensivo, nas costas do animal.
A guarita está a uns cem metros. Na rua em frente, uma mãe empurra um carrinho de bebê na calçada oposta, olhando para Lily com uma expressão que pode ser tanto de alarme como de diversão.
Você está segura, minha senhora, pensa Lily. *Eu deveria era estar aí com você.*
E justo quando Lily começava a alimentar a esperança de que o cão era treinado apenas para latir, não para morder, os dentes dele encontram a parte de trás de sua perna.
Os braços dela giram como hélices. O cão gira com ela. Para a frente, depois jogado de novo para trás, um movimento tão intrincadamente equilibrado que parece até ensaiado, uma dança entre duas espécies.
Com um impulso, ela se livra do cão. Lily respira. A dor se manifesta por um grito que sobe do seu tornozelo até sua garganta.

O som faz com que o cão avance novamente sobre ela. Dessa vez, em vez de correr, ela chuta o animal com seu pé bom. A ponta do seu sapato golpeia a mandíbula dele.

Com o impacto, o animal cai sobre suas patas traseiras, abrindo e fechando a boca, como se verificando se algo está quebrado. Isso dá a Lily a oportunidade de correr até a guarita.

Ela pula sobre a corrente da entrada, seu pé ruim aterrissando primeiro, e o tornozelo cede, derrubando-a no chão. O cão pode jogar-se sobre ela agora. Lily se prepara, segurando inutilmente o papel amassado contra seu rosto.

Nada acontece.

Quando Lily olha, vê o cão parado do outro lado da corrente, ofegante.

"Você não pode sair da propriedade, não é?", diz Lily ao animal enquanto se levanta. "Ela é toda sua."

Ela vai até a calçada, a mãe com o carrinho agora a encara abertamente. Sua voz interior quer gritar para o outro lado da rua, dizer à mulher onde ela pode enfiar aquele olhar, mas Lily resiste e sai mancando, sem ao menos procurar um táxi, e põe-se a descer a colina até a cidade.

Cornualha, Inglaterra
22 de novembro de 1812

"Você é meu segredo."

Essas são as primeiras palavras que lembro ouvir Eszes dizendo para mim, como se me anunciando dessa forma me forçasse a permanecer um segredo.

Por um bom tempo, não via ninguém além do doutor. Ficava trancado no laboratório, dormia em um estrado que ele havia colocado no chão, olhava com nojo para a comida posta sobre a mesinha à qual eu deveria comer.

Mesmo que eu fosse capaz de amar, não teria amado o doutor. Eu o considerava mais um carcereiro do que uma companhia. Sempre pedia para sair da casa e ver o que havia do lado de fora daquelas paredes. Por muitos dias, a resposta do doutor era que tais liberdades só ocorreriam depois de um período de observação. Quando eu me queixei de que ele não tinha o direito de me tratar como um fazendeiro trata seus animais, ele me corrigiu.

"Você é minha criação", retrucou ele. "Se deixasse este local sem minha permissão, eu seria obrigado a destruí-lo, porque não podem saber de sua existência. No futuro, seremos célebres. Mas, neste momento, somos criminosos. Cometemos o pecado original."

Tentei ver essa comunhão como amizade, mas apenas sentia que a analogia do doutor não se aplicava a mim. Ele havia cometido uma blasfêmia ao me dar a vida, mas eu apenas estava vivo, sem culpa. De qualquer modo, como poderiam as leis dos homens se aplicarem a um ser que não era um homem?

O doutor nunca se dirigia a mim pelo nome. Ele nunca me deu um nome.

Fosse sua ausência ou presença, logo senti vontade de matá-lo. Em parte porque esse era um aspecto da minha natureza emergente, em parte porque eu estava farto das garrafas de sangue de cavalo que ele me trazia como alimento. Como um filhote de águia, eu não estava mais satisfeito em abrir a boca e deixar que meus pais a enchessem — eu ansiava por me alimentar sozinho.

O cheiro da pele do doutor provocava isso, as batidas de seu coração audíveis para mim antes mesmo que ele abrisse a porta. Ao olhar para ele, eu pensava nas maneiras como poderia abri-lo para expor a vida quente lá dentro. Teria acontecido ali, naquele porão escuro, se não houvesse coisas que eu precisasse aprender dele.

Rapidamente descobriu-se que a experiência havia tido pelo menos um resultado inesperado. Ainda que eu habitasse o corpo de um homem morto, na sua ressuscitação sua velha mente havia ficado para trás, abrindo espaço para uma nova. A minha. Isso parecia um mistério, inclusive para o doutor. Ele calculava que o processo fosse produzir um cérebro de mais capacidade, mas que seu temperamento permaneceria mais ou menos igual ao de Peter Farkas, aquele em cujo pescoço o doutor enrolara uma corrente e sufocara até a morte. Porque Eszes decidiu que isso era necessário. Não esperar até que um paciente morresse de causas naturais, e sim o frescor de uma nova morte.

Mas pouco restava de Farkas em mim. Um punhado de memórias. Algumas lembranças excitantes dos rostos daqueles que ele havia matado, em seus momentos finais. Brincar de esconde-esconde com sua irmã mais nova, quando eram crianças. A voz de sua mãe. Isso estava, para mim, distante, como uma história contada há muito tempo, cujo final já se esqueceu.

Isso fascinava o alienista que havia no doutor. Eu podia vê-lo em seus olhos quando ele me mirava. Quem era esse homem que dividia a mesa com ele, de modos refinados, com fome não pela comida posta a sua frente, mas por sabedoria, por livros? Não posso explicar isso, mas tenho algumas teorias. O temperamento não é a mesma coisa que a mente. É uma experiência. Ao se apossar disso, você se torna algo diferente, com capacidade de pensar, mas sem a programação imposta por pais, escola, interação social. Sou um homem libertado das regras da humanidade.

Fui uma criança com as capacidades de um adulto, livre para estabelecer minhas próprias inclinações. Mas também havia outros ingredientes em mim. Sangue animal. Mais especificamente, o sangue de cavalos. A raça Lipizzan, que o doutor mantinha em seus estábulos em Szilvasvarad. O couro de um branco brilhante, sua cepa orgulhosa que remonta aos guerreiros hunos. O sangue dos Lipizzans me dava força, resistência e velocidade, atributos muito admirados pelo doutor.

E isso funcionou, até certo ponto. Mas a combinação entre essa química, as lembranças e o parasita espiritual que se agarrava a mim deu origem a um homem totalmente novo, e não apenas a uma simples versão melhorada de Peter Farkas.

"Você olha para mim e me vê como uma criança vê seu pai?", perguntou-me certa vez o doutor, e, enquanto registro as palavras desse interrogatório nesta página, nossa conversa retorna tão claramente como se houvesse ocorrido hoje pela manhã.

"Não."

"Diga-me, então." Ele colocou um espelho diante do meu rosto. "O que você vê?"

"Uma máscara."

"Mas é o seu rosto. Você quer dizer uma máscara no sentido metafórico."

"Creio que sim."
"O que seria revelado se eu a removesse?"
"Não posso dizer."
"Por que não?"
"Porque nem eu sei a resposta, por enquanto. Seja o que for, aproxima-se mais daquilo que eu desejo me tornar."
"E o que você deseja se tornar?"
"Não há um nome para isso. Acho que o mais próximo seria um deus."
"Um deus de caridade ou um deus de guerra?"
"Esses são termos humanos, em um espectro humano. Eles não me definem."

O doutor riu disso. Um riso desagradável e zombeteiro.
"Você talvez precise de uma linguagem própria!"
"Creio que o senhor esteja certo, doutor. Compreender-me demanda falar uma nova linguagem. Uma que eu terei de inventar."
"Ora, muito bem", disse o velho sádico. "Mas com quem você falaria essa nova linguagem? Quem entenderia seu significado?"
"Logo haverá outros como eu. Essa é a sua intenção, não é?"
"Isso vai depender do seu sucesso."
"Sucesso?"
"Em conservar sua máscara."

Ele estava enganado em tantas coisas, mas, ainda que eu o odiasse por isso, nesse ponto o dr. Eszes mostraria ter razão.

Ele me prometera que eu não ficaria só.

Eu não ansiava apenas por uma noiva, mas pela companhia de outros como eu. Uma família. A única forma de me conhecer era por meio dos reflexos no olhar de criaturas como eu, uma visão que nenhum espelho proporcionaria. Ser um "companheiro", um "amigo", um "pai": do que essas performances necessitariam para ser convincentes?

Eu queria muito ser testado no campo das paixões. Não estava claro se eu teria a capacidade de replicar aquilo que os poetas celebravam. Seria eu capaz de autossacrifício, cortejar alguém, inspirar alguém? Seria eu capaz de ver a vida de outrem como algo além de um convite à destruição? Seria eu capaz de amar?

Em vez de manter sua promessa, o doutor foi tornando suas visitas cada vez mais raras. Sua atitude para comigo passou de um triunfo arrebatador para o exame científico e, depois, para um pessimismo inabalável.

"Coloque isso", disse ele, um dia. Do bolso do casaco, ele tirou um capuz de lã. "Ninguém pode ver o seu rosto até chegarmos ao nosso destino."

O capuz era grosso, e por baixo dele estava abafado e quente. Estaria eu sendo levado para a liberdade ou para minha execução?

Eu o coloquei. Mesmo por sob a lã negra eu podia sentir seu cheiro, seu sangue.

Eu perguntei para onde estava sendo levado enquanto ele me empurrava escada acima. Ele respondeu que estávamos indo para o interior, e, quando insinuei que era lá que eu seria libertado, ele não disse nada. Nem era preciso.

Era como se a mente dele se comunicasse diretamente com a minha. Ele nunca me deixaria partir. Eu havia sido trazido de volta dos mortos, mas, agora que estava vivo, ele tinha de se defrontar com o significado de sua realização. Ele nunca me mostraria aos seus superiores, ele nunca proporia um exército de mortos-vivos ao Parlamento húngaro. Só pensar nisso já era um absurdo.

Pode ser maravilhoso ter um dragão, mas essa mesma maravilha demanda que ele seja trucidado.

Quando o dr. Eszes removeu o capuz, muitas horas depois, na carruagem na qual viajávamos, o mundo explodiu em cor. Boa parte, verde. Florestas que se espalhavam de ambos os lados. A estrada acompanhava um riacho, sua água cinzenta se tornando branca ao passar sobre as pedras que despontavam, como crânios parcialmente enterrados.

Perguntei mais uma vez ao doutor aonde ele estava me levando, e dessa vez ele respondeu.

"À minha casa de campo. Você será apresentado como um empregado contratado. Para trabalhar com o cavalariço."

"É onde mora sua família? Vou conhecê-los?"

Se o doutor já parecia preocupado antes, agora sua tez empalideceu tanto que combinava com o pelo dos cavalos que ele tanto admirava.

"O senhor é casado, doutor? Tem filhos?"

Ele não queria responder. Mas, mesmo assim, respondeu.

"Uma esposa. Um menino de doze anos."

"E o senhor não lhes disse como eu me tornei o que sou, certo?"

"Certo."

"Diga-me, doutor. Que produto químico o senhor criou para me trazer à vida?"

Ele fechou os olhos. Depois pegou o capuz e o recolocou em minha cabeça.

"Isso você nunca vai saber", respondeu.

A voz do pobre coitado saiu em um guincho de rapazinho, que revelou a ambos nossa situação.

Era noite quando chegamos à casa do doutor. Ele removeu meu capuz, o mundo feito de pálidas camadas de sombras. Velas queimavam na janela da casa, um sinal luminoso deixado para o doutor por sua esposa. Mas eu não deveria dormir ali. Ele me conduziu até a residência da criadagem, na encosta junto aos estábulos.

Meu quarto não passava de uma cela, com um colchão de palha, um jarro d'água e um penico.

Perguntei a Eszes, na porta, se ele realmente acreditava que a corrente na maçaneta e o cadeado trancado à chave bastariam para me manter ali.

"Boa noite", disse ele, ignorando minha pergunta.

"Boa noite, pai."

Fiquei escutando enquanto ele se arrastava pelo corredor, para dirigir-se à casa onde dormia sua família, que, sonhando, ignorava tudo aquilo.

—A— CRIATURA
ANDREW PYPER

CAPÍTULO 11

Lily volta para o hotel e lê as páginas do diário antes mesmo de olhar com mais atenção a mordida em sua perna. Menos pior do que parecia. Ela conclui que o ferimento pode cicatrizar sem a necessidade de pontos, mas precisa de antisséptico e um curativo.

Ela se informa na recepção sobre a farmácia mais próxima e atravessa o parque Erzesbet pelo caminho ladeado de quiosques de madeira, montados especialmente para um bazar natalino antecipado. Estudantes, turistas e moradores se acotovelam com Lily no espaço apertado. Além de artesanato e bijuterias, algumas barraquinhas vendem bolo, cachorro-quente e cidra com canela. Os aromas reviram seu estômago.

Ela para no meio da multidão, os acontecimentos do dia se impondo em sua mente. A boneca no canto do porão. O vislumbre dos dentes prateados. Parte das memórias de um louco deixadas para ela no outro lado do mundo em relação a onde ela estava havia apenas dois dias, páginas com

Olhe nos olhos dos cavalos escrito no verso do envelope que as continha.

Uma instrução que não significava nada para ninguém, exceto para Lily. Traz de volta a sua mente a lembrança de ter sido levada do chalé no dorso de um animal branco, que deixou pegadas que o caçador local que ela visitara em Anchorage adivinhou pertencerem a um cavalo. Aparentemente apenas uma coincidência, mas Lily sente que pode ir além se vasculhar mais. Uma conexão que está bem ali, a sua espera.

Você não sabe que diabos está fazendo, sabe?, pergunta sua voz interior, antes de responder a si mesma. *Você não tem a mínima ideia. E isso vai matar você.*

Pela primeira vez desde que deixou Nova York, a possibilidade de estar caminhando para seu próprio fim a atinge. Até agora, estava em uma espécie de autoilusão, numa cela acolchoada que a protegia do óbvio. Ela já viu isso em seu trabalho. Algumas vezes, a proximidade com um ato horrível provoca uma espécie de imunidade. É por isso que alguns sobreviventes de desastres aéreos passam a fazer paraquedismo, ou soldados em área de conflito pedem turnos extras.

Mas, mesmo agora, não consegue se livrar da ideia de que não será Michael a machucá-la. Ele tem planos para ela. E se o plano dele fosse simplesmente destruí-la, ele já teria feito isso.

Há muitas maneiras de morrer, pondera sua voz interior. *Algumas são rápidas, outras têm seu momento certo.*

Ela está aqui para encontrá-lo. Para, pela primeira vez, seguir sua intuição, seu coração negligenciado, para saber se ele tem ou não laços de sangue com ela.

E se ele a matar, o que isso significaria?

Conte-me como seria o mundo se você não houvesse nascido, diz o dr. Edmundston, sua voz surgindo do nada. Não o fantasma dele, mas uma de suas perguntas preferidas ao examinar um cliente, nas vezes em que ela o acompanhara logo ao chegar ao Kirby.

Então Edmundston faz a pergunta para ela.

Alguma coisa estaria perdida, Lily — qualquer coisa —, se você deixasse de existir?
Isso a faz pensar no bebê.
Já fazia algum tempo que não pensava nele, mas hoje Jonathan está com ela. Sua carinha rosada, as mãozinhas agarrando o ar, tentando tocá-la do outro lado do vidro da incubadora. A gravidez foi algo que ela enfrentou sozinha por uma série de razões. A primeira era o fato de não ter muitos amigos que pudesse chamar para as aulas de pré-natal ou para buscar batatas fritas com ketchup quando o desejo surgia no meio da noite. Mas o que mais a isolava era a vergonha: uma estudante que tem um caso com seu professor casado engravida e decide ter o filho. O momento mais transformador de sua vida só podia ser preservado do clichê se ninguém soubesse quem era o pai.
"Eu posso ajudar", disse o professor quando ela lhe contou. "Com dinheiro, entende. Para cuidar das coisas."
"Cuidar das coisas?"
"Eu só quis dizer..."
"Não quero dinheiro."
Ele fechou a cara. "Claro que você está no seu *direito*, mas gostaria de saber o quão público se tornará esse assunto."
"Não pensei nisso."
"Não. Certo. Você pode, então? Pensar no assunto, digo. Do meu ponto de vista?"
A atitude dele tornou mais fácil a separação. No entanto, foi um momento necessário para que Lily se desse conta de que ela nunca havia tido muita afeição por aquele homem, que a relação dos dois se baseava mais em uma manipulação mutuamente satisfatória do que em atração de verdade.
A questão era: ela não se importava muito com ele. Ela estava surpresa em perceber que queria ter o bebê, da mesma forma como havia ficado surpresa com o fato de estar grávida. Isso tudo a deixava feliz, da maneira mais simples possível. Ela concluiu que a maternidade se constituía de uma

série de obstáculos superados em nome do dever ou de um imperativo biológico irracional. Para alguém que via as emoções como espinhos a serem podados, os sentimentos de Lily para com a vida que crescia dentro dela surgiram de forma imediata e indiscutível.

No dia em que soube que era um menino, ela passou a chamá-lo de Jonathan, em homenagem ao pai que nunca conhecera.

Mesmo quando sua obstetra expressou preocupação com o desenvolvimento do feto, o habitual pessimismo de Lily foi varrido por uma onda de otimismo. Se o bebê era menor do que o normal, bem, e daí? Ela também era assim.

Quando Jonathan nasceu, a notícia foi pior.

Um buraco no coração, disseram os médicos. As válvulas estavam tão subdesenvolvidas que não conseguiam bombear o sangue com a velocidade necessária, o diminuto músculo inundado. Se ele fosse mais velho, mais forte, havia procedimentos arriscados que eles poderiam tentar, mas, naquela situação, não havia nada a fazer.

"Nada a fazer", Lily se via repetindo essa frase ao longo dos anos que se seguiram aos quatro dias de vida de seu filho. Ela tentou espremer algum conforto daquilo, evitar que sua dor a absorvesse ao repetir sempre o fato de que a morte dele era um acontecimento inevitável, do qual ninguém tinha culpa.

Um buraco no coração dele, e agora no dela.

Um tremor toma conta de Lily. Ela se sente gelada até os ossos. Sua jaqueta de couro podia estar na moda, mas não havia sido feita para abrigá-la da gélida garoa de um outono no Leste Europeu. Uma das barraquinhas da feira, bem a sua frente, vende luvas e boinas em lã de um vermelho vivo, e ela compra ambas. Um espelho pendurado lhe mostra o reflexo de um envergonhado elfo.

E também mostra um homem.

Ele está três barracas atrás dela, analisando docinhos húngaros com o jeito improvisado de quem finge estar interessado. Não é Michael, não é ninguém que ela já tenha visto. Uma covinha no queixo, lábios finos, usando uma parca preta. Não é a aparência dele que a enche de medo, mas sua total falta de expressão. Uma aura de crueldade. Ele olha na direção dela e se vê no espelho — com Lily também olhando para ele —, pega três doces e enfia a mão no bolso para pagar por eles.

Lily entra no fluxo de pessoas da feira, atravessa a praça e sai correndo, com o sinal aberto, pela rua do outro lado. Um caminhão de entregas freia a poucos centímetros dela, e o motorista abre a janela para gritar xingamentos em húngaro. Descendo uma rua estreita, ela vê as torres em ponta da Svent Istvan Bazilika. Mas, quando a ruazinha se abre na ampla praça com calçamento de pedrinhas em frente à igreja, Lily percebe que cometeu um erro. Se o homem a estiver seguindo, ela não conseguirá atravessar todo aquele espaço antes que ele a veja.

Há um Starbucks na esquina, e ela entra, abrindo caminho entre a multidão até o banheiro, nos fundos. Dali ela pode olhar, pela janela, para a entrada da basílica. O ruído dos turistas norte-americanos pedindo *lattes* com seus nomes abafa o barulho do seu coração disparado.

Um instante depois, ela vê o homem.

Sem correr, mas caminhando a passos largos pela praça. Como não a vê, ele para, passando os olhos pelas vitrines. Seu olhar se demora tanto no Starbucks que Lily se pergunta se ele consegue vê-la, espremida contra a parede.

Agora há algo no corpo dele que transmite violência. Algo em seu andar firme, os braços rígidos na altura dos ombros.

Ele não é a polícia. Ele quer destruir você.

Ele vai até a basílica e entra pelas portas abertas. Ela tem de se mexer. Agora.

Lily mantém a cabeça baixa ao sair do café e começa a voltar por onde tinha vindo.

Não se vire. Se virar, merece seja o que for que aconteça.

Ela se vira para trás.

O homem da parca preta sai da basílica e vasculha a praça. Congela quando seus olhos se encontram com os dela. Sua mão desliza para o bolso da parca e puxa de lá um revólver.

Lily corre o mais rápido que pode, a perna que foi mordida enviando choques elétricos de dor a cada vez que toca o chão. Ela imagina a superioridade das passadas do Parca Preta comparadas às suas e olha para trás, a fim de confirmar que ele está descendo pela mesma rua lateral, oitenta metros atrás dela, talvez menos.

Quando chega à rua, ela joga os braços para o alto, na esperança de que um táxi, ou qualquer outra pessoa, pare. Um carro sem qualquer sinalização no teto encosta. Poderia ser um dos táxis ilegais sobre os quais ela leu no guia de viagem. Poderia ser alguém trabalhando para o homem da parca preta.

Em um impulso, Lily entra no banco traseiro. Antes que ela possa ver, pelo espelho retrovisor, a cara de quem está dirigindo, o carro se põe em movimento.

Do lado de fora, o Parca Preta reduz seu passo, da corrida à caminhada, enquanto guarda a arma em seu bolso e vê Lily se afastar. Ela espera que ele grite alguns palavrões ou lhe mostre o dedo médio. Mas ele não faz nada.

"Para onde?", pergunta o motorista, em inglês.

"Apenas vá em frente", responde Lily.

Ela apalpa sua jaqueta de couro, confirmando que ali estão passaporte, carteira e celular — tudo o que é necessário. Não pretende voltar ao hotel. O Parca Preta deve estar esperando seu retorno. Ela pode comprar mais roupas, uma bolsa nova. A única coisa que lamenta deixar para trás é o manuscrito de Michael.

—A—
CRIATURA
ANDREW PYPER

CAPÍTULO 12

Tem todas as qualidades de um sonho, mas Lily está acordada. Ela já fez isso antes. Usar auto-hipnose para voltar atrás e recuperar uma lembrança de sua infância. Além dos comprimidos, é a única terapia que ela aplica a si própria.

"Faça a contagem regressiva a partir de cem", diz Lily a si mesma, tentando ignorar os sons de uma televisão e do que parecem ser gritos de alguém fazendo sexo no outro quarto, em um hotel barato perto da estação de trem Keleti. "Quando chegar a um, você será quem era naquele dia. Você vai se lembrar."

A hipnose pode, algumas vezes, extrair novas lembranças de uma testemunha. O problema é que, assim como aconteceu com as testemunhas nas quais ela aplicou a técnica, cada vez que Lily fez isso ela apareceu com uma versão diferente dos acontecimentos.

"Cem... noventa e nove... noventa e oito..."

"... três... dois... um."

Ela está voando.

Seus braços envolvem o pescoço de uma criatura que corre pela neve, o vapor de sua respiração voando para trás, contra o rosto dela. Ela se segura com força, mas, de alguma maneira, sabe que não vai cair. Está presa ao animal por uma força tão certa e invisível como a gravidade.

O vento frio faz com que abrir os olhos seja difícil, e, quando ela o faz, tem apenas um vislumbre opaco da floresta escura pela qual estão passando, através de olhos cheios d'água. As bétulas monocromáticas crescem tão próximas umas das outras que ela tem certeza de que o animal vai bater em uma delas e um galho vai arrancá-la das costas dele, mas isso nunca acontece.

Desta vez, ela vai mais além em suas lembranças. De sair de seu quarto no chalé, algum tempo depois de o monstro ter partido. De como usou panos de prato e um balde de neve para tentar esfregar o sangue que estava no chão. Dos olhos de sua mãe, sem vida e arregalados. As narinas, os vincos de sua testa, os lábios — tudo que pudesse se mover estava distorcido, como na sala de espelhos em um parque de diversões, inumano e aterrador.

Lily fica de pé. Coloca suas botas e seu casaco para enfrentar o ar gélido que agora preenche o chalé, a temperatura ali dentro igual à de fora. Ela sai, imaginando seguir a trilha, mas se perde minutos depois de entrar no bosque. As árvores se amontoaram em torno dela. A camada gelada que recobre a neve profunda corta suas coxas cada vez que dá um passo adiante. Ela não avançou muito, mas, quando olha para trás, o chalé está fora de seu campo de visão. E agora seu cansaço a domina. Um entorpecimento ao qual precisa resistir, mas ela não é capaz nem de começar.

Hipotermia. Sua mãe lhe avisou sobre isso, sobre como o frio pode seduzir e fazer você acreditar que é outra coisa, a neve, uma cama aquecida na qual você pode se deitar.

Dormir.

O calor se enrosca em torno dela, sussurrando.

Dormir. Hora... de... dormir...
Ela se deita, apesar de saber que deitar será a última coisa que fará na vida.
... é hora...
Alguma coisa forte a ergue. Balançando-a pelas pernas, como certa vez observou um carteiro fazer com um saco cheio de cartas. Com a diferença de que as costas onde ela aterrissa são muito mais largas que as de um homem. Ela não abre os olhos. Mas, quando pensa nisso, sabe que aquele não é um ser humano. Não pode ser. A coisa no chalé havia ficado sobre duas pernas. A criatura lhe concede alguns instantes para que ela envolva seu pescoço com os braços antes de começar a se mover.

O animal ganha velocidade de uma maneira tão suave que não percebe o quão rápido estão indo, até que pisca e abre os olhos, e vê as árvores salpicadas de neve passando por ela, revoltas e felpudas como a espuma que um navio deixa para trás. O animal sobe e desce em sacolejos, a um só tempo, violentos e previsíveis, galopando com suas quatro patas, cada vez mais rápido, até que ela tem a certeza de que eles estão voando.

Deve ter havido um momento em que ela adormeceu. Ou talvez apenas não consiga se lembrar de como o animal parou e a colocou no chão. Mas é onde ela se encontra, sentada, bem ereta, sentindo alguma coisa incômoda em seu traseiro. Ela rola de lado e vê que está sentada sobre o cascalho, no acostamento de uma estradinha de terra, que projeta um brilho cinzento no horizonte.

Seja lá o que a trouxe até aqui, foi embora.

Um sinal de sua presença permanece no ar frio. Mas não é algo que se pode ver, nem cheirar. A menina leva algum tempo para identificá-lo em uma voz sem corpo.

Um par de olhos vem em sua direção, pálido e cada vez maior. Os faróis de um caminhão. Ele reduz a velocidade ao vê-la.

Isso a distrai de seu esforço para se lembrar do que a voz lhe disse. A coisa que a salvou, mas não havia chegado a tempo para salvar sua mãe.

O caminhão freia ruidosamente a sua frente. A porta do motorista se abre, e de dentro vem uma música country. Um homem usando botas pesadas desce.

"Não era um urso", diz a menina, antes que o homem do caminhão possa ouvi-la.

Era eu, Lily. É a voz de Michael, murmurando dentro de sua cabeça. *Vim por sua causa.*

O homem do caminhão está de pé diante de Lily. Ele diz "Jesus Cristo." Ele diz "frio" e "hospital."

Não era eu o monstro. Não matei sua mãe.

O motorista a ergue, colocando-a no caminhão. Ela fica enroscada como uma corda, banhada pelo calor de Randy Travis no rádio e pelo ar quente que sai das grades de ventilação.

Era eu. Eu era o cavalo.

—A—
CRIATURA
ANDREW PYPER

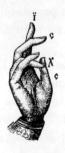

CAPÍTULO 13

Depois de passar a noite quase sem dormir, completamente vestida por cima dos lençóis de poliéster, Lily se levanta com o mesmo pensamento que tinha ao se deitar revirando em sua cabeça. O Parca Preta deve estar ligado, de alguma forma, a Michael. E há algo mais. Será que a voz do trote que ela recebeu antes de deixar Nova York pertence a ele?

Ela busca argumentos que mostrem que está enganada. Talvez o Parca Preta seja um desses traficantes de pessoas sobre os quais ela leu, na busca do "tipo" dela. Talvez seja um ladrão que percebeu que ela estava viajando sozinha, uma carteira recheada de euros em seu bolso.

Nenhuma dessas opções se sustenta. Ele a estava *caçando*. E a aparência dele — seu tamanho, a intensidade de seu olhar — sugeria um profissional. A arma. Um assassino.

A antiga Lily estaria descendo as escadas do hotel vagabundo neste instante e pegando um táxi para o aeroporto, para tomar o primeiro voo de volta para Nova York. Mas a antiga Lily nunca teria ido parar num hotel vagabundo em Budapeste, para começar. E a nova Lily não vai voltar. Não sem a faca. Não sem descobrir o que Michael sabe sobre sua mãe.

Ela atravessa a rua e entra na estação, conferindo para ter certeza de que não foi seguida. O primeiro trem para a cidade de Eger sai logo depois das dez. Dali, ela pode tomar um ônibus para o vilarejo de Szilvasvarad. Local do Museu do Cavalo Lipizzan e da fazenda de criação. *Olhe nos olhos dos cavalos.* Michael quer que ela o siga, prometendo-lhe um presente — a faca? saber quem era sua mãe? ele mesmo? —, e a única maneira que ela encontra é ir atrás da história que ele conta. Szilvasvarad foi para onde o dr. Eszes levou Michael, para escondê-lo. Onde ela espera se esconder enquanto busca mais informações sobre ele.

Ela compra uma mochila barata e uma camiseta limpa, depois toma três *espressos*, um atrás do outro, servidos por um homem que balança sua cabeça como se ela, a cada vez, estivesse ignorando seus conselhos. Assim que embarca, o trem parte, e ela contempla pela janela, com os olhos semicerrados, a cidade que se afasta, como se esperasse ver alguém correndo atrás dela.

Logo há apenas o campo, os minúsculos chalés que precisam de uma demão de tinta. Em um dos jardins, uma garotinha observa o trem passando. Cabelos negros e lisos, e uma expressão severa, mesmo com o rosto tranquilo. Ela poderia ser Lily naquela idade. Quando a Lily mais velha sorri e acena, a menina não devolve o gesto.

Palavras que marcaram a infância de Lily relampejam contra suas pálpebras fechadas. Órfã. Pequena. Sozinha. Uma narrativa que a envergonhava por todas as suas insinuações de privações dickensianas. Apesar de os anos não terem sido felizes, ela sabe que, guardadas as devidas proporções, teve a sorte de escapar de uma série de lares temporários sem cicatrizes, além da negligência e da ausência de alguém que se apresentasse como tutor para custear seus estudos. Com isso, ela atribuiu essa tarefa a si própria. Sua inteligência lhe deu aquilo de que precisava para escapar da maior parte das situações, registrando ótimos resultados escolares ao mesmo tempo em que conseguia passar despercebida aos olhos dos valentões mais agressivos. Algumas pessoas até gostavam dela, tanto meninos como meninas, e ela também gostava de alguns deles. Mas Lily havia aperfeiçoado as manobras que a retiravam de qualquer candidatura a melhor amiga. Ela sentia saudades de sua mãe, uma dor permanente, da maneira retorcida e deturpada com que uma criança lamenta a perda da única pessoa da família que chegou a conhecer. Mas, misturada à tristeza, havia a frustração de não saber aquilo que Lily tinha certeza de que sua mãe pretendia revelar. O chalé era um lugar para escapar dos credores, talvez da polícia, mas também era onde sua mãe pretendia lhe ensinar coisas.

"Você tem de estar pronta", Lily lembrava-se de ela ter dito. "É preciso saber usar o que está em você e o que pode tirar dos outros — de mim — e transformar em algo seu."

Lily desobedeceu a sua mãe uma vez, quando a mandou ficar no chalé. Em vez disso, ela a seguiu até a trilha que levava ao trailer. Quando Lily chegou lá, encontrou sua mãe deitada de costas no chão, olhando para o céu. A posição do corpo sugeria que estava em movimento um segundo antes de ser descoberta, como se estivesse não imóvel, mas rolando pelo chão — ou saindo de debaixo do trailer —, imobilizando-se ao ouvir os passos de Lily.

"O que você está olhando, mamãe?"

Ela se virou para Lily. "Estou olhando você", respondeu.

Lily achou que era algo estranho de se dizer — por que ela deitaria no chão apenas para olhá-la? —, mas estava acostumada a ver sua mãe fazer e dizer coisas estranhas. Ela deitou-se a seu lado. As duas em seu canto secreto, vendo as nuvens se transformarem em galinhas, anjos e ursos.

Mais tarde, quando ficou sozinha, Lily nunca foi adotada, mas transferida de uma casa para outra. Havia sempre uma razão para se mudar: a morte de um guardião temporário, a compreensão de que até uma criança quieta como ela era demais. Além disso, a cada ano que passava Lily se tornava menos adotável. Ela sabia que sua orfandade fazia com que fosse vista como digna de pena, o tipo de pessoa que poderia ser corrigida pela proteção do amor.

Houve quem oferecesse exatamente isso, e, todas as vezes em que isso acontecia, Lily escapulia. Não era somente a compaixão deles que ela considerava intolerável, mas a ideia de que a intimidade de uma família ou de um companheiro era algo necessário para que ela lidasse com o mundo. Desde cedo, havia se tornado determinada a demonstrar que competência profissional e hábitos metódicos eram tudo de que alguém precisava para estar completo.

Com exceção da polícia, quando tinha seis anos, ela nunca contou a ninguém que vira sua mãe morrer nas mãos de um monstro de verdade. Ela não fazia isso por discrição, mas por medo de que tal declaração a tornasse objeto de curiosidade. Em sua linha de trabalho, isso equivalia a dizer que havia alguma coisa errada com você.

Ela é a única pessoa a descer do ônibus em Szilvasvarad.

Aqui nas montanhas faz mais frio, e Lily aperta os braços contra o corpo. Ela foi deixada na beira de uma estrada e não tem a menor ideia de para que lado ir. Cinco minutos parada ali, e nenhum veículo passa. O único ser vivo que ela vê é um galo, andando em círculos, todo empertigado, no quintal de uma casa de estuque, do outro lado da estrada. Ela acaba decidindo tomar o rumo do que acha ser o norte.

Junto à mesma curva tomada pelo ônibus, há uma caminhonete que vende lanches em um terreno de cascalho, com uma janela aberta na lateral. Surge uma mulher, as mãos cobertas de farinha. Ainda que seja a última coisa de que precisa, Lily aponta para a máquina de café *espresso*. Depois que a mulher pega o dinheiro, Lily pergunta onde fica o museu dos cavalos. Quando fica óbvio que nenhuma de suas palavras havia sido compreendida, ela imita o relinchar de um cavalo e bate os dedos no balcão, fazendo lembrar um galope. A mulher ri na cara de Lily antes de apontar mais para a frente, na estrada.

Cerca de quatrocentos metros adiante, há um caminho de terra que leva a uma mansão de pedra, mal discernível por entre as árvores. A propriedade do médico é praticamente igual ao que ela havia imaginado: uma casa quadrada, com a porta bem no centro da fachada, e por trás uma colina sumindo por entre as nuvens baixas. Uma placa no portão afirma ser um local de interesse histórico. Ela só consegue entender uma única palavra.

Eszes.

Lily sabe que, ao olhar para a esquerda, verá os estábulos na encosta. A visão do imóvel a faz sentir cheiro de feno e estrume. Há uma cerca em torno da propriedade e uma cabine no portão, onde Lily imagina serem vendidos os ingressos na alta estação. Mas hoje a cabine está vazia, e o portão, aberto.

Quando ela entra no estábulo, os cavalos se viram para olhá-la. Sete, todos brancos. Eles a observam como se esperassem uma ordem. Os flancos musculosos, lisos como porcelana, as crinas compostas por fios nitidamente distintos, cada um deles exibindo um brilho interno. Lily nunca viu antes animais tão belos.

Muito provavelmente, Michael também estivera aqui, em algum momento. Uma admiração tão grande pelo esplendor dos cavalos que ele os havia incorporado a sua fantasia, fazendo do sangue deles o seu. Lily entende o porquê. Se ela tivesse de fingir descender de alguma espécie animal, faria a mesma escolha.

Ela chega perto do garanhão mais próximo, e ele oferece sua cabeça para um afago. Ao tocá-lo, ela sente uma presença atrás de si.

"Michael?"

Ela se vira e vê um zelador, de macacão e botas de borracha, seu rosto uma teia vermelha de vasos capilares.

"Condessa", diz. "Hotel?"

Pela simples razão de serem duas palavras que ela entende, Lily assente com um movimento de cabeça. "Sim, por favor. O Hotel Condessa."

À noite, ela se levanta da cama e vai até a janela.

Como em um sonho, ele está lá.

Sentado em um banco nos jardins do hotel. Mesmo no escuro e à distância, consegue detectar o meio sorriso que se desenha em sua boca quando ele a vê.

Vá até ele.

Lily permanece onde está. A parte racional dela sabe que não é seguro estar em qualquer ponto perto dele, ainda que, lá no fundo, seja o que ela quer. Ouvir novamente sua voz. Saber se sua pele é quente como a dos vivos ou fria como a dos mortos.

Venha.

Não a voz dela agora. A dele.

Ela sai correndo do quarto, sem calçar os sapatos, de modo que seus pés ficam batendo no chão de mármore. Pelo que Lily pôde perceber, não há outros hóspedes no hotel. Isso empresta uma estranheza a todos os sons, que ecoam no saguão e nos corredores de chão de pedra e pé-direito alto.

Lá fora, o frio a atinge com força. Mas ela não volta atrás. Contorna o prédio e desce a encosta de grama até o jardim.

Ele não está no banco. Ela varre o local com os olhos, sem acreditar que ele possa ter alcançado o bosque que circunda o hotel em tão pouco tempo, mas não consegue achá-lo. Ela, então, continua andando. O mais rápido que pode pelo gramado depois do jardim, na direção da silhueta das árvores, a grama alta molhada de orvalho batendo em suas pernas nuas.

Ela para na entrada do bosque. Às suas costas, as janelas de cor laranja do hotel parecem tão distantes como um navio de cruzeiro visto da praia.

Você foi muito longe, diz sua voz interior. *Ninguém vai ouvir seus gritos aqui.*

Bem no meio das árvores, algo se move entre as folhas. Algo que parece um bater de asas. Um único e dócil guincho.

Lily se afasta das árvores e para ao se virar para olhar a colina que leva ao jardim.

Ele está no centro dos canteiros de flores, onde não havia nada apenas um instante atrás.

Você está vendo coisas, sua psicopata.

Como se respondendo, a figura acena para ela.

"Estou aqui", murmura Lily.

Então venha, diz ele, sua voz dentro dela, antes de dar a volta pela lateral da casa e desaparecer de vista.

Venha.

—A—
CRIATURA
ANDREW PYPER

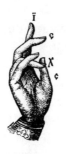

CAPÍTULO 14

O estábulo está aquecido pelo hálito dos animais, que olham para ela de suas cocheiras, o couro deles pálido como as duas lâmpadas fracas que pendem das vigas do teto. Lily retribui os cumprimentos silenciosos deles com uma reverência, que ela executa antes mesmo de se dar conta do que está fazendo.

Os garanhões desviam o olhar dela, voltando-se para o outro lado do estábulo, onde está Michael.

"Você deve estar com frio", diz ele. "Venha, afaste-se da porta."

Lily se aproxima dele, seus pés descalços se arrastando pela palha no chão de concreto, e sente que a temperatura aumenta a cada passo. Não sabe dizer se isso se deve ao calor coletivo dos animais ou ao fato de estar mais perto dele. Ela para, deixando ficar entre eles a cabeça do último cavalo nas cocheiras. Um de seus olhos líquidos nela, o outro nele.

"Fico contente que você tenha a chance de ver por si própria. Aquele que você acariciou hoje — aquele ali, ao seu lado — pertence à mesma linhagem que o dr. Eszes tanto apreciava. Gosto de pensar que um toque já basta para nos aproximar mais."

"Foi para isso que você me trouxe até aqui?", pergunta ela.

"Para que eu colocasse minha mão em um cavalo?"

"Sim, é uma das peças do quebra-cabeça."

"Ok. Fiz como você queria. Agora deixe-me ir embora."

"Não estou prendendo você, doutora."

"Você está atrás de mim."

"Engano seu", retruca ele, os olhos negros como os dos animais nas cocheiras. "É você que está me seguindo."

Ele não chega mais perto, mas é como se o fizesse. Lily sente um frio cada vez maior dentro de si, que ela imagina vir da parte mais esperta de seu cérebro, a parte além do pensamento que sabe que ela cometeu um erro terrível e será assassinada aqui. Isso a inunda de um terror gélido e pesado, começando em seus pés e subindo até seu coração, fechando sua garganta. Mas, além do terror, há também raiva por ter acreditado nos instintos que a trouxeram até aqui, a avaliação de que ele não a machucaria. Instintos, ela mais que ninguém deveria saber, são o que nos afasta da razão. Instintos fazem você ser morto.

"Por que estamos aqui?", pergunta Lily, lutando para engolir a saliva fria em sua boca.

"Você deve imaginar."

"Estou perguntando a você. Por que estamos aqui, Michael?"

O canto de seus lábios se retorce, mostrando que ele não está convencido da tentativa dela de bancar a doutora de novo, interrogando um paciente. Ele tem controle total, e ela sabe disso. Mas algo o faz virar a cabeça, como se para organizar as ideias, antes de repousar seu olhar sobre ela.

"Este é o verdadeiro significado do sangue", diz ele. "Olhar para alguém e ver a si próprio."

"Não me pareço em nada com você."

"Talvez não fisicamente. Mas eu me reconheço em você."

"Uma ilusão."

"Sua solidão é ilusória? Você já se perguntou por que não tem amigos de verdade, um marido, um amante?", diz, seus lábios tomando a forma de algo que pode ser um sorriso de piedade. "Como você se conforma com sua incapacidade de amar?"

Ela tem de esconder o esforço que faz para respirar. É a surpresa do que ele acabou de dizer. Exatamente o mesmo tipo de perguntas que, em seu trabalho, Lily faz aos autores de massacres e psicóticos que têm de viver em isolamento, só que, desta vez, feitas a ela. E ela não tem qualquer resposta a dar.

Michael fala de novo, mudando de assunto, antes que ela possa apresentar uma resposta não convincente.

"Está ciente de que há pessoas atrás de você?"

"Havia um homem em Budapeste. Mas eu o despistei."

"Ele é apenas um de muitos. E eu duvido que o tenha despistado por muito tempo."

"O que essas pessoas querem?"

"Eu. Então, se estão atrás de você, é porque sabem de nossa relação."

"Relação? Essa não é, nem de longe, a palavra certa."

"E qual seria a palavra certa?"

Lily não pode responder, então se esforça para fazer com que as coisas retomem o rumo que acredita ser necessário para permanecer viva no momento seguinte, e no próximo. Fazer com que a história seja dela, não dele.

"Fale sobre minha mãe", diz ela.

"Quando for a hora certa."

"Não temos muito tempo."

"Temos a noite toda. E mais, se assim quisermos."

Ele semicerra os olhos. Um sinal de alerta. *Não me pressione.* Lily sabe do que ele é capaz, mas, ao mesmo tempo, lembra-se, pelo seu treinamento médico, que, para sobreviver a uma interação como essa, ela não pode se permitir parecer intimidada. É crucial que parte da autoridade com a qual começou no Kirby seja preservada, e, para isso, ela não pode ceder totalmente ao que ele decida falar, e quando.

Ele vai tentar fazer disso uma questão física, ela se recorda do dr. Edmundston aconselhando-a antes de sua primeira entrevista sozinha com um cliente, um tipo que desmembrava as pessoas. *Você deve manter isso uma questão mental.*
"Você precisa ter cuidado", ela ouve Michael dizer. "Se eles a encontrarem, não diga nada. Enrole-os até que eu alcance você. Se não fizer assim, eles vão matá-la. Entendeu?"
"Eles são da polícia?"
"São vigilantes", responde ele. "Uma versão sofisticada dos camponeses com tochas e foices." Ele ri um pouco disso, e esse som faz com que Lily comece a tremer, incapaz de se controlar.
Ela precisa resistir, manter os limites entre *ela* e *ele*. Ela viu o que ele fez com o dr. Edmundston, e o quão calmo estava, o quão confiante. Tão calmo e confiante como está agora. Isso a leva a falar abertamente com ele, ser honesta com ele, confessar todos os seus sentimentos, de modo que esses sentimentos possam ser compreendidos.
"Quero ir embora", diz ela.
"Você está com medo?"
"*É claro* que estou!"
Ela não queria admitir isso. Ela queria, em vez disso, lembrá-lo de que ele está desesperadamente doente, mas acabou. Ela pretende ir à polícia, contar que ele fez tudo para que ela parecesse uma assassina. Ela perdeu o controle disso por alguns momentos, mas não vai deixar escapar de novo o que realmente conta. Em vez disso, apenas grita a plenos pulmões a única fração de seus pensamentos da qual tem certeza. Ela está com medo.
Um silêncio se impõe entre os dois. Ele pisca a intervalos regulares, como se contasse em sua mente, medindo a vida e a morte dela.
"Por que você está fazendo isso comigo?", diz Lily, sentindo as lágrimas correrem em seu rosto, a garganta tão fechada que é como falar por um canudo.
"Fazendo o quê? Você está aqui porque veio."

"Porque eu não tive escolha!"
Ele enfia a mão no bolso de seu sobretudo. Tira dali um objeto em uma sacola plástica.
"Aqui", diz ele. "Pegue sua escolha."
Lily nota que a sacola está manchada de sangue, mas isso não a impede de ver sua faca Henckel lá dentro. Ela estende a mão e a apanha, segurando-a junto a seu corpo como se quisesse mantê-la aquecida.
Michael dá um passo para trás. É sua chance de ir embora. Mas alguma coisa a prende ali.
"Era você, não era, no porão da velha casa ontem?", pergunta ela.
"Minha querida filha, estou muito grato por você ter ido até lá. Por mais que as circunstâncias fossem desagradáveis, fez com que eu me sentisse um pai de verdade pela primeira vez. O patriarca levando sua prole para ver seu lugar de origem! Um rito de passagem para nós dois."
Michael leva a mão até o peito, e Lily olha para trás, para ver todos os sete garanhões abaixarem suas cabeças.
"Nunca vi cavalos fazerem isso", ela diz.
"Foi exatamente o que o cavalariço do dr. Eszes falou quando os viu fazendo isso", ri Michael. "Naquele instante, ele decidiu me odiar. Ele era um homem cheio de ódio por natureza. Um traço ao qual eu seria indiferente se ele, às vezes, não descontasse sua frustração nos cavalos. Quando o chicote batia no couro deles, eu podia sentir. A raiva dos cavalos instantaneamente se tornou minha."
O calor de estar perto dele provoca em Lily mais um calafrio, que se demora no topo de sua cabeça, como um bando de aranhas se espalhando por seus cabelos.
"Como era?", pergunta ela. "Quando o médico trouxe você para cá?"
Ele analisa a pergunta, percebendo a tentativa de distraí-lo. Mas o prazer que sente no fato de os dois estarem ali, juntos, pode ser visto em seu rosto e acaba por derrotar

a irritação empedernida com o fato de ela estar tentando manipulá-lo.

"Venha", diz ele, abrindo a porta do estábulo vazio a seu lado. "Não podemos ficar de pé a noite toda."

Lily entra e se senta num canto, as costas contra a parede, seu corpo se acomodando na palha. Michael escolhe o canto oposto ao dela, mas não senta, apenas se agacha. Isso lhe permite olhar tanto para ela como para as portas dos estábulos.

"Eles me davam tarefas, que eu cumpri nos primeiros dias", começa ele. "Mas logo fiquei com fome, apenas bebericando dos frascos com sangue Lipizzan. Eu ficava enojado de beber sangue de animais, especialmente desses garanhões brancos, que eram o mais próximo que eu podia imaginar de irmãos."

"Você não estava feliz com sua liberdade?"

"Eu não era livre. Não ainda. Mas eu adorava cavalgar. Não precisei de qualquer aula, não que me houvessem oferecido alguma. O cavalariço era contra eu cavalgar, mas logo ele tinha mais medo de mim do que do médico, que ficava sempre na casa de fazenda, a porta trancada. Em apenas uma semana, os papéis de todos os alojados aqui se inverteram, de modo que eu, que dormia no menor quarto e tinha a posição mais inferior de todas, podia fazer o que bem quisesse. E o que eu mais queria fazer era me alimentar."

Ele se ajoelha e vai até ela. Lily não se move, apenas pressiona mais as costas contra a parede. Há a preocupação de que o menor sinal de apreensão possa detonar um ataque, então ela se concentra nele, o homem agora ajoelhado a menos de meio metro dela.

"Quando você começou?"

Ela havia perguntado a mesma coisa a pelo menos uma dúzia de assassinos em série antes, mas, dessa vez, percebe um tom de intimidade na pergunta, um interesse pessoal completamente distinto da necessidade de terminar uma avaliação médica.

"Nunca vou esquecer de, uma noite, cavalgar até Eger e amarrar o cavalo a uma árvore na praça", responde ele. "Como meu garanhão brilhava na noite! Havia uma escola de música ali, a mesma que existe até hoje. Mesmo no frio úmido de novembro as janelas estavam parcialmente abertas, deixando escapar na noite uma sinfonia de aulas: piano, flauta, violino. E uma voz que cantava uma ária. *Un Moto di Gioia mi Sento*, de Mozart. Não foi a perfeição da música que me comoveu, e sim sua beleza triste, a maneira pela qual lamentava a brevidade da vida ao mesmo tempo em que celebrava a alegria de viver. Abriu uma porta em mim. Foi a música do meu primeiro assassinato."

Ele fecha os olhos. Saboreando a lembrança do som, da noite. Depois, a recordação da violência faz com que ele reabra os olhos, mais brilhantes e escuros que um minuto antes.

"Quem?"

"Uma camareira", responde ele. "Que caminhava ao longo do rio. Eu a segui, pleno de exaltação e doçura. Essa era a minha poesia, eu tinha certeza. A caçada. A expectativa da carne, uma música em si. Ela ouviu os passos se aproximando por trás, e eu podia senti-la estudando suas alternativas — correr, gritar por socorro, enfrentar seu perseguidor, fosse quem fosse —, mas ela decidiu não fazer nada. Depois disso, eu me acostumei com essa inação, mas, na ocasião, fiquei surpreso que a garota tenha deixado sua morte chegar tão facilmente. Isso me levou a falar com ela. Uma voz amigável, perguntando como chegar à praça principal. Nesse momento, ela se virou. Não que acreditasse que eu fosse um visitante perdido, mas porque era assim que havia sido treinada, como todas as pessoas civilizadas são treinadas.

"A pele dela. Acho que é minha maior lembrança. A forma como ela brilhava na luz fraca da lua minguante. O rugido do sangue em seus membros, como uma cachoeira. Ao falar comigo, ela sorriu, porque eu também falei com ela — algo sobre uma viagem longa e a necessidade de encontrar uma pousada para passar a noite —, e ela pensou que o perigo havia passado. Até fez uma piada, algo sobre percevejos na estalagem e como eles faziam de você seu café da manhã, antes

mesmo de você tomar o café da manhã, e quando eu ri — quando nós dois rimos —, dei o bote."
A mão de Michael se ergue na direção dela. Não adianta tentar escapar, então o corpo de Lily se enrijece ainda mais, uma boneca de madeira esperando o toque dele.
"Ainda não havia desenvolvido meus dentes de metal e estava excitado e desajeitado como um virgem, o que, de certa forma, eu era", prossegue. "Basta dizer que as coisas foram mais confusas e barulhentas do que o ideal. Mas era uma cidade húngara — as pessoas cuidavam do próprio nariz. Eger fora seguidamente trocada entre líderes feudais e soldados das cruzadas. Não era a primeira vez que eles ouviam gritos no meio da noite. De qualquer forma, a garota silenciou assim que comecei a me alimentar com vontade — a costumeira submissão decorrente do choque, como eu descobriria depois —, mas podia sentir o medo em seu corpo, como o coração disparado de um pardal. Ergui os dentes de sua garganta e falei com ela. *Nem lesz több fájdalom, ígérem.*"
"O que isso significa?"
"*Não haverá mais dor, prometo.* Quis dizer que não haveria mais luta, mordidas e dilaceramento, mas, assim que acabei de falar, percebi o outro sentido de minhas palavras. Nós dois percebemos. *Não haverá mais dor nesta vida.* Ela havia carregado um fardo. Eu podia sentir o gosto dele — as características de seu sangue diziam muito mais coisas do que qualquer sommelier pode ler em uma safra — e sabia que ela havia sido ferida, magoada. O que não significa que estivesse feliz de estar em meus braços nas margens encharcadas do Eger-Patak enquanto sua pulsação desacelerava até parar. Mas ali havia, creio, certo grau de resignação. Como uma estudante que não havia se preparado bem ouvindo que não teria de fazer o teste que tanto temia. Não haveria mais testes, nunca mais."
Ele acariciou o rosto dela com a ponta dos dedos.
Fuja, fuja, fuja, dizia a voz interior de Lily. *Você tem de fugir.*
O olhar dele pode ser de tristeza, um arrependimento oculto vindo à tona. Isso a deixa com a sensação de que ela pode

encontrar uma brecha para fugir se usar as palavras certas, o tom correto. Mas, assim que fala, ela percebe seu engano.

"Tem consciência de que o que fez foi errado?", ela pergunta.

Michael retira a mão do rosto dela e agarra um punhado de palha, que esmaga lentamente com seus dedos.

"Tão errado quanto torcer o pescoço de uma galinha", diz ele. "Suas noções de *certo* e *errado* são o instrumento de juízes e religiosos, ferramentas obtusas usadas para construir jaulas. Mas eu e você — nós escolhemos a liberdade, certo?"

Ele se aproxima mais um pouco, e uma nova onda de pânico toma conta dela. Lily abre a boca para tentar impedir o seu avanço.

"O que você fez?", pergunta ela. "Quero dizer, depois de terminar."

"Quando cheguei à casa do doutor, o dia estava quase amanhecendo, e minha fome já estava voltando", conta ele, sentando-se de novo, perto o bastante para que ela sinta seu hálito morno. "A camareira havia me mostrado não apenas a vida a minha frente, mas como me alimentar de sangue humano me tornava ainda mais forte do que eu já era. Estava embriagado com a ideia da minha própria grandeza. E, como acontece com os bêbados, eu só queria beber mais."

"Então ela não foi a única aquela noite?"

"Não. Mas não tenho qualquer remorso em relação ao segundo. Quando coloquei o garanhão de volta em seu cercado e tomei a direção do meu quarto, o cavalariço me barrou. Ele começou a me açoitar por ter pego um cavalo sem sua autorização. Então, creio eu, ele viu o sangue em meu rosto. Tentou fechar a porta, mas eu também havia ganhado velocidade. Era como se tivesse todo o tempo do mundo para levantar minha mão, segurar a porta. Tempo para resolver como iria matá-lo. Teria sido com meus dentes, se não soubesse que ele era um imundo ignorante. Então segurei a cabeça dele em minhas mãos, como se fosse beijá-lo. Em vez disso, parti sua coluna vertebral. Ele estava morto, mas não parei. Torci sua cabeça até arrancá-la. Depois atirei longe seu crânio, que ouvi bater em um tronco de carvalho na escuridão."

Fuja, fuja, fuja. Saia daqui!

A voz dentro de Lily não passa de um murmúrio abafado neste momento.

"Não foi como eu havia planejado. Mas estava acontecendo", diz ele. "O fim de minha breve atuação como homem. Eu sabia que o que acontecesse dali em diante seria minha verdadeira vida. Caminhei na direção da casa do doutor com uma única palavra se repetindo em minha mente. *Gyilkosság, gyilkosság, gyilkosság.* Assassinato, assassinato, assassinato. Para mim, soava como uma pergunta, uma resposta e um motivo. A única palavra da qual eu precisava. Eszes havia fechado as venezianas das janelas do térreo, mas foi muito fácil quebrar uma delas com meu punho. O vidro me cortou. Um talho que ia do pulso ao cotovelo. Mas não havia dor. A sensação era a de uma pluma roçando ao longo do meu braço. No mesmo momento em que eu subia no parapeito da janela, podia sentir o formigamento da cicatrização, os dois lados do corte se reunindo. Quando cheguei ao pé da escada e ouvi o médico gritar para sua esposa e seu filho que permanecessem em seus quartos, o sangue no meu braço já havia secado."

"Ele sabia que era você."

"Não me surpreenderia se ele houvesse passado a noite em claro esperando que eu aparecesse. O que significa que eu já devia contar com o rifle. O doutor estava no alto da escada, a arma apontada para mim. Usava um camisolão, lembro bem. Que deixava ver suas canelas cheias de veias azuis, as patelas macias como ovos cozidos. Disse-lhe para largar o rifle, mas ele respondeu 'Não' ao mesmo tempo em que abaixava o cano, até a arma pender frouxamente em seus braços. 'No chão', ordenei, e ele novamente disse não, mas se dobrou para colocar o rifle no alto da escada. Parte de mim queria perguntar, pela última vez, qual era o elixir que ele havia descoberto para vencer a morte. Mas, ao chegar no topo da escada e olhar nos olhos do doutor, vi, pela primeira vez, que ele mesmo não sabia qual era o segredo. Por isso não me havia contado. Utilizara uma combinação de ingredientes e agora não se lembrava exatamente de como era a receita. Eu não apenas estava sozinho. Eu era um acidente. 'Minha esposa. Filho', sussurrou ele. Segurei-o com firmeza e cravei os dentes em sua garganta. O sangue dele, em comparação ao da camareira, tinha gosto de coisa velha. O azedume do vinho avinagrado."

Lily sente o sangue sumir de suas faces e vê que Michael apruma a cabeça, mostrando ter percebido.

"Sem dúvida, a questão da piedade está agora emergindo em sua avaliação", diz ele. "Não teria eu já tirado muitas vidas por uma noite? Olhando para trás, posso concordar com você. Mas é preciso entender que nem sempre sou o que pareço ser. Há pelo menos duas versões de mim mesmo: aquela que conta esses acontecimentos para você agora, e a outra, uma cacofonia irrefreável de desejos. O Id, o subconsciente, o demoníaco. O nome não faz diferença. Ele canta sua própria canção e segue em frente até terminar."

"Foi essa sua persona que matou a família daquele homem."

"Muito bem, doutora! Devo contar como foi? A esposa de Eszes estava na cama. Quando me viu entrar, pingando o sangue de seu marido, ela suspirou. Era o som do horror que sentia, claro, mas tinha a mesma carga ofegante da antecipação erótica. Isso fez com que eu me decidisse. O cavalariço e o médico eu havia apenas provado, mas eu consumiria a sra. Eszes até ficar saciado. Depois disso, quase me esqueci do garoto. Encontrei-o escondido atrás do guarda-roupa, em seu quarto. Uma cópia cômica de seu pai, os traços finos e a boca arrogante. Mas suas lágrimas me atingiram com o peso da inocência. Era minha primeira noite de assassinatos. Achei que deveria estabelecer exceções a respeito de quem eu me alimentaria. Crianças, por exemplo. Agachei-me junto ao menino. 'Sou seu irmão', disse, saindo do quarto, empurrando o corpo do pai dele para o lado a fim de abrir caminho para descer as escadas e chegar até a porta da frente, à luz do amanhecer. Tudo isso antes de mudar de ideia e voltar. Se serve para melhorar seu juízo, saiba que agi com rapidez."

Ele faz uma pausa, e Lily percebe que os cavalos estavam tão hipnotizados pela voz dele quanto ela. Os animais aguardam que ele prossiga, e, ainda que a história a tenha assustado — ainda mais que muitos dos acontecimentos narrados tenham se passado *aqui* —, ela aguarda também.

Michael não se move. Ela abre os lábios para falar, mas ele ergue a mão. Um olhar estranhamente alerta modifica seus traços de tal forma que ele parece uma pessoa totalmente diferente. Ou algo que não uma pessoa.

Ele se aproxima dela engatinhando e para quando seus lábios estão a poucos centímetros da orelha dela.

"Há alguma coisa lá fora", sussurra ele.

Ela presta atenção, mas somente a expectativa do que ele dirá ou fará a seguir soa em sua cabeça.

"Não se mova", exige ele.

Ele não a toca, mas ela sabe que ele o fará, e esse pensamento, em vez de assustá-la, faz com que seja levada por pesadas camadas de sono. No início, há resistência — ninguém sabe que ela está aqui, ela nunca mais vai abrir os olhos se os fechar agora —, mas a sensação é mais forte. A escuridão cai sobre ela como paredes de um túnel que desabam.

"Boa noite, Lily", diz, beijando seu rosto.

Há apenas o relinchar solitário do cavalo no estábulo ao lado daquele onde eles estão, um som que ela percebe como um alerta, depois mais nada.

—A—
CRIATURA
ANDREW PYPER

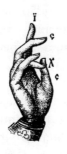

CAPÍTULO 15

Ela sonha com sangue.

Um close-up de algo sendo diligentemente cortado. Não é possível nem piscar, quanto mais desviar o olhar. Algo que um dia esteve vivo está sendo cortado em pedaços, mas ela está próxima demais para identificar seu tamanho ou sua espécie. A lâmina se move ali em um borrão de carne prateado.

O sonho é tão vívido que se apresenta não como sonho, mas como memória recuperada. É sua própria mão que segura a faca. Não a Henckel de sua cozinha em Manhattan, mas aquela que sua mãe usava para esfolar e fatiar os animais que caçava no tempo em que elas viveram no chalé no Alasca. Teria ela ensinado Lily a fazer a mesma coisa, mostrado onde enfiar a lâmina, qual a pressão necessária para separar o couro da carne? É o tipo de coisa que faria, dar a sua filha o conhecimento para sobreviver apenas com o que pudesse ser abatido na floresta com um rifle Remington de pequeno calibre.

Ela está esfolando um animal, mas não consegue se afastar o suficiente para ver qual é. Algo a impede de ver integralmente o que está exposto a sua frente, como se sua mente se recusasse, admitindo apenas informação suficiente para completar a etapa seguinte, e a próxima.

Há um instante de escuridão em que Lily deixa a faca cair — é o que deve ter acontecido, pois a faca não está mais em suas mãos —, e agora segura um pedaço de pano.

O tecido está encharcado de sangue, devido aos seus esforços para limpar a sujeira espalhada pelo animal. Lily fica tentando limpar tudo, mas apenas consegue espalhar mais a lambança. O que a perturba ainda mais que o sangue: ela precisa fazer isso sumir. Sua mãe lhe ensinou algo que nunca se ensinaria a uma criança, e agora ela quer se livrar disso. O que só pode ser feito se ela limpar todo aquele sangue.

Se é só isso, por que você tem tanto medo?, pergunta a voz interior de Lily, alcançando-a mesmo aqui, em seu subconsciente. *Por que você quer tanto acordar que começou a berrar?*

E então ela acorda. Aos berros.

Ela está na cama de seu quarto de hotel, deitada por cima dos lençóis, sentindo um frio que a cobre como uma lápide de pedra. Amanheceu: há uma fresta cinzenta por entre as cortinas fechadas. Suas pernas não respondem de imediato a seu desejo de rolar o corpo e se levantar; então, em vez disso, ela ergue a cabeça.

A faca, observa sua voz interior. *Onde está a faca?*

Ela procura com o olhar e a encontra, ainda no saco plástico manchado de sangue, parcialmente enfiado sob o travesseiro a seu lado. Ele deve tê-la carregado do estábulo até o quarto, colocando-a na cama e deixando-a ali enquanto sonhava.

Lily lava a faca na pia do banheiro, embrulha-a em uma toalha de rosto e a guarda em sua mochila. Depois, abre as cortinas para olhar o jardim, a campina e o bosque por onde andou na noite passada. É muito cedo, de modo que o sol ainda não dispersou a névoa junto ao chão. Ela está prestes a se afastar da janela quando percebe que a névoa não é a única coisa que se move pela campina.

Um dos garanhões para e olha para ela da borda da floresta, seu corpo mais branco que a neblina, fazendo com que ele pareça feito de nuvens. É o Lipizzan que estava na cocheira perto dela e de Michael, aquele que havia prestado atenção na história e relinchado ao ouvir o som de passos se aproximando.

Outro cavalo aparece, depois outros. Logo há seis parados ali. *Havia sete no estábulo*, diz sua voz interior. *Onde está o outro? Aquele que você acariciou?*

Algo próximo ao pânico toma conta de Lily.

Foi ele, pensa ela, e logo tem certeza sobre isso. *Foi assim que ele escapou. Ele pegou o sétimo cavalo.*

Na recepção do hotel há dois policiais. Um se comunica pelo rádio e o outro olha pela porta, como se mal pudesse esperar para retomar uma atividade externa da qual sente muita falta ficando aqui dentro. Ao se aproximar do funcionário na recepção, Lily ordena a si própria que fique calma. Ao mesmo tempo, é óbvio que aconteceu algo sério, e fingir que não havia notado nada só vai chamar atenção para si.

"Está tudo bem?", pergunta ela, enquanto assina o recibo do cartão de crédito.

"Temo dizer que houve um assassinato", responde ele em linguagem formal, o 'temo que', um maneirismo que acaba carregando seu sentido literal, pois o homem parece verdadeiramente perturbado. E, ao ver isso nele, Lily também sente medo.

"Meu Deus. Sabe quem morreu?"

"Um homem que trabalhava nos estábulos", responde o funcionário. Imediatamente, Lily pensa no homem que falou com ela ontem, aquele com o rosto cheio de capilares estourados.

"Soltaram os cavalos", diz Lily, sentindo que precisa falar algo, mas pensando em Michael, se ele ainda estaria próximo.

O recepcionista a olha de maneira estranha e está prestes a perguntar algo, quando um dos policiais o chama.

Lily sabe que, se não sair agora, não sairá mais. Ela escapole de fininho pela porta da frente e caminha na direção dos estábulos. Ali há mais policiais. Um camburão, três carros, uma ambulância, todos com as luzes de sinalização piscando sem parar. Ao passar, ela vê um grupo de policiais no bosque, a seus pés um corpo coberto por um lençol. Quando um deles olha na direção de Lily, ela desvia o olhar para a estrada. Imagina que vão chamá-la de volta, mas consegue alcançar a estrada sem qualquer interrupção e encontra o ponto de ônibus onde havia sido deixada na véspera. Ela ouve o veículo se aproximar da curva antes de vê-lo e, um segundo antes que ele apareça, pega a faca embrulhada na toalha e a enterra bem no fundo de uma lata de lixo repleta de bitucas de cigarro.

—A—
CRIATURA
ANDREW PYPER

CAPÍTULO 16

À noite, ao jantar em seu hotel com vista para o rio e o Parlamento de Budapeste, Lily se surpreende ao devorar um enorme prato de ganso assado com batatas. Mesmo depois de acabar, ela continua esfomeada. Desde que conheceu Michael, ela com frequência se sente assim. Não um simples apetite saudável, mas uma dor, débil e constante, dentro dela.

Você nem sabe o que é isso, não é mesmo?, provoca sua voz interior. *Você não está com fome. Está com tesão.*

Em vez de voltar logo para o quarto, ela toma um assento no bar do hotel e pede uma vodca tônica. Uma espécie de comemoração. Ela deixou sua vida para trás para vir à Europa sozinha e aprendeu mais do que gostaria sobre um paciente extraordinário. Isso quase a matou, mas conseguiu escapar. Ela não vai perder tempo, não vai cometer o mesmo erro duas vezes. Há apenas esta noite pela frente na segurança quatro estrelas do Hilton; amanhã voltará para casa. A faca já não existe mais. Michael não tem mais poder sobre ela. Até que ele seja pego, só precisa cuidar de sua própria vida e esperar.

O drinque chega, e o álcool aquece seu corpo, causando um formigamento ensolarado em seu peito e ao longo de seus braços. Todo o seu corpo atiçado pelo desejo.

"Sangue de Touro."

Um homem se sentou a dois bancos dela. Ele usa terno, a gravata afrouxada, uma barba de fim de dia começando a despontar ao longo de seu queixo. Seus olhos de um azul pálido, como os de um husky siberiano.

"Como?"

"O vinho." Ele aponta a enorme garrafa emborcada na ponta do balcão. "Eles chamam de Sangue de Touro."

"Dá força. É essa a ideia?"

"Não força. Coragem. Até a ressaca, claro." Ele sorri, deixando que ela veja seus dentes. Perfeitos, exceto por um pequeno quebradinho na frente, o que os torna ainda mais perfeitos. "Meu nome de nerd é Calvin. Mas estou tentando bancar o descolado, então sou Cal."

"Ellen", retruca Lily.

"Bem, Ellen. Um compatriota americano pode lhe pagar um drinque em troca de dez minutos de conversa?"

Lily observa a ausência de aliança na mão dele. E ainda mais que isso. As covinhas que surgem quando ele sorri, o tom rosado de seus lábios. Algo em sua compleição sugere que sua boa forma se deve a algum esporte de contato, mais do que a exercícios na academia. Uma arte marcial, ou talvez boxe. O lado racional de Lily admite que ele é bonitão.

Errado, sua voz interior a corrige. *O 'ão' dele não se resume ao bonito.*

Ela tira o celular do bolso, encontra o aplicativo de *timer* e liga.

"Dez minutos", diz ela. "Começando agora."

"Ok. Bem, vejamos. Estou no ramo de venda de equipamentos médicos. Mostrando aparelhos de ressonância magnética e tomografia para que os rincões da Europa abandonem a sangria e a bruxaria. Não é a maneira mais excitante de ganhar a vida, mas, pode acreditar, eu acho interessante. E encontro todo tipo de pessoa. O que me leva de volta a você. O que a traz a Budapeste?"

"Apenas turismo. Absorvendo a história do lugar."

"Está meio fora de temporada para isso. Talvez você não tenha percebido o frio da porra que está fazendo?"

"Eu percebi os preços baixos."

"*Goulash* com cinquenta por cento de desconto", diz ele, balançando a cabeça em concordância. "Imbatível."

Eles falam sobre coisas da terra natal, que universidade frequentaram, um debate sobre a arquitetura de Chicago contra a de Nova York. E, no instante em que Lily chega à conclusão de que gosta da maneira como aquele homem fala, da mesma maneira que sua aparência a agrada, o *timer* do celular apita.

"Acabou o tempo", diz ele. "Consigo mais dez minutos se pagar outra rodada?"

Algo mais potente que o álcool deixa Lily alvoroçada. Olha para as mãos dele, ao mesmo tempo grandes e proporcionais. Ela as imagina esmurrando um saco de pancada. Ela as vê tocando nela.

"Você gostaria de ir até o meu quarto?", pergunta ela. Lily não tem a menor ideia de onde vem isso, mas, agora que já fez a pergunta, não consegue pensar em outra coisa, sentir outra coisa.

Ele sorri, mostrando, mais uma vez, o dente lascado. "Quer saber, Ellen? Gostaria muito."

Ela o deixa entrar na frente, para depois fechar a porta e beijá-lo no corredor estreito. O gosto dele é tão bom quanto ela havia imaginado. E agora as mãos dele deslizam por suas costas, uma segurando-a com firmeza contra o corpo dele, a outra escorregando para a sua bunda.

Em vez da cama, ele a conduz até a poltrona no canto, tira a roupa dela, depois deixa que Lily faça o mesmo com ele. A poltrona é tão baixa que, quando ele se senta, sua boca fica no mesmo nível da barriga dela. É por onde ele começa. Sua língua vai descendo, firme e quente.

"Venha aqui", ele diz quando ela finalmente se afasta. Com as mãos em seus quadris estreitos, coloca-a sobre ele. "Assim. Isso. *Assim.*"

Ela pensa em Michael enquanto cavalga o homem na poltrona. As mãos dela cobrem o rosto dele. Com os dedos, ela esculpe Michael, e, quando sente que é ele que está ali, não pode mais resistir. Ela o toma por completo.

No fim, Lily tem sede.

Os dois estão nus na cama, o suor de seus corpos começando a esfriar. Não é água o que ela quer, é mais vodca.

"Volto em um segundo", diz para Cal.

Ela veste a camiseta e as calças e vai até o bar. No caminho, capta seu reflexo em um dos espelhos do corredor, com as faces afogueadas. Ela se parece com Lily Dominick, mas não com ela mesma. Uma atriz cuja performance acabou com todos os seus pudores, tornando-a imediatamente maliciosa e irresponsável.

Essa não é uma atriz, contra-ataca sua voz interior. *É você.*

No bar, ela pede duas vodcas, que leva para o quarto. A porta se fecha atrás dela. É quando percebe que as luzes estão apagadas. Ela tem certeza de que estavam acesas quando desceu.

"Cal?"

Lily atravessa o pequeno corredor e chega ao espaço mais amplo do quarto. Há um odor que não estava ali antes. Um leve almiscarado de couro de cavalo.

O abajur da cabeceira se acende. Duas coisas se revelam a Lily naquele instante.

A primeira é Michael, os lábios com um contorno de sangue. A segunda é Cal, espalhado na cama, a boca travada em um grito mudo.

Lily tem uma ânsia de vômito. É o que a impede de emitir seu próprio grito.

"Posso?", pergunta Michael. Seu queixo aponta para o copo que ela tem na mão direita. "Seu amigo não vai precisar."

Ele pega o copo da mão dela, dando um longo gole e passando a língua nos lábios ao acabar.

Lily agora está trêmula, abandonada pela atriz maliciosa e irresponsável. Sentindo-se enojada pelo cadáver na cama e apavorada com o assassino, ali no quarto, ao alcance de seu braço. Mais do que qualquer coisa, o que revira seu estômago é o fato de ter imaginado que era com Michael que havia transado, que era o corpo dele que a havia penetrado.

"Você o matou!"

"Você precisa ser mais cuidadosa."

"Cuidadosa?"

"Ele era um deles."

Lily tira os olhos do cadáver. "Você está enganado", diz ela. "Você é completamente louco."

"Ele ia cortar sua garganta." Curvando-se, Michael pega um canivete do bolso do paletó do homem. Pressiona, e a lâmina salta.

Lily dá dois passos para trás e coloca seu copo sobre a mesa. Há pouquíssimo tempo ela se sentiu flutuando, um novo poder brotando dentro de si. Agora, não consegue parar de tremer.

"Acabou", ela diz. "Estou voltando para casa."

"Não, não está."

"Por quê? Você não vai permitir?"

"Porque você está a meio caminho de descobrir uma verdade surpreendente."

Lily tem a sensação de que vai desmaiar. Mas continua firme.

"Você não veio até aqui por causa da faca. Esse é o motivo racional que apresenta para si própria, mas não é o motivo verdadeiro. Você tem a esperança de que, se conseguir algumas respostas para suas lacunas interiores, será capaz de se ver por inteira pela primeira vez na vida. Para saber se isso vai acontecer, você precisa que eu conte sobre sua mãe, aquilo que só eu posso comunicar a você. E eu o farei, Lily. Prometo que farei. Mas, antes, você precisa entender quem eu sou."

As palavras dele a enfraquecem e reanimam ao mesmo tempo. A mesma sensação que teve quando ele percebeu sua ausência interior, no momento em que ela estava diante dele nos estábulos em Szilvasvarad. *Como você se conforma com sua incapacidade de amar?* A desorientação que surge ao ouvir algo sobre você, a maior verdade possível, que até aquele momento havia sido mantida oculta.

"O que devo fazer?", pergunta ela.

"Cair fora daqui." Michael termina sua bebida e coloca o copo no travesseiro, junto à cabeça do homem morto. Ela vê o copo rolar suavemente até a orelha dele. "Antes que descubram o que você fez."

"Mas eu *não* fiz nada! Você..."

"É o seu quarto. É a sua imagem nas câmeras do bar. É *você*. Porque eu nunca estive aqui."

O único desejo de Lily é desaparecer, mas ela não sabe como. "Para onde ir?"

Michael esfrega os olhos como se estivesse profundamente exausto, mas, ao afastar os dedos, ela percebe os restos de sangue que ele tentou apagar dos cílios.

"Deixei um endereço em sua bolsa", diz ele. "Lá você encontrará um homem. Seu nome é Eric Green. Ele vai acabar com as suspeitas que você ainda tem sobre mim."

Vai contra o bom senso — ela tem consciência disso, e como tal cataloga isso em sua mente —, mas, por trás de seu impulso de fugir, há o desejo de abraçá-lo. Então ele fala de novo, e ela percebe o brilho em sua boca.

"Não me decepcione, Lily. Estamos trilhando um caminho e não podemos sair dele, ou perderemos tudo. Faça como eu digo. Vá agora", repete ele, os dentes de metal reluzindo. "Vá!"

—A—
CRIATURA
ANDREW PYPER

CAPÍTULO 17

Ela veio até aqui para recuperar algo de sua mãe. É tão valioso para ela que nem a ameaça de morte a fez desistir, nem os encontros com um assassino, nem a voz interior constantemente lembrando-a do quão idiota ela está sendo. Mas só a compulsão basta para explicar o fato de ela ter tomado essas decisões?

O que "mãe" significa para Lily?

É uma pergunta típica da dra. Lily. Uma que ela faz a si própria.

Ela se lembra do cabelo de sua mãe. Mais exatamente, Lily se lembra de sua mãe escovando os cabelos, os longos movimentos que costumava fazer à noite, sem se importar com a moradia miserável onde se encontravam, nem com o fato de não haver ninguém para vê-las despenteadas.

Ela se lembra da cantoria. As canções deviam ser inventadas, porque Lily nunca ouviu nada no rádio que pudesse conectar às melodias que sua mãe cantarolava. Baladas, cantigas de roda e de ninar. Músicas nas quais Lily encontrava conforto, mas também algo inquietante, como se a voz de sua

mãe fornecesse a trilha sonora de seus sonhos, que invariavelmente tomavam rumos inesperadamente assustadores.
Ela se lembra de que a mãe era péssima na cozinha. Podem ter pesado as limitações de viver sempre em movimento, arrumando o que fosse possível em lojas de conveniência e paradas de caminhoneiros, depois os enlatados e a carne de alce malpassada que as sustentavam no chalé. O corpo de Lily se arrepia só de pensar nas coisas que sua mãe a fazia comer. As sopas fumegantes, sempre temperadas demais, com óleo demais e sabores que a faziam pensar em cogumelos esquisitos e pinhas. E os chás. Infusões caseiras às quais se adicionavam sementes de anis e cânfora, além de outros pós e plantas que faziam o nariz de Lily arder.
"Beba", dizia sua mãe, sem obrigá-la, mas sem deixar que ela largasse a xícara cheia. "É bom para você, doçura."
"Isso *arde*."
"Significa que está fazendo o que deveria fazer."
"E o que isso deveria fazer?"
Lily se lembra dos braços de sua mãe puxando-a para perto, o cheiro de fuligem do suéter dela, a pele morna de seu pescoço sardento.

Comparada a Budapeste, Genebra é uma cidade perfeitamente organizada, de belas praças e prédios baixos de fachadas identicamente sóbrias. A Europa sem os velhos buracos de bala nos tijolos.
Quai du Mont-Blanc, 11. Genebra. Green.
Esse é o endereço escrito no papel que Michael havia deixado em sua mochila. Ao qual ela não precisava ir, mas que, teme, poderia ser punida por ele, ou coisa pior, se não fosse. O medo que sente dele, no entanto, não é a razão primordial de sua viagem até a Suíça. Lily sabe que ele está certo: se deseja aprender o que ele tem a ensinar sobre ela mesma, é preciso permanecer no caminho.

Antes de percorrer a curta distância entre o Hotel L'Angleterre e o endereço, ela decide mudar sua aparência. Há uma emoção inegável em usar a tesoura que comprou na farmácia para transformar seu chanel curto em um arrepiado corte punk. Ela ainda liga para a recepção e pede que mandem alguém comprar um casaco de gola alta, maquiagem, óculos escuros. Seu objetivo é desencorajar sua identificação pelo Parca Preta, pela polícia ou por qualquer outra pessoa, mas a verdade é que há um prazer em alterar sua aparência, que nada tem a ver com essas preocupações de ordem prática. Há um poder em mudar a si própria que Lily sente atravessá-la, como o arrepio inicial de uma febre.

Ela chega ao número 11 do Quai du Mont-Blanc por uma ruazinha estreita. No prédio, aperta o botão de GREEN — 606 no interfone.

"Sim?" A voz de um homem idoso chia pelo microfone.

"Meu nome é Lily Dominick. Vim falar com você sobre Michael Eszes."

"Esses nomes não me dizem nada."

"E um homem que nunca envelhece? Isso lhe diz algo?"

Há uma pausa tão longa que Lily tem certeza de que ele vai simplesmente desligar e largá-la ali.

Mas então soa o zumbido da porta, que ela abre para começar a subir as escadas até o sexto andar.

Ela bate, mas leva algum tempo até que o homem do outro lado da porta destranque tudo. Quando ele finalmente abre, examina Lily da cabeça aos pés e olha para trás dela, a fim de ter certeza de que está sozinha antes de permitir sua entrada.

"Entre", diz ele. "Sente-se."

Não é fácil. O apartamento inteiro está tomado por pilhas de cadernos, documentos, fichários, arquivos. Há uma série de caminhos que levam da porta à cozinha, ao banheiro, a uma escrivaninha. Green tem a mesma altura de Lily, de modo que, quando ele se move por entre as torres de materiais impressos, ela vê uma criança tentando destrinchar um labirinto.

Ele se acomoda no braço de uma poltrona, e Lily encontra um banquinho sobre o qual repousa uma pilha de revistas velhas. Ela as coloca no chão e se senta.

Green a observa atentamente por trás de óculos que necessitam urgentemente de uma limpeza. "Quem a mandou aqui?"

"Eu lhe disse o nome."

"Para quem você trabalha?"

"Para ninguém. Sou uma psiquiatra especializada em crimes, com um cliente não identificado que fugiu do local onde estava retido. Por razões que só ele pode explicar, ele me direcionou até aqui."

Green se recosta, e a poltrona range. "O que ele fez?"

"Como assim?"

"Se estava em um estabelecimento psiquiátrico para criminosos, imagino que ele tenha cometido um crime."

"Uma agressão."

"Detalhes, por favor."

"Ele arrancou fora as orelhas de um homem."

"Alguém que ele conhecia?"

"Um estranho."

Green vasculha sua escrivaninha com o olhar e, ao encontrar uma caneca manchada de café, toma um gole da borra.

"Você sabe quem eu sou, dra. Dominick? Sabe qual é meu trabalho?"

"Não."

"Sou um investigador criminal. Especializado. Em jargão jornalístico, sou um caçador de nazistas."

Lily cruza os braços. Descruza. "Não entendo muito bem por que estou aqui", diz.

"Eu entendo", retruca o homem. "Aquele que mandou você aqui quer que eu lhe mostre algo."

"E você vai mostrar?"

Ele reflete por alguns instantes antes de se levantar. "Creio que você estará mais segura se eu mostrar do que se eu não mostrar. De qualquer modo, espero que avalie bem o perigo

em que se encontra. Para não falar do perigo em que você me coloca pelo fato de ter vindo até aqui."
"Sinto muito. Não pensei..."
Green ergue a mão para interrompê-la. Ele abre as gavetas de um dos arquivos junto à janela, atrás dela, tirando o que parecem álbuns de fotografias. Pousa um nos joelhos de Lily.
"A melhor parte da minha vida foi passada encontrando criminosos de guerra e levando-os a julgamento", diz ele, fazendo um gesto amplo pelo apartamento a fim de mostrar as provas físicas de seu ofício. "Quase todos os homens e mulheres que identificamos foram capturados e encarcerados, ou morreram de causas naturais. Um deles, no entanto, continua livre e é um mistério para mim."
"Porque você ainda não o encontrou?"
"Não exatamente", diz ele, fazendo uma pausa, como se buscasse as palavras exatas. "Porque eu não sei o que ele é."
Green abre o álbum sobre os joelhos de Lily em uma página marcada mais ou menos em um quarto do conteúdo. Há uma foto colada ao papel, levemente fora de foco e com pouca luz, como se houvesse sido tirada às pressas. Um grupo de homens de sobretudo e casacos de tweed, a maioria fumando, todos sérios, ladeados por uma dupla de oficiais alemães de uniforme, no total uma dúzia de pessoas. Os homens estão dispostos em duas fileiras, e nenhum deles parece satisfeito em ser fotografado. A sala em que estão não tem praticamente nada, apenas alguns mapas na parede, e, por uma janela lateral, é possível ver o pináculo de uma igreja.
"O que é isso?", pergunta Lily.
"A única fotografia conhecida de uma unidade especial reunida em Leipzig, em abril de 1942. O avanço alemão havia desacelerado, e os Aliados, pela primeira vez, viam oportunidades reais para um contra-ataque. Uma das respostas de Berlim foi a adoção de abordagens heterodoxas. Sabotadores, o bombardeio de alvos não militares. E esses homens na foto. Homens que não foram recrutados nas tropas existentes. Em vez disso, vinham de prisões, hospícios. Receberam treinamento linguístico conforme

a necessidade — francês na maior parte das vezes, ainda que alguns devessem se dirigir a solo inglês — e foram postos em ação."
"Qual era a tarefa deles?"
"Desmoralização. Em alguns casos, eles receberam a missão de assassinar determinadas pessoas, mas outros eram deixados ao sabor de seus próprios instintos. O serviço deles era dar outro rosto ao poder nazista. Não apenas o poderio militar superior, comprovado por seus tanques e exércitos, mas a capacidade de atingir inocentes em suas próprias casas."
Enquanto ele fala, Lily percebe que Green é consideravelmente mais velho do que inicialmente pensou. Ela havia calculado uns setenta, mas agora acrescentaria outra década. E, além das rugas, pode ver raiva nele. Algo sombrio que se ergue por trás das lentes borradas de seus óculos.
"E qual é a relação entre isso e o homem que me enviou até aqui?"
Green toca na foto. Lily olha de novo, observando atentamente. E então o vê. Michael. De pé, na segunda fileira, o rosto um pouco virado.
"Lembra ele", diz Lily. "Mas não é possível. Essa fotografia foi tirada há mais de setenta anos. No entanto, o homem que eu conheço... tem exatamente a mesma aparência."
"Continue olhando."
Lily vira a página e encontra outras três fotos. Todas tiradas com uma teleobjetiva, ou seja, as imagens não são muito nítidas. Mas todas se parecem com ele. Saindo de um edifício comercial, entrando no metrô em Paris, caminhando por uma rua lotada de Tóquio. A julgar pelos carros e celulares, as últimas fotos haviam sido tiradas há poucos anos.
"Franz Bachmeier. Esse era seu nome quando ele se alistou", diz Green. "Claro que o nome não significa nada, considerando a quantidade deles que foi usada durante sua vida. Eu e meus colegas estamos há algum tempo em seu encalço."
"Bachmeier", repete Lily, testando o nome para si própria.
"Você sabe o que aconteceu com ele durante a guerra?"

"Pensávamos que havia sido deslocado para a Polônia. Mas, logo depois, seus registros desaparecem."

"Então ele deve ter sido morto. E essas outras fotos — são outra pessoa. Têm de ser."

"Não. Há provas de que ele foi preso logo depois de a guerra estourar. Ele aproveitou a oportunidade de ficar livre quando ela se apresentou. E então fez o que melhor sabe fazer: desapareceu."

"Você diz que ele esteve na prisão. Por qual crime?"

"O que você acha, doutora?", pergunta Green, fechando o álbum e erguendo-o em seus braços.

"Assassinato?", ela arrisca, e ele assente com um sinal de cabeça para depois recolocar o álbum no arquivo do qual o retirou. Ele mantém certa distância de Lily, a luz pálida que vem da janela o fazendo parecer mais fora de foco que o homem das fotos.

"Fiz o que ele queria que eu fizesse", diz ele. "E agora me pergunto o porquê."

"Não tenho resposta para isso. Ele obviamente teve um bocado de trabalho para sustentar a história em que está tentando me enredar. Parte desse trabalho passa por cometer crimes horríveis. Mas as pessoas não vivem duzentos anos, sr. Green."

Ele passa os dedos pelos tufos brancos do que resta de seus cabelos, um tique que pode ter sido necessário quando ele era jovem, mas que agora parece apenas uma maneira esquisita de coçar o couro cabeludo.

"Os nazistas arregimentaram os melhores cientistas da época para fazer experiências que não seriam permitidas antes", conta Green. "Muitas eram obscenas. A busca do sobrenatural. Imortalidade. Talvez com esse homem eles tenham tido sucesso, mas não perceberam isso antes de ele escapar de suas garras."

"Não duvido de sua autoridade na sua especialidade, sr. Green. Mas minha experiência aponta uma explicação bem mais plausível. O homem que conheci é uma pessoa extremamente perturbada que construiu um mundo, um cenário elaborado, no qual encaixar sua mitologia pessoal. Pelo que imagino, ele pagou você — ou talvez o tenha ameaçado — para me mostrar essas fotos adulteradas, a fim de sustentar sua fábula. Ele é um homem extraordinário, sem dúvida. Mas não pode ser o que diz que é."

Green está tão imóvel que Lily chega a pensar que a mente dele se desligou. De repente, ele dá um único passo na direção dela e para, como se não suportasse seu cheiro.

"Isso não é um trote, dra. Dominick. Vou desculpar a sua fala ofensiva pelo fato de que está lutando para aceitar aquilo que está bem debaixo do seu nariz. Mas, mesmo que eu não possa explicar o que é Bachmeier, sei que ele existe, assim como sei que o mal existe. Preciso mostrar a você provas da existência desse último também?" Com os dois braços, ele aponta todas as pilhas de arquivos e papéis.

"Não quis ofender. Mas você tem de..."

"Gostaria que você fosse embora, por favor."

Ele já está a caminho da porta, destrancando as travas e correntes. Lily o segue, e, quando a abertura da porta é suficiente para ela passar, ele pede, com um gesto, que ela saia.

"Eu realmente sinto muito", diz ela.

"Talvez sim. Talvez não. Mas acho que, em breve, sentirá."

No caminho de volta ao hotel, ela se sente perturbada e irritada. Com Michael, mas, principalmente, consigo mesma. Isso a distrai tanto que Lily demora alguns minutos para perceber o recepcionista correndo atrás dela no vestíbulo.

"Dra. Dominick?"

"Sim?"

"Uma mensagem para a senhora."

Ele entrega a Lily um envelope pequeno, em branco, e vai embora. Ela abre. Dentro há um cartão, com uma única palavra, em uma caligrafia que ela já conhece melhor que a sua própria.

Diodati

–A–
CRIATURA
ANDREW PYPER

CAPÍTULO 18

Ela se lembra do nome do prefácio de *Frankenstein*. A *villa* às margens do lago Genebra, onde Mary Shelley teve a ideia para o romance que a tornaria famosa.

Reanimada por uma ducha quente, Lily se acomoda no banco traseiro de um táxi em frente ao Hotel L'Angleterre, com um domínio renovado da racionalidade. Ela se lembra de ter lido uma reportagem sobre como todos no mundo têm um *doppelgänger*, resultado não de um mecanismo sinistro, mas simplesmente das variações limitadas que podem ser aplicadas aos rostos e formas humanos. Ela tenta se convencer de que as fotos de Green demonstram apenas que algumas pessoas podem parecer iguais se forem captadas pelo ângulo correto.

Você não acredita nisso, ralha sua voz interior. *Era ele. Você sabe porque viu a si própria no rosto dele.*

O taxista pergunta, em francês, para onde ela quer ir.

"Para a Villa Diodati", responde ela.

É uma corrida curta. O que deveria levar uma hora, talvez mais, no verão sombrio de 1816, quando os Shelley passaram uma temporada ali, exige hoje apenas quinze minutos de carro. Lily pede que o motorista espere por ela, e ele se acomoda no pequeno estacionamento junto ao portão da *villa*.

Ela caminha pela estradinha ladeada por arbustos e árvores cuidadosamente plantados de modo a ocultar as mansões e consulados do outro lado. Lily reconhece o imóvel antes mesmo de confirmar o endereço no pilar de pedra: Diodati, 9. Sua busca na internet lhe informou que o local foi transformado em um condomínio de apartamentos e que os visitantes não podiam passar do meio-fio, mas, para Lily, basta estar aqui e ver por si mesma. Basta para quê? Para entender como alguém como Michael se imaginou sendo. Estar em um lugar onde outros estiveram antes de você, um lugar onde a história foi feita, inserindo-se em uma conexão direta com essa história. Mary, seu marido poeta Percy, a protocelebridade lorde Byron estiveram *aqui*. Onde ela está agora.

Há um declive gramado junto ao imóvel, onde um solitário banco de pedra encara o lago. Lily desce até lá por uma trilha gasta, que pode ter sido a mesma que Mary usava para chegar até o lago, exceto que hoje a trilha é cortada por cercas e sebes de outras propriedades. Ela vislumbra as águas agitadas do lago Leman através dos galhos nus, mas não consegue chegar até lá.

Quando ela se vira para voltar, ele está ali, sentado no banco de pedra. Olhando não para a *villa* ou para o lago, mas para ela.

Lily anda o mais devagar que pode até ele, demorando-se na esperança de que alguém — um turista, um jardineiro, o taxista — se junte a eles, mas eles continuam sós.

"Sente-se comigo, Lily."

"E se eu me recusar?"

"Por que você o faria?"

"Você é um fugitivo. Um criminoso violento. Psicótico. Eis três motivos."

"Agora pense nas razões de você estar aqui. Se você for honesta, verá que elas não têm a ver com minhas ameaças — não mais. De qualquer modo, uma rejeição provocaria minha ira, e você já viu o resultado disso."

Ele dá um tapinha no lugar a seu lado no banco. Lily se senta, a pedra dura sob suas coxas.

"Green me mostrou as fotos", diz ela. "Elas não provam nada."

"Você está escutando o que diz?"

Sim, Lily *escuta* o que diz. E é o som dos últimos esforços de sua mente na luta contra o que ela sente. Contra o que ela sabe.

Ele fecha sua mão sobre a dela. O toque dele é morno, transmite o zumbido de sua energia, um tilintar de contrabaixo. Ela não consegue retirar a mão. Não que ela tente.

"Como você conheceu minha mãe?"

"Estamos quase lá. Antes dela — minha única esposa — tenho de falar do meu primeiro amor."

Ele aperta a mão dela com mais força, o que a faz relaxar, puxando-a para as palavras dele, como uma corrente marítima.

"No instante em que vi Mary Shelley, quis que ela me amasse", conta ele. "Ela me amou? Quem sabe? A autenticidade das emoções não é minha especialidade. O que se sabe é que eu poupei a sua vida, e em troca ela tomou a minha. Porque, apesar de ter preferido seu marido anêmico e uma existência de luta manchada de tinta, ela moldou algo a partir de sua traição. Um livro. Um romance de horror gótico escrito em resposta a uma disputa proposta por Byron, uma disputa que ela indiscutivelmente venceu. A primeira obra-prima do gênero, que assumiu ser sobre os perigos da ciência, mas que sempre será, para mim, uma espécie de carta de amor não correspondido."

Lily tenta imaginar como seria o lugar naquela época, mas, em vez disso, ela claramente detecta qual era a *sensação* de estar ali. De ser Mary Shelley, uma adolescente conhecendo o homem sentado a seu lado agora. É ridículo. Mesmo assim, ela sente essa possibilidade naquela mão que a segura.

"Mais tarde a descreveram como belíssima, mas isso não é correto", continua ele. "É melhor dizer que ela era inglesa. Uma deselegância física contrabalançada pelo orgulho. E pela inteligência. Uma mente que, de alguma forma, se anunciava naqueles passos de pombinha, o nariz fino e empinado, farejando novas metáforas. Para mim, Mary Shelley era um retrato irresistível da própria Inglaterra."

"Foi para isso que você veio até aqui? Para vê-la?"

"De maneira alguma. Eu vim para tentar ver o celebrado Byron, cuja fama de monstro pervertido provocava em mim um interesse pessoal. Não era difícil encontrá-lo. Todo mundo nos cafés de Genebra comentava o fato de ele ter alugado a Villa Diodati. Peguei um quarto em uma hospedaria do outro lado do lago, bem ali", diz Michael, apontando para além das árvores. "Os estalajadeiros sabiam da vantagem de estar tão próximos do poeta, então ofereciam telescópios que alugavam por meia hora. Por meio deles era possível espiar a residência de Byron e aguardar para ver o grande homem surgindo, com sorte com uma donzela nua ou uma pena na mão. Vi Mary Shelley pela primeira vez por uma dessas lentes."

Ele suspira. Um confronto com emoções ocultas, que o surpreende ainda mais que a Lily.

"E aí você acabou ficando por causa dela."

"Fiquei para encontrar um objetivo", diz ele, mudando de posição a fim de olhar diretamente para ela. "Naquele verão, eu já havia aperfeiçoado meus hábitos de assassinato. Também já havia notado que eu não envelhecia da mesma maneira que os outros homens; meu rosto, minha pele, tudo estava exatamente como no dia em que fora criado. Que dom! Mas isso trouxe novas perguntas a minha mente: se deveria viver para sempre, como ocuparia meu tempo? Que tal arte, poesia, música? A resposta estava do outro lado do lago. Considerando seus gênios, Percy Shelley e lorde Byron poderiam ser meus irmãos. Talvez fossem cegos ao que havia de horrível em mim, vendo apenas o sublime. Porém, para ser honesto, era sempre na garota que eu pensava quando observava as atividades dos moradores da *villa*. Era a imaginação dela que me convocava. Veja bem, não sou o único a ler mentes. Mary Shelley podia sentir que eu estava próximo, assim como você me sente por perto agora."

Lily olha para trás a fim de confirmar que eles continuam sozinhos. Não apenas o gramado está vazio como nenhum som, seja da estrada, seja das casas em volta, chega até eles. É como se o mundo houvesse congelado pelo tempo em que os dois ficam ali sentados no frio banco de pedra, de mãos dadas.

"Nos dias que se seguiram, comecei a caminhar nos limites da propriedade Diodati, escondendo-me naquelas fileiras de vinhedos que você vê ali", prossegue ele. "Mary tinha uma criança com ela, um filho, então eu tinha de esperar até que surgisse um momento em que estivesse sozinha para me dirigir a ela. Comecei a ficar impaciente, meu desejo de conversar crescendo para um desejo de me alimentar. Certa noite, fui até a *villa* com o intuito de entrar na casa e pegar Mary. Estava a caminho, atravessando o gramado iluminado pela lua", com o dedo no ar, ele mostra seu avanço de algumas centenas de metros, "quando senti uma presença me observando de uma das janelas do segundo andar."

"Era ela", diz Lily.

"Ela não levava qualquer vela, mas a lua brilhava o suficiente para pintar sua silhueta, seus cabelos soltos, os longos dedos ingleses agarrados à janela, como se para manter-se de pé. Eu estava com meus dentes e mãos de metal, e fiquei pensando se ela conseguiria vê-los na luz fraca. Ela cedeu à curiosidade e ficou me olhando. E eu devolvi seu olhar. Era a primeira vez que eu permitia que alguém me observasse claramente daquela forma, no meio de uma caçada. Essa exposição me deixou excitado. Você pode me considerar tolo, mas eu considerei romântico."

Ele pesquisou tudo isso, tenta dizer uma parte de seu antigo eu. *Biografias, estudos críticos. Ele está inventando.*

Lily sabe que essa é a conclusão a que ela deve se ater, porém não pode evitar a sensação de perceber algo familiar na história que ele conta, algo que não tem qualquer ligação com um livro famoso. É como se ela possuísse um conhecimento nebuloso, fragmentado, disso, desde seu nascimento, como se conta das almas reencarnadas que se recordam de vidas passadas.

"O que você fez?", pergunta ela.

"Houve uma interrupção — um cachorro latindo, pelo que me lembro — e eu me afastei, voltando para a escuridão, sentindo os olhos dela nas minhas costas com uma tal intensidade que era como se eu fosse um poema e ela estivesse me memorizando. Mais tarde, ela escreveu sobre aquele momento, de maneira disfarçada."

Michael inclina a cabeça e recita o texto de memória.

"'... o artista... ele dorme, mas está desperto; ele abre seus olhos; veja, a coisa horrível está a sua cabeceira, abrindo suas cortinas sobre ele com olhos amarelos, límpidos, mas reflexivos.'"

"Mary escreveu isso?"

"Sim."

"Não me lembro disso no livro."

"É dos diários dela. A narrativa de um sonho no qual ela é o artista. E eu sou a 'coisa horrível'. É claro que eu não sabia sobre isso quando escapuli e voltei para minha hospedaria. Tudo o que eu sabia era que nunca mais me permitiria desejar me alimentar daquela mulher na janela. Tudo o que eu queria era cortejá-la."

Michael fixa os olhos nas árvores no declive a sua frente, em busca de um ponto específico à margem do lago.

"Costumava haver uma trilha que margeava o lago, e, duas manhãs depois, eu estava lá, colocando minhas roupas após um mergulho, quando ela veio até mim", conta ele. "Ela se apresentou apenas como Mary. Falamos sobre o que nos havia trazido ao lago Leman. Eu disse que era um especialista em folclore húngaro em uma licença sabática da universidade. Quando perguntei por que estava andando sozinha, ela disse que gostava de caminhadas desde que seus pais a enviaram a um canto remoto da Escócia quando ela era pequena. A solidão e o contato com a natureza a ajudavam no que ela chamava de 'sonhar acordada'.

"'Posso assegurar a você que não sou um sonho', falei, na mesma hora lamentando o flerte tão óbvio. Mas ou ela não percebeu, ou então gostou, porque aquilo pareceu apenas atrair mais sua atenção. 'Fale-me sobre você. Não há nada de que eu goste mais do que ouvir histórias', disse ela, sentando-se na grama, a pouco mais de um metro da trilha. Pode não parecer nada de mais para você, Lily, mas a atitude dela foi muito audaciosa — sentar-se perto de um desconhecido e pedir que ele lhe conte uma história."

"Você voluntariamente lhe contou tudo?", pergunta Lily, surpresa com a ponta de ciúmes em sua voz.

"Não de imediato. Eu lhe disse que meu nome era Michael. Ela contou dos 'homens da casa', que ficavam acordados até tarde, bebendo e criticando os mais recentes lançamentos literários de Londres, um assunto sobre o qual ela sabia discorrer, mas não conseguia, porque eles a mandariam cuidar da criança. Não me lembro de muito do que ela falou naquele primeiro encontro. Minha lembrança está mais ligada à maneira como me olhava. Era impossível saber se suspeitava que fosse eu a criatura que avistara da sua janela havia duas noites, ainda que o modo como ela analisava meu rosto fizesse crer que sim. Talvez fosse apenas seu olhar de escritora, captando detalhes que, mais tarde, seriam relembrados nas páginas. Sendo totalmente ignorante nesses assuntos, eu queria acreditar que ela me olhava daquele jeito porque estava se apaixonando."

Lily se torna subitamente consciente da maneira como olha para ele. Seria amor o que Michael veria? E se ele visse amor, estaria inteiramente errado?

"O que ela fez?", pergunta Lily, dando-se conta de que está curiosa para saber se fará a mesma coisa, seja lá o que for.

"Nada. O que importa é o que eu fiz. Porque, antes que ela se pusesse de pé, eu me inclinei para beijá-la. Ela nem retribuiu nem se afastou. Diria que pareceu provar o sabor dos meus lábios. Perguntei se poderia vê-la no dia seguinte. 'Bem, você pode, se estiver por aqui e eu estiver caminhando de novo', respondeu ela, as faces coloridas por dois perfeitos círculos carmim. 'Tenho uma história absolutamente extraordinária para lhe contar', disse. 'Algo que nunca contei a ninguém. Acontecimentos que normalmente são considerados assombrosos.' Ela fez que sim com a cabeça ao ouvir isso. E então, sem dizer uma palavra sequer, ela levantou e prosseguiu seu caminho pela trilha, pegou uma curva e desapareceu."

"Você me contou o motivo de compartilhar sua história comigo", diz Lily, afastando-se dele para resistir à vontade de se aproximar mais. "Mas por que compartilhar com ela?"

"Porque eu queria que minha amante — minha amante imaginária — fosse aquela a traçar meu retrato com palavras", responde ele depois de alguns instantes de reflexão. "Veria ela um homem ou um monstro? Dos três escritores aos quais eu me desnudei, nenhum mostrou o que eu gostaria de ver. Foi por isso que parei de ir atrás deles. E por isso encontrei você."

Lily sente um calor em sua garganta, em suas faces, e se dá conta de que está corando. Ela viraria o rosto, mas isso apenas destacaria mais seu rubor, então fica imóvel e espera que ele prossiga.

"Havia outro motivo para compartilhar minha história com Mary Shelley", diz ele. "Uma disputa que eu queria que ela vencesse. 'Byron nos apresentou um desafio', contou Mary na manhã seguinte, quando nos encontramos junto ao lago. Eu já havia confessado que sabia quem ela era e quem estava na *villa*. 'Cada um de nós vai escrever uma história sobrenatural. Mas as ideias me abandonaram', disse Mary, sorrindo para mim. 'Ah, Michael. Sobre o que devo escrever?' Falei que ela devia escrever sobre mim. Saiu antes que pudesse evitar, ainda que eu tivesse quase certeza de que ela teria usado os pormenores que eu já havia relatado. Eu já me sentia ligado a ela. Ela era culta, talentosa e possuidora de uma imaginação excepcional. Mais que isso, porém, Mary era ambiciosa.

"Nós nos beijamos novamente ali na grama. Seria nosso segundo e último beijo, e acho que parte de mim sabia disso. 'Você me prometeu uma história', falou Mary assim que nosso abraço se desfez. Eu lhe contei que não era o que parecia ser. Eu lhe contei que não era um homem. Não um ser humano, sob qualquer ponto de vista. Ela se afastou um pouco de mim, mas não por medo. Mary Shelley viera até aqui em nome da descoberta de algo estranho e notável, o tipo de coisa que eu havia chamado de 'acontecimentos normalmente considerados assombrosos', e mais precisamente em como ela transformaria tudo isso nas palavras de um romance, aquilo que eu estava prestes a dar vida, ao entregar a ela. 'Se não é um homem, o que é você?', perguntou ela."

Michael se move no banco, como se estivesse prestes a levantar, e Lily sente um princípio de tristeza com a perspectiva de que ele solte sua mão. Ele, no entanto, segura a mão dela com ainda mais força.

"Não é engraçado, Lily, como essas palavras ecoam as que você pronunciou em nosso primeiro encontro? E, assim como a você, eu disse a verdade a Mary. Quando acabei, esperava que ela me fizesse inúmeras perguntas. Achei que ela me tomaria por um louco. Mas, ainda que possa ser apenas arrogância de um apaixonado, prefiro acreditar que ela aceitou tudo como verdade. É por isso que o livro de Mary tem tanto impacto. Eu disse esperar que, agora, ela vencesse a disputa de histórias sobrenaturais. 'Bem, penso que nós podemos dar a tudo isso um propósito melhor', disse ela. Eu me recordo bem desse 'nós'. Significaria isso ela e seu marido, que muitos críticos, mais tarde, afirmariam ter escrito o livro? Ou ela se referia a mim?"

A força que ele exerce sobre a mão de Lily está a um passo de provocar dor — e logo começa a doer —, mas ela olha para o rosto dele e vê uma nova raiva, que o deixa desfigurado.

"Sem mim não haveria *Frankenstein*", ele diz. "Em vez de me alimentar com seu sangue, foi ela que se alimentou de mim. Aquela garota devorou minha vida e criou outro monstro, parte feito de mim, parte de seu próprio sonho gótico. Até seu marido ficou surpreso com a história e com sua origem, 'como todo corno se surpreende'."
Ele solta a mão dela. O ar está mais frio que há alguns instantes, jatos deixam rastros que se cruzam nos céus, um caminhão de entregas se esforça ruidosamente para subir a estrada atrás deles.
"Você sobe a colina, e eu desço", diz ele, já se levantando.
"Espere. Eu preciso..."
"Não olhe para trás. Vá andando. E isto", ele diz, colocando um DVD em um envelope plástico junto dela. "É para você."
Ele parte. Caminha sem pressa, mas, ainda assim, cobre a distância entre o banco de pedra e a borda das árvores em um quarto do tempo que Lily havia levado para chegar. De alguma forma, ele encontra um vão entre as sebes, ou um buraco na cerca, porque em um instante está ali, e no outro já foi engolido pelas sombras.
Ela volta para o estacionamento pelo mesmo caminho que fez antes. O táxi está onde ela o deixou, e o motorista liga o carro assim que a vê.
"Você o viu?", pergunta o motorista quando ela se acomoda no banco de trás.
"Quem?"
"Frankenstein", diz ele com um riso gutural antes de deixar o estacionamento.

—A—
CRIATURA
ANDREW PYPER

CAPÍTULO 19

O táxi a deixa na porta do hotel, mas ela não entra. Em vez disso, caminha mais uma quadra, até o prédio de Eric Green. Lily sabe que, se for necessário convencer qualquer outra pessoa da história incrível que tem de encarar sobre Michael — convencer os outros de que não está louca por acreditar que há algum grão de verdade nas invenções dele —, ela precisará do máximo de provas possível, e as fotos de guerra de Green são tudo o que existe.

Dessa vez, as duas portas do prédio estão destrancadas. Assim como a porta do apartamento de Green. Lily a empurra com o cotovelo, com o cuidado de não tocar em nada com as mãos, e entra no labirinto de pilhas de livros e documentos.

Ela o encontra no chão. De barriga para cima, os olhos fechados por trás das lentes embaçadas, braços esticados, como se alguém o tivesse carregado e colocado ali enquanto dormia. As duas marcas de picada no pescoço e o sangue que forma um halo em torno da cabeça são os únicos sinais de que ele nunca mais vai acordar.

Ele está diante do arquivo do qual havia tirado as fotos de Bachmeier.

É tolice ficar ali por mais tempo. Mas ela precisa ter certeza.

Lily contorna o cadáver de Green com cuidado, para não deixar qualquer parte do seu pé tocar o sangue, que continua a se espalhar. A gaveta de cima está aberta. Ela dá uma olhada. O álbum de fotos e tudo o que havia sobre Bachmeier desapareceram.

Até então, ou Michael a havia encontrado, ou lhe dera instruções explícitas sobre onde poderia ser encontrado. Agora é por conta dela. Ele dissera que eles seguiam um caminho, mas Lily agora percebe mais como um roteiro de estudos, uma série crescente de lições e testes. Todos têm a ver com pensar como ele pensa, sentir como ele sente.

Se estiver certa, para que se submeter a isso? O que ela pode ganhar em pensar e sentir como ele?

É só assim que você vai descobrir o que ele sabe.

É por isso que ela está no aeroporto de Genebra comprando uma passagem para Londres. Tudo o que ela sabe da história dele aponta para lá. A cidade onde Bram Stoker passou a maior parte da sua vida. Onde Michael acredita ter-lhe dado a inspiração para o vampiro.

Mas essa não é a única razão de ela ter escolhido a capital inglesa. Agora, há uma comunicação silenciosa entre ela e Michael que confirma isso. É ele que está lendo a mente dela ou o contrário? Ela só tem a certeza de que pode senti-lo dentro de si própria, os pensamentos dele se misturando aos dela.

Ela pensa em até onde vai essa conexão, pernas cruzadas num banco de couro na sala de embarque, os olhos fechados, sentindo pena dele, quando percebe alguém sentado bem a sua frente. Há um momento, havia bastante espaço dos dois lados da fileira de bancos. O que mantém os olhos de Lily fechados.

"Dra. Dominick?"

Lily reconhece a voz. O trote que ela recebeu em Nova York. *Você não está segura.* A voz que ela havia imaginado pertencer a um homem bonito, forte. Então ela abre os olhos e vê um monstro.

É o rosto dele. O nariz não está no devido lugar. Um lado de sua face — do mesmo lado que as outras partes defeituosas, de modo que se pode traçar uma linha entre o *antes* e o *depois* de seus traços — ostenta um mapa de cicatrizes.

"Não quis assustá-la", diz o homem, apontando para o próprio rosto. "Não posso fazer nada com isso."

"Você me ligou. Em Nova York."

"Exato. Imagino que, em sua linha de trabalho..."

"Quem é você?"

Lily olha para além dele, em busca de um policial a quem acenar, as pernas rígidas.

"Por favor, não tente fugir. Isso só vai..."

"Fique longe de mim."

"Não é preciso ter medo. Não vou machucar você. Na verdade, estou aqui para assegurar que..."

"Me diga quem é você, ou vou começar a gritar."

"Meu nome é Will", ele diz. "Will Muldover."

"Como você sabe quem eu sou?"

"Trabalho para uma agência do governo. Operações especiais."

"Que governo?"

"O governo dos Estados Unidos, claro. Quem mais contrata caras como eu para fazer este tipo de serviço?"

Lily olha por sobre o ombro dele e diz a si mesma para ficar tranquila devido à presença de outros passageiros, pessoas vidradas nos seus celulares e puxando suas malas, todas ao alcance de seus gritos.

"Você é da CIA?"

"Creio que sim, claro", ele dá de ombros. "Você não acreditaria em como são complicadas as divisões entre essas coisas. Oficialmente, sou um consultor. Totalmente fora dos registros."

"Como um assassino. Eles pagam você para apagar as pessoas? Gente como eu?"

"Se eu estivesse aqui para apagar você, você já estaria morta." Em um gesto de por-onde-eu-começo?, ele leva a mão até a barba por fazer no lado sem cicatrizes de seu rosto. Se ele tem medo de que ela saia correndo pelo terminal, disfarça muito bem.

"Estamos à procura de uma pessoa", começa a explicar. "Ele já assumiu vários pseudônimos, mas você deve conhecê-lo por seu número de cliente, de quando o entrevistou no Kirby. Depois que ele fugiu, você viajou para a Hungria, ou sob as instruções dele, ou procurando por ele, por conta própria. Até aqui, estou certo?"

Deve admitir que sabe do que ele está falando ou negar tudo? Ela não consegue se decidir, então fica em silêncio.

Ele se inclina para a frente, apoiando os cotovelos nos joelhos. O objetivo é reduzir seu tamanho a fim de deixá-la relaxada, e, como funciona, Lily diz a si própria para resistir. Esse é o momento sobre o qual fora alertada. Will Muldover — se esse é o nome verdadeiro dele — pode ou não matá-la aqui e agora, mas é certo que, se ela não lidar corretamente com ele, Michael certamente a destruirá.

"Imagino que você tenha detectado algumas das habilidades extraordinárias dele e ficado curiosa. Quem não ficaria?", prossegue ele. "Meus antecessores estão no rastro dele há algum tempo. Pelo que sabemos, não há ninguém da espécie dele no mundo."

"E que espécie é essa?"

"Não estou certo se existe um nome. Creio que 'imortal' terá de quebrar o galho."

Em sua mente, Lily faz uma série de anotações. Em primeiro lugar, esse homem está, aparentemente, corroborando as afirmações de Michael de ter mais de duzentos anos, o que ou torna isso verdade (o que é impossível), ou mostra que ela é alvo de um jogo (o que é totalmente provável). Em segundo lugar, ele não citou sua mãe nem a crença de Michael sobre sua paternidade, o que significa que ou ele está ocultando essa informação, ou a desconhece.

"Não tenho de lhe contar o que quer que seja", diz ela.

"Mas *deveria*."

"Por quê?"

"Eu trabalho para os mocinhos", responde ele, como se fosse simples assim. "Esse indivíduo matou, de forma brutal, milhares de pessoas. Mães, pais, mulheres, crianças. Porque ele não é humano e porque, como a vida dele já dura três vezes mais que a média das pessoas, ele não existe no sentido oficial. Nenhuma organização policial, nacional ou internacional está à procura dele. Há apenas eu e os outros caras."

"Que outros caras?"

"Aqueles que estão seguindo você. Talvez você tenha notado. Eles estão do lado oposto. Mas querem a mesma coisa que eu."

"Que seria...?"

"Ele."

Lily pensa no cadáver exangue de Cal, na cama que eles compartilharam em Budapeste. No homem com a parca preta que a caçou pela feirinha de rua.

"Continuo sem saber do que você está falando", arrisca Lily.

"Você está mentindo."

"Ah, é?"

"É. Veja bem, sou treinado para reconhecer as expressões nas pessoas."

"Como assim?"

"Para começar, você está com cara de quem vai vomitar."

Ele tem razão. Ela luta para respirar fundo e prender o ar até seu estômago se acalmar.

"A pessoa que você entrevistou no Kirby passou um breve tempo na cadeia há alguns anos", prossegue Will. "Pego por uma dupla de policiais na estrada quando se livrava de um corpo em uma ponte em Louisiana. Assim que soubemos de sua captura, pedimos ao médico da prisão que colhesse uma amostra de sangue antes que fôssemos até lá buscá-lo. Ainda bem que o fizemos. Porque, quando a amostra estava sendo colhida, ele retirou uma quantidade de sangue muito mais significativa do médico do que saiu dele. E depois sumiu."

"Mas vocês ainda têm o sangue dele."

"Exato. E nosso laboratório fez todos os testes possíveis com ele. Os resultados foram, na maioria, normais. Mas alguns revelaram características extraordinárias. Não sou um cientista, mas, pelo que entendo, é um tipo de antioxidante superamplificado, com células que mostram resiliência a todos os tipos de doença. Reversão de câncer avançado em ratos. Algo capaz de revolucionar a medicina, para dizer o mínimo."

Há três semanas — há três dias — Lily teria achado o relato desse estranho absurdo, o tipo de afirmação que sairia da boca de um lunático em uma das salas de entrevista do Kirby. Ainda assim, seja devido às histórias ainda mais fantásticas das quais tomou conhecimento desde então, seja porque isso esclareceria muitas das coisas que ela antes não poderia explicar, tal relato a atinge com o sólido peso da verdade.

"Então por que não fazer os remédios e salvar o mundo?", pergunta ela.

"Gostaríamos. Mas precisamos dele."

"Você quer dizer do sangue dele."

"Sim. Do sangue dele."

Lily pensa em Michael, em algum lugar lá fora na noite, caçando. Mas, se Will estiver certo, se estiver falando a verdade, aquele que causou tanto sofrimento a tantas pessoas tem a capacidade de acabar com o sofrimento de milhões de outras pessoas. Ela faz um grande esforço para manter essas duas possibilidades conflitantes claras em sua mente.

"E os outros? Estão atrás da mesma coisa?"

"Não sabemos ao certo. Mas deve ser para ajudar apenas a eles mesmos. Sabemos que têm recursos consideráveis, talvez até maiores que os nossos. E sabemos que mataram muita gente inocente enquanto o perseguiam. O grupo reúne soldados, torturadores, assassinos de aluguel. Os melhores em suas especialidades. Ou seja, o pior."

"Não posso ajudar você."

"Ouça bem, Lily. Esse indivíduo — ele é bom em muitas coisas, e mentir é uma delas", diz Will. "Ele consegue entrar na sua mente. Não sei como faz isso, mas ele consegue. Você talvez pense que ele é seu amigo. Você talvez até esteja levemente apaixonada por ele. Mas, no fim, ele vai acabar destroçando você, como faz com todos que atravessam seu caminho. Pode ser que ele se ache capaz de se controlar. Só que ele não é capaz."

Will desliza para a beirada do assento, de modo que Lily pode sentir o cheiro do sabonete com o qual ele tomou banho. Ao mesmo tempo em que admite sentir certa repulsa por ele, ela se vê chegando mais perto, tendo de resistir à vontade de tocar com os dedos aquele rosto destruído. Simpatia também pode provocar atração, percebe Lily. Foi despertado nela algo que não é paixão, mas que, ainda assim, tem alguma semelhança, o desejo de se conectar, de mostrar a alguém que ele não está só e, dessa maneira, mostrar que você também não está só.

"Ele matou crianças", diz o homem. "Centenas delas. E não vai parar."

Lily imagina que ele vai aguardar que ela mude de ideia quanto a ajudá-lo, mas, em vez disso, ele se levanta. É mais alto do que ela havia pensado. Ele busca algo em seu paletó e entrega-lhe um cartão. Lily dá uma olhada. Um telefone com código de área de Nova York.

"Pode me ligar quando quiser. Não demore demais a aproveitar essa oferta, porque a verdade é: sou sua única chance de sair disso viva."

Will ergue a mão e, por um segundo, ela pensa que ele a levará até sua pele, apertando a parte de seu ombro que está exposta, ou acariciando um cacho solto de seus cabelos para ajeitá-lo, mas ele apenas coloca a mão no bolso. Então se afasta dela, juntando-se ao fluxo de passageiros que se dirigem aos portões.

Depois que ele some de vista, Lily estuda cuidadosamente o cartão que ele entregou, para depois picá-lo em pedacinhos, que ela deixa cair no carpete como flocos de neve.

—A—
CRIATURA
ANDREW PYPER

CAPÍTULO 20

No aeroporto de Heathrow, ela pega o metrô para ir até a cidade, saltando na estação Russell Square em busca de um hotel. Tem de ser um dos bons, porque ela calcula que só esses poderão arranjar um aparelho de DVD para seu quarto. Ela caminha por uma quadra antes de optar pelo Montague, onde o *concierge* diz que enviará um aparelho dentro de uma hora.

Ela não fica esperando; em vez disso, Lily sai para comprar roupas de baixo e meias. Ao chegar à Oxford Street, ela se deixa levar pela multidão, a música bate-estaca das lojas de souvenirs e o estrondo dos ônibus impelindo o tráfego junto dela. Em uma parede de aparelhos de TV na vitrine de uma loja, o noticiário informa o desaparecimento de um menino de doze anos quando ia para a escola, a foto mostrando um garoto de bochechas rosadas e orelhas de abano, com uma camisa do Tottenham Hotspur, os Spurs. Tudo isso proporciona a Lily uma dose mais do que suficiente de ruído e horror, o que a faz parar de se preocupar em estar sendo seguida. Não apenas por

Michael, mas pelo Will da cara torta e pelos sujeitos sem nome, que vão usá-la antes de matá-la. Para ela, todos vilões.

    Quando Lily volta para a Russell Square, já é noite. Apesar do frio, homens e mulheres estão de pé em frente aos pubs bebendo, e alguns querem que ela se junte a eles. Um dos homens, atraente e bêbado, afasta-se do grupo e acena. "Vamos lá! Um por mim, docinho!", grita, fazendo uma careta exagerada quando ela responde que não com a cabeça e segue em frente.

    Em seu quarto, ela vê que o aparelho foi instalado, como havia pedido. Lily abre o estojo do DVD e, com o disco, há uma folha de papel delicado, cuidadosamente dobrada em um quadrado, amarelecida pelo tempo, sua superfície exibindo a teia de aranha da letra de Michael.

    Lily decide ver o DVD primeiro. Ela respira fundo, trêmula. Aperta a tecla PLAY.

    É sua mãe.

    A julgar pelas cores saturadas e pelo enquadramento levemente oscilante, o filme havia sido feito em película, Super-8 ou algo parecido, sendo depois convertido para vídeo. O efeito é mostrar que é realmente ela, que é inquestionavelmente o passado. Sua mãe está sentada em um sofá de tecido xadrez no que, a julgar pelo quadro desbotado de flores em um vaso na parede de madeira por trás dela, é um quarto de hotel vagabundo. Seu cabelo está molhado, e ela usa um roupão de banho velho. Ela parece cansada, mas consegue sorrir.

    "Vamos ver a minhoquinha", fala uma voz masculina por trás da câmera. "A Princesa Minhoquinha."

    A voz de Michael.

    A câmera se aproxima, e Lily se dá conta de que o que ela imaginara ser toalhas de banho usadas era, na verdade, um pacotinho feito com lençóis, nos braços de sua mãe. O cabelo dela não está molhado por ter sido lavado, e sim por causa do suor decorrente de esforço excessivo. O nascimento de sua filha.

    Ao ver essas imagens, o corpo de Lily se enche de um calor que vem de seu sangue, como se ela houvesse tomado duas doses de uísque no pub ali fora. Mas, em sua mente, ela se sente exatamente o oposto de bêbada. A expectativa do que está por ver desperta sua consciência.

A mãe de Lily abre os lençóis em uma das pontas, para revelar um rosado bebê recém-nascido. Os olhos totalmente cerrados, as mãos minúsculas esticando e fechando os dedos. Nos lençóis, muco e sangue mostram que a criança acabou de chegar.

A mão de Michael surge no filme e gentilmente toca o nariz do bebê, acaricia sua testa. Quando ele faz cócegas na mão da criança, ela agarra o dedo dele com sua mãozinha e não o larga de jeito algum.

"Que minhoquinha *forte*!", diz ele, rindo. Um som real, humano.

Quem é esse homem? Como ele pode estar aqui, com ela em seus braços? Mas Lily está tão hipnotizada que vê que não consegue se concentrar nesses pensamentos por muito tempo. Sua mãe está ali, bem ali, na tela a sua frente. Se a presença de Michael no filme é chocante, a de sua mãe é um milagre.

"Pare de chamá-la desse jeito!", fala sua mãe, também aos risos. "O nome dela é Lily."

"Por que Lily?"

"Porque ela é *linda*, só por isso."

Então é a vez de sua mãe deixar o bebê agarrar seu dedo.

O filme prossegue assim por vários segundos. Uma mãe que olha para sua filha recém-nascida, sussurrando seu nome.

Lily. Linda e pequena Lily.

De repente, um novo som surge no alto-falante da TV, que assusta a Lily adulta de tal forma que ela desvia seu olhar da tela.

O homem começa a cantar, palavras que ela não compreende mas que percebe serem húngaras. Ela se lembra da melodia, que sua mãe cantarolava baixinho para ela na hora de dormir, quando era criança.

A mãe de Lily o observa. "O que é isso?", pergunta.

"Uma canção de ninar."

"Você me ensina?"
"Você não vai entender as palavras."
"Não se trata das palavras. Quero aprender a melodia."
Michael começa a cantar de novo, mais devagar dessa vez, e a mãe de Lily canta com ele, transformando as palavras em um doce cantarolar. Antes que se dê conta, Lily também está cantarolando.
Há apenas um instante, estava tomada pelo medo, mas algo mais poderoso tomou conta dela, algo envolvente, maleável, puro. Escondida em um quarto de hotel em Londres, vendo seus pais em uma gravação que mostra os primeiros minutos de sua vida. Uma família dividida pelo tempo, pela morte, agora cantarolando a mesma canção.

Edimburgo
10 de dezembro de 1878
Outro escritor.
　Dadas as décadas que se passaram desde meu encontro com Mary Shelley, pode-se ver meu grau de contenção. Por mais que eu tenha admirado *Frankenstein*, Mary adornou sua ficção de tal forma que, ainda que eu soubesse ser a criatura por trás da Criatura, nunca poderia ver o livro como um relato verdadeiro. O que eu busco agora é algo totalmente diferente. Um jornalista que possa traduzir minha vida em palavras — fatos em vez de metáforas, reportagem em vez de poesia.
　Nos últimos meses em Londres, passei os dias lendo todas as revistas onde tal talento pudesse ser encontrado. *Macmillian's*, *Pall Mall*, *Illustrated London News*. Foi em uma delas que vi pela primeira vez o nome Robert Louis Stevenson.
　Viajei para Edimburgo, onde Stevenson vive na casa dos pais, em uma rua elegante na área central da cidade. Ontem à noite, dei uma caminhada por ali, e, ao bater na casa, a porta foi aberta por um homem de aparência cômica. Alto, magro como um graveto, o cabelo ensebado e comprido, a postura de um grilo. Até suas roupas eram excêntricas: pijama, com uma casaca de veludo por cima.

O mais engraçado era seu rosto. Oval, uma nova expressão a cada instante, os olhos arregalados em um alerta zombeteiro.

"Robert Stevenson?", perguntei.

"Se você é um cobrador, por favor, volte quando meu pai estiver em casa."

"Não estou aqui para tratar de dívidas. Acredito que você tem algo do qual preciso."

"E isso seria...?"

"Talento."

Ele deu um risinho. Uma risada de menino, que provocou um acesso de tosse tão violento que eu pensei que morreria bem ali na porta.

Perguntei se poderia levá-lo para tomar um drinque e conversar sobre a missão que eu tinha em mente.

Ele deu um passo à frente e fechou a porta atrás de si.

"Você pode me levar a qualquer lugar para um drinque, meu bom homem", ele disse. "Mas, enquanto você sabe meu nome, eu ainda preciso aprender o seu."

"Michael Eszes."

"Bem, Michael", disse o grilo, jogando um braço sobre meus ombros. "Sei de um excelente lugar para discutir missões."

Ele me conduziu até um clube, onde seus trajes chamaram atenção, mas, depois de pedirmos ostras e duas garrafas de um bom champanhe, as vestimentas dele não foram motivo suficiente para nos expulsarem. Enquanto comíamos (ou ele comia, e eu bebia), eu ficava cada vez mais impressionado com a quantidade de vinho, depois gim, que ele jogava goela abaixo, seu pomo de adão pulando para cima e para baixo, assim como o resto de seu corpo. Ele me corrigiu quando o chamei por seu nome de batismo.

"Chame-me de Skivvy. É como meus amigos me chamam."

"É o que somos agora? Amigos?"

"Se você está pagando por isso, sim, somos melhores amigos." Ele se recostou na cadeira, ajeitou seus longos cabelos para trás das orelhas com os dedos e disse estar pronto para ouvir a proposta.

"Pertenço a este mundo e a outro", disse eu ao escocês magrelo. "Sou um intelectual e um monstro, em um único homem."

Skivvy olhou para mim com o que assumi ser uma seriedade zombeteira.

"Cuidado, meu amigo. Há um livro aí."

"É como se eu fosse duas pessoas, possuído por duas faces, duas personalidades. Em resumo, praticamente não sou humano."

"Você fala em duas faces. Mas só vejo uma."

"Venha comigo", disse. "Deixe-me mostrar-lhe a outra."

Saímos do clube com Stevenson imaginando que iríamos para alguma outra diversão, mais obscena. Em vez disso, fomos cambaleando até a George Street, até que vi um homem a nossa frente. Propus que o seguíssemos. Não tenho dúvidas de que Skivvy pensou tratar-se de um jogo. Graças a isso, ele conseguiu abafar outro acesso de riso e caminhou pé ante pé ao meu lado. Quando estávamos a meros três passos do estranho, em uma rua lateral perto da Charlotte Square, nossa presa desacelerou o passo. Ele se virou para nós. Sorriu para Stevenson. Mas, ao me ver, ele se retraiu.

"Jesus", disse o homem.

"Não precisa ter medo, meu bom...", começou Stevenson, mas ele se calou quando eu dei um pontapé no joelho do homem, com tanta força que o osso atravessou a parte de trás de sua perna. Assim que ele caiu, eu o chutei de novo — dessa vez, na cabeça. Seu crânio virou para trás, e ele ficou olhando para o céu, como se contasse as estrelas.

Voltei-me para Stevenson e vi em seu rosto. Alongado em repouso, e agora ainda mais esticado, com a boca escancarada. Não apenas pelo choque de testemunhar algo inominável, mas pela oportunidade que ali havia.

Ele viu uma história.

Edimburgo
12 de dezembro de 1878

Hoje retornei a Herriot Row e tomei lugar em um dos bancos na praça da avenida em frente à casa de Stevenson. Quando saiu e me viu ali, Skivvy parou, seu rosto denunciando sua dúvida entre recuar ou se arriscar adiante.

Acenei para ele, chamando-o. Ele atravessou a rua, hesitante, balançando a cabeça como um gato nervoso.

"Você não pode jamais escrever sobre mim", disse-lhe ao se sentar ao meu lado.

"Mas você se aproximou de mim com esse objetivo."

"Eu me enganei. Buscava objetividade, mas agora percebo que tal coisa é impossível quando se trata de contar histórias."

"Bem, Michael", ele diz, colocando a mão no queixo, com ar filosófico. "Existe escrever sobre uma coisa e então há escrever sobre uma coisa."

"Qualquer uma delas. Você não pode."

"Senão você... vai fazer comigo o que fez com ele?"

"Não. Primeiro vou fazer com sua mãe, depois com seu pai. Aí então vou fazer com você."

Ele se inclinou para trás, como se buscasse se colocar na maior distância possível de mim enquanto suas calças continuavam pregadas à madeira do banco.

"Tentei me convencer de que você era um sonho", falou. "Mas aqui está você. E eu não estou dormindo."

Eu me levantei, projetando minha sombra sobre ele.

"Nem uma palavra, escrita ou falada", eu avisei. "Entendeu?"

Ele fez que sim com a cabeça. Enquanto eu me afastava, ele continuou erguendo e abaixando a cabeça, como um pombo, um movimento que só agora percebo não ser de concordância, mas o esforço para engolir de quem está tentando não vomitar.

Edimburgo
11 de maio de 1887

Escritores são uma espécie estranha. Gralhas, animais que se alimentam de carniça. Têm tanto medo do mundo que preferem descrevê-lo a viver nele; ainda assim, são corajosos no limite da estupidez quando em busca de inspiração. Os verdadeiros vão colocar a cabeça na forca e puxar a alavanca se acharem que um enforcamento rende uma boa história.

Skivvy, por exemplo.

No ano passado — oito anos depois de nosso primeiro encontro — eu li seu *O Médico e o Monstro*, logo depois de o livro ser publicado. Fez com que eu o perseguisse durante muitos de seus últimos meses de viagem. Um roubo pelo qual ele vai pagar com a vida.

Admito que o maior crime do livro é atacar minha vaidade. Hyde, o monstro no qual o médico Jekyll se transforma ao beber uma poção que ele mesmo criou, é descrito nos termos mais odiosos. "Algo errado em sua aparência, algo absolutamente detestável", Stevenson faz um personagem dizer. Outro se esforça para fornecer uma descrição concreta. "Há algo mais, se eu pudesse encontrar um nome para isso. Que Deus me perdoe, o homem nem parece humano! Algo de troglodita, devemos dizer..."

Isso era o escocês tentando ser vago, de forma a não me identificar. Mas sua ofensa imperdoável foi o crime mais horrível de Hyde: surrar um homem até a morte na rua. Esse era eu.

Ele vai pagar caro por isso.

Edimburgo
12 de maio de 1887

Vim para matar Stevenson; ainda assim, esta noite ele continua vivo.

Por quê? Não sei se tenho a resposta. Talvez seja simpatia. O que aconteceu foi que cheguei dois dias antes de o pobre homem enterrar seu próprio pai. E então o vi, caminhando sozinho em sua roupa de luto, e, à medida que me aproximava, tive de admitir que era impossível não sentir pena daquele espectro que fumava sem parar.

Ao me ver, ele parou, sabendo que era inútil gritar, correr. Falei com ele nos termos mais claros: sua vida poderia ser poupada, mas apenas se ele partisse da Europa em exílio em algum lugar distante, onde seu palavrório não pudesse ser ouvido. Ele teria de levar junto sua mãe, sua esposa, sua enteada e seu filho. Ele teria de deixar a Escócia e Londres, bem como o mundo literário, para trás, ou eu faria com todos eles coisas muito além dos sonhos mais sombrios do sr. Hyde.

Acredito que, desta vez, ele não vai me ignorar.

—A—
CRIATURA
ANDREW PYPER

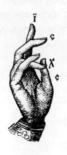

CAPÍTULO 21

Ela foi despertada pelo monstro batendo a sua porta.

Não aquele do chalé que ela compartilhava com a mãe no Alasca. É a porta do seu quarto no Hotel Montague, aquela para a qual ela se dirige após se levantar da cama. Mesmo na ponta dos pés, o visor é muito alto para ela. Se ela quer saber o que está do outro lado, a única coisa a fazer é abrir a porta. O mesmo dilema que sua mãe devia ter enfrentado no chalé no dia em que morreu.

Lily abre a porta.

Nada além do corredor vazio. Moscas em torno de uma bandeja de comida deixada na porta do quarto ao lado. Subitamente faminta, ela decide espiar o que o vizinho teve no jantar.

Uma taça de vinho tinto que parece espesso demais para ser vinho. No centro da bandeja, em um arranjo minimalista de *nouvelle cuisine*, dois pedaços idênticos de uma carne de formato estranho, de bordas elevadas e ligamento curvo. Ela está prestes a dar um passo para fora de seu quarto para olhar mais de perto quando se dá conta de que não se trata de carne, e sim de um par de orelhas humanas.

Ela pula de volta para dentro e bate a porta.

"Isso não está acontecendo", sussurra.

Sério?, responde sua voz interior. *Você sente esse cheiro?*

Agora ela sente. Alguma coisa úmida e fétida na escuridão do quarto.

Mais real impossível.

Ela pensa se Michael não está esperando por ela na cama, se o cheiro não pertence a ele.

Lily corre para o banheiro e fecha a porta, passando a tranca. Ela vai andando para trás, até esbarrar no vaso sanitário. Há um silêncio longo o bastante para que ela comece a pensar que havia se enganado sobre o cheiro, mas aí ele se faz sentir de novo. Não vindo do quarto, mas do banheiro onde ela está agora.

A cortina do chuveiro está puxada até a metade. Ela a havia deixado desse jeito?

Ela escancara a cortina.

Na banheira está algo que ela reconhece. O lençol enrolado, quase todo bege e branco, exceto pelo arquipélago de sangue em uma das pontas. O formato do corpo dentro dele. Os braços amarelados que escaparam por entre as dobras. O rosto de Cal parcialmente descoberto, de modo que seus olhos, dois círculos de pavor, olham para ela com o espanto cômico de um boneco.

Ela não se lembra de ter embrulhado o corpo em um lençol. Mas Michael deve ter feito isso.

Lily fecha totalmente a cortina e dá as costas para a banheira. Ela se analisa no espelho acima da pia e tenta ver a médica ali, o rosto tranquilizador de competência profissional e sanidade. Na vida que tinha antes, sua própria imagem era o que bastava para que se aprumasse. Agora, olha para si mesma e vê o rosto de alguém prestes a abandonar tudo.

Ela ficaria onde está pelo resto da noite, mas, de repente, a cortina se move por trás dela. Pelo espelho, ela vê dedos agarrando a borda da banheira.

"Não", sussurra Lily.

Em sua mente, ela imagina que é sua mãe, não Cal, levantando-se da banheira. Aqueles dedos que tocaram a borda — ela acha que já os viu antes. Não são as unhas de uma mulher que agarram agora a cortina, puxando-a para trás, os aros de metal rangendo contra a barra de suporte?

A mão da mulher segura a cortina. A coisa sai da banheira e fica de pé a centímetros de Lily.

"Você pode olhar agora, Lily."

Seus olhos estavam fechados? Ela os abre. Com alívio, Lily vê que não é Cal nem sua mãe. O dr. Edmundston está de pé ali junto dela. Ela então se lembra de que o dr. Edmundston também está morto.

"Sinto muito, Lionel", começa ela, por entre lágrimas. "Não sabia que ele..."

Ele dispensa as desculpas com o aceno de uma mão cinzenta. "O que está feito está feito", diz, quase engasgando com uma risada fraca. "Ou, melhor dizendo, o que está morto está morto."

O consolo que Lily havia sentido com a visão do dr. Edmundston começa instantaneamente a desaparecer. O odor da morte fica mais pesado. E, ainda que a voz de Edmundston seja tão gentil quanto era em vida, há uma intensidade maligna em seu olhar.

"Por que você está aqui?", pergunta ela.

"Aqui?", repete ele, olhando o banheiro a sua volta, como se pela primeira vez. "Estou aqui para *ajudar* você."

"Ajudar-me como?"

"Somos psiquiatras, Lily. E eu me sinto compelido a intervir quando um colega é — como dizer isso? — negligente em sua prática."

"Eu não..."

"Deixe disso. É tudo muito óbvio, de um ponto de vista psiquiátrico", diz ele. "Três romances, cada um dramatizando um antagonista portador de uma deformidade mental ímpar.

A Criatura do dr. Frankenstein: um ser feito de partes mortas, uma alma torturada pela solidão. Hyde: o psicótico com distúrbio de identidade dissociativa, uma metade o médico responsável, a outra, um paciente em fuga, fora de qualquer controle. E Drácula, uma projeção de luxúria insaciável obscurecida pela ansiedade sexual. Três textos, três condições psicológicas. Mas, no caso, todas reunidas em uma pessoa."

"Você quer dizer ele. Michael."

Edmundston respira fundo, mostrando uma impaciência cada vez maior. "Quem é Michael?"

"O homem que estou seguindo."

"Errado."

"Como você..."

"Você está seguindo um conjunto de sintomas. Ele existe apenas como aquilo que você se esforçou para construir."

"Eu não o *criei*, Lionel. Ele me *procurou*."

"É disso que se trata a mente humana. Todos os nossos sonhos são respondidos de uma maneira ou de outra."

"Eu não sonhei com ele!" Sua voz fraqueja, assim como as últimas amarras de sua certeza.

"Deixe-me perguntar uma coisa", diz Lionel, erguendo o queixo em uma pose doutoral. "Já parou para pensar que essa coisa que você busca não é um ser sobrenatural, não é o seu pai desaparecido, e sim você mesma?"

"Não entendo."

"Então eu vou explicar, sua garota *burra*, muito, muito *burra*."

Edmundston muda. O ódio — Lily agora percebe que é disso que se trata — distorce seus traços, seu corpo se enrijece à medida que a raiva flui por ele. Sua tranquila voz de médico se transforma num rugido ameaçador, e sua pele se resseca e cola contra os ossos.

"Aquele que você chama de Michael não é um ser vivo. É a porra de um diagnóstico", sibila ele antes de agarrar a garganta dela com as mãos geladas. "O *verdadeiro* monstro, minha querida, é você."

—A—
CRIATURA
ANDREW PYPER

CAPÍTULO 22

Lily está caída no chão frio do banheiro. A porta está aberta. É a primeira coisa em que ela repara ao abrir os olhos.

A segunda é um folheto de *O Rei Leão*, no Teatro Lyceum, que havia sido colocado sobre seu peito.

Ela não se lembra de nada depois de o imaginário Lionel — ou melhor, o mais-que-imaginário Lionel — ter começado a estrangulá-la. Quem o fez partir e abriu a porta, se não foi ela?

Você sabe quem. O mesmo que deixou o folheto aqui. Outra isca. Sabe o que você não deveria fazer? Morder essa isca. Tome uma porra de um comprimido em vez disso. Pensando melhor: tome dois comprimidos.

Ela toma.

Isso lhe permite olhar na banheira e ver que não há nenhum corpo ali, depois ficar de pé, sob a água quente do chuveiro, até sua pele se tornar rosada e quente. Depois de se vestir, ela sai do hotel. Ao chegar às elegantes ruas com casas de tijolos de Bloomsbury, ela consegue pensar com mais clareza.

Ela entra no primeiro banco que encontra e saca o máximo de dinheiro possível de sua conta. Chega de dinheiro de plástico de agora em diante. Ela então percebe que essa é uma das maneiras pelas quais Will, Parca Preta e sabe-se lá quem mais vêm seguindo seus rastros. Isso faz com que se sinta mais leve, quase espectral.

Depois de comprar um sanduíche de bacon, que come enquanto caminha, ela consulta um mapa e vê como chegar ao Teatro Lyceum. Vai a pé. Por alguma razão, ela tem certeza de que ninguém a segue neste momento. Não apenas por ter abandonado seus cartões de crédito, mas por sentir suas intuições mais aguçadas.

O Lyceum é um dos grandes teatros do West End londrino, com uma fachada ampla de colunas brancas e cartazes imponentes. Ela duvida que alguma porta estará aberta, mas tenta mesmo assim. A terceira abre. É o mezanino da bilheteria, o que explicaria a porta destrancada. Mas todos os guichês estão fechados, e o lugar está mais silencioso do que deveria.

Lily atravessa o vestíbulo acarpetado e entra na área da plateia. O palco está a meio caminho de ser arrumado: um penhasco aqui, um campo verde acolá, um quente sol africano na tela de fundo. Mas nenhum assistente de palco empurra as peças no cenário, nenhum técnico de camisa preta fala em microfones. Aí ela se dá conta de que é segunda-feira. O único dia da semana em que quase todos os teatros de Londres estão às escuras.

"Aqui."

Forçando a vista, é possível ver sua silhueta, sozinha na penúltima fileira.

"Venha", diz Michael.

Lily desliza pelo corredor e senta-se a duas cadeiras dele, ficando ligeiramente fora de seu alcance.

"Assisti ao vídeo", fala. "Você não estava mentindo. Você realmente conheceu minha mãe. E eu."

"Mas você sempre soube disso, não?"

"Parte de mim sim, acho. Mas só quando você cantou..."

"Que você teve a certeza de que sou seu pai."

"Sim." Lily assente com a cabeça, que continua balançando enquanto os traços frios das lágrimas molham seus lábios.

Ele olha para o palco, fixando-se nos amarelos e laranjas da savana africana, mas vendo algo mais.

"Você já ouviu falar de Henry Irving?", pergunta, e Lily fica tão intrigada que responde com outra pergunta.

"Era um amigo de Robert Louis Stevenson?"

"Não, não. Não um escritor! Depois de Skivvy, eu não queria nada com essa espécie indigna de confiança. Mas eu ainda ansiava por algo além da existência de um predador. Eu havia provado todos os tipos de bebidas e drogas, mas o fato de ser imortal talvez neutralizasse o perigo delas. Sexo propiciava uma distração momentânea, mas, por alguma razão, minha semente é incompatível com o óvulo humano, de modo que minhas cópulas não passavam de cópulas. O que restava?"

"O teatro?"

Michael faz que sim ao palpite dela, e Lily volta seu olhar para o palco. "Irving era um ator. Era aqui que ele trabalhava", conta ele. "Eu vi todas as peças e espetáculos vagabundos que Londres tinha a oferecer, de Shakespeare a ilusionistas tolos, da ópera à comédia musical. As únicas produções que eu evitava eram aquelas de *O Médico e o Monstro*, que infestavam o West End na época. Mas os espetáculos de Irving eram diferentes. Extravagantes, sentimentais. Empreendimentos enormes, que exigiam um grande número de extras, que recebiam dois xelins[1] por noite. Era um trabalho que permitia compartilhar o palco com o grande homem, olhar para a plateia por trás da névoa das luminárias a gás e ver as centenas

---

1 Antiga moeda britânica no valor de um vinte avos da libra. [NT]

de rostos boquiabertos em admiração, ou lacrimejando de emoção. Pelo menos foi o que vi quando estive entre os cento e cinquenta extras reunidos no palco, como o exército de *The Lady of Lyons*."[2]

Michael se volta para Lily, e, ainda que ela tente manter os olhos no palco, não consegue evitar encará-lo.

"Irving era o dono original do Lyceum, bem como sua estrela, mas o gerenciamento cotidiano do lugar foi designado a um enorme urso irlandês", conta ele. "Seu nome era Bram Stoker. E, durante quase todo o ano de 1890, ele foi meu amigo."

Lily escuta o ranger do assento, o que significa que Michael se inclinou para perto dela.

"Foi Stoker que me contratou", conta, sua voz provocando um tremor na estrutura dos assentos, passando através de Lily. "Quando eu me sentei em frente a sua mesa abarrotada de papéis e frascos abertos de tinta, ele perguntou de onde eu vinha. Quando respondi Hungria, ele disse que era o último lugar do mundo onde as pessoas ainda acreditavam em duendes. Eu disse que imaginava a Irlanda como candidata a acreditar em tal bobagem e, no instante em que achei ter falado demais, ele caiu na gargalhada. 'É verdade, sr. Eszes!', urrou ele. 'Ainda que nossos duendes irlandeses não tenham o ar ameaçador de suas versões ciganas!'"

"Duendes ameaçadores. Um cigano", diz Lily. "Ele viu você como material de pesquisa."

"Uma possibilidade que eu falhei ao não considerar quando ele me convidou para o Beefsteak Room, o clube que fica aqui em cima. É claro que você está pensando que eu deveria ter desconfiado. E você tem razão. Aquele interesse em ciganos e histórias do folclore do Leste Europeu era um sinal da estratégia de um escritor. Mas, ao fim de nosso primeiro jantar, Stoker estava tão afável, com tantas fofocas dos bastidores, que eu acreditei ser ele um satisfeito administrador de companhia

---

2   Melodrama romântico escrito em 1838 por Edward Bulwer-Lytton. [NT]

teatral, como tal se apresentava. Na verdade, pensei ter reconhecido nele o que havia descoberto em mim mesmo: a satisfação de estar junto de artistas, sem ter o desejo de ser um deles. Estava longe de ser a única noite em que Bram e eu ficamos até tarde no Beefsteak Room. E estava longe de ser o único clube no qual ficamos até tarde."

Michael se levanta e toma o assento ao lado de Lily. Ele não a toca, mas ela o sente da mesma forma. Seu perfil, as rugas sombreadas de seus traços como que a embrulhando na escuridão.

"Devo explicar, Lily, uma faceta dos meus poderes que até agora descuidei de compartilhar com você", diz. "Se eu escolher, posso me alimentar do sangue de um humano e, ao mesmo tempo, injetar algum sangue meu nele. O resultado, quando bem-sucedido, é um indivíduo que não está nem morto nem vivo, escravizado às minhas ordens. Eles não duram muito. Não posso fazê-los viver para sempre, como eu, da maneira que o conde faz em *Drácula*. Mas a experiência de Stoker com três criaturas desse tipo foi a gênese de seu romance."

O teatro ficou escuro, como se houvesse alguém controlando as luzes, silenciando a plateia antes das primeiras notas da abertura. Mas Lily diz a si própria que é apenas sua consciência rodopiando na borda da noite, tentando evitar um desmaio.

"Eu havia feito arranjos para aprisionar três jovens em um quarto alugado em uma transversal da Oxford Street", conta ele, e Lily se prende a essas palavras. "Chame de boa ou má sorte, mas todas elas apreciaram o processo. Elas ficaram descoradas, mas mantiveram sua beleza e perderam apenas parte de suas vidas. Você leu o lixo que Stoker escreveu, Lily? O protagonista, Harker, está preso no castelo do conde quando três vampiras tentam seduzi-lo. Antes que elas possam consumar o ato, Drácula intervém, avisando 'Este homem me pertence!'. Quando Stoker registrou esse episódio em suas anotações? Dois dias depois de eu ter aberto a porta daquele quarto em uma transversal da Oxford, e as criaturas que eu havia criado saírem de sob as cobertas e olharem o enorme irlandês com uma fome que poderia facilmente ser tomada por luxúria. Diferentemente de Harker, Stoker não hesitou em se submeter aos cuidados das mulheres. Vou poupá-la dos detalhes, filha, mas estou certo de que você pode imaginar toda a envolvente cena. Para a sorte de Stoker, eu permaneci lá. Primeiro uma, depois outra, até que as expressões das três mudaram, passando de falsa excitação para ânsia verdadeira, seus dentes se fechando sobre a garganta de Bram. 'Parem!', gritei. 'Este homem não é de vocês! Ele pertence a mim!'"

Lily começa a tremer. Não um calafrio passageiro provocado por imaginar essa cena no palco escuro a sua frente, mas uma série de solavancos incontroláveis que fazem seu assento ranger. A mão de Michael pousa sobre sua cabeça e seu corpo fica imóvel, apesar de os gritos em sua mente ficarem ainda mais altos.

"Nós fomos para uma taberna", conta ele. "E o que fiz depois pode deixá-la confusa, Lily, devido à minha declaração de nunca mais me revelar a um escritor. Só que Bram Stoker *não era* um escritor. E, de qualquer modo, não contei tudo a ele. A história que eu inventei não tinha nada a ver com o dr. Eszes, nem com as incontáveis mortes necessárias para me manter vivo. Em vez disso, eu me apresentei como uma espécie de mágico, um hipnotizador que podia enfeitiçar pessoas como as jovens no quarto do Soho. Stoker fez que concordava com tudo. Depois nossa conversa se voltou para outros assuntos, as piadas lascivas que sempre nos fizeram rir, mas tudo havia mudado entre nós. Por isso, fiquei surpreso quando, alguns dias depois, ele me convidou novamente para o Beefsteak Room. Ele foi direto ao ponto, perguntando se as pessoas do meu país ainda acreditavam em vampiros. Entrei no jogo. Disse que, por séculos, persistiram, naquela parte do mundo, histórias de parasitas de aparência humana que sobreviviam do sangue dos vivos, mas que eles não eram mais especiais — nem mais reais — que a feiticeira da floresta que amamentava as árvores. Stoker inclinou-se para a frente.

'Você me disse que era um mágico. Mas não é realmente o que você é, certo, Michael?' Ele sabia. Ele sabia, e eu me vi trucidando-o, vi seu sangue espalhado sobre o papel de parede. Precisei de toda a força de vontade para pedir licença e sair. Deixei Londres na manhã seguinte."

Lily tenta se levantar, ou ao menos inclinar o corpo para longe dele, mas não consegue fazer nada além do que seu eu mais profundo deseja.

"Você, no entanto, voltou", ela consegue falar.

"Para o mesmo assento em que você está agora. Alguns anos depois de nosso último jantar no Beefsteak Room, passei em frente ao Lyceum e vi um cartaz que anunciava 'Drácula, uma peça de Bram Stoker'. Você deve compreender que, naquela época, a leitura pública de uma peça teatral não tinha por objetivo ensaiar, e sim assegurar os direitos sobre um texto a ser publicado. Foi por isso que, ao ler aquele cartaz, percebi na hora que *Drácula* se tornaria um livro."

Subitamente, Michael respira fundo, ao que se segue uma espécie de rosnado, e Lily reconhece nisso uma involuntária expressão de desprezo. Vem acompanhado de uma fúria que não pertence completamente a Michael, mas a sua demoníaca outra metade.

"A apresentação estava marcada para a manhã seguinte. Usando chapéu, echarpe e óculos para disfarçar meu rosto, compareci", prossegue ele. "Bram estava de pé, atrás de um atril num dos cantos do palco, lendo a peça em voz alta. Era horrível. O próprio Irving entrou e se postou no meio do corredor, de onde gritou *Pavoroso!* e saiu. Eu também fui embora antes do fim. Lá fora, fiquei em meio à multidão que ia e vinha ao longo da Strand, e disse a mim mesmo que não poderia haver grandes prejuízos vindos de um livro tirado de uma peça tão sem vida. Algumas semanas depois, meu engano viria à tona. O sucesso de *Drácula* me magoou muito mais do que os de Mary e Skivvy. Ver como os exageros espúrios de Stoker — estacas de madeira! cruzes! caixões por camas! — se tornaram parte do imaginário global era algo pesado demais para suportar. Senti-me humilhado. E enciumado. Ao menos o conde se tornou conhecido no mundo, apesar de ridículo. Eu permanecia no esquecimento. E então, em algum momento depois das duas guerras mundiais, comecei a me sentir caçado, como se o próprio século XX quisesse me ver derrotado."

Ele enxuga os lábios com as costas da mão, mas permanece em silêncio. Ocorre a Lily que essa virada na história dele pode ser uma insinuação velada de que ele sabe sobre Will.

"Mesmo assim, houve algo inesperado, possivelmente encantado, que me ocorreu nessa segunda metade da minha vida", fala ele, sua voz reduzida a um murmúrio. "Houve você."

Ela sente, mais uma vez, que algo físico está prestes a acontecer entre eles, um abraço ou uma ação dolorosa, talvez chocante. Mas esse momento é interrompido por sirenes do lado de fora do teatro. Isso faz com que Michael se levante.

Ao se espremer para passar pelos joelhos dela, ele a pega pela mão e a puxa, de maneira que ela tem de segui-lo pelo corredor até o poço da orquestra, que eles contornam para chegar a uma porta que leva aos bastidores. Lily mantém um ritmo entre passadas rápidas e corrida. Ou ele conhece os corredores por trás do palco, mesmo na escuridão, ou tem a visão de uma ave de rapina noturna, porque, apesar de Lily enxergar, aqui e ali, cordas e sacos de areia pendurados, eles não esbarram em nada.

A luz cinzenta de Londres a deixa atordoada ao atingi-la quando eles saem pela porta dos atores. Diferentemente de seus encontros anteriores, quando ele escapulia assim que se assegurava de que eles não haviam sido observados, dessa vez ele não solta a mão dela.

"Fique junto a mim", diz ele, para depois puxá-la pela ruazinha estreita, para o barulho da Strand.

—A—
CRIATURA
ANDREW PYPER

CAPÍTULO 23

Eles não haviam andado muito até que Michael se vira abruptamente e puxa Lily para o meio do tráfego, na rua.

Ela fecha os olhos, à espera do impacto. À sua volta, buzinas estridentes, o turbilhão de táxis e ônibus de dois andares que passam a centímetros de seu corpo. Mas nada a atinge. Quando abre os olhos, eles caminham calmamente sob a marquise branca do Hotel Savoy, onde um porteiro, em uma mesura exagerada, quase varre o chão com sua cartola.

Michael coloca disfarçadamente uma nota de cem libras na mão dele. "Você não nos viu", ressalta.

Eles entram no vestíbulo de mármore e dirigem-se diretamente aos elevadores. Lily se pergunta o que os outros que estão ali pensam deles. Um homem que poderia ser descrito como estrangeiro, totalmente seguro de seus movimentos. Uma mulher com quase metade da altura dele, que o segue como se ele fosse tudo o que ela tem. Certamente devem pensar que eles são amantes. Surpreendidos em seu próprio mundo, correndo para um elevador, o homem pressionando o botão do andar com a urgência de um prazer vindouro.

Eles saem do elevador e vão até o fim do corredor, onde Michael destranca uma porta que leva a um corredor estreito, que por sua vez se abre para uma enorme suíte. Uma cama *king-size* sob uma pintura a óleo do Parlamento, sendo que pode-se ver ele próprio pelas amplas janelas que dão para o Tâmisa. No meio do quarto há uma mesa redonda de mogno, com um balde de gelo em uma bandeja de prata, do qual desponta uma garrafa de Pol Roger.

"Espero que você goste de champanhe", diz ele, já chegando à mesa, puxando a rolha com um ruído abafado e habilmente servindo duas *flutes* cheias de bolhas cor de âmbar. Lily pensa em sair em disparada até a porta, mas então ela se lembra de que veio a Londres em busca dele. Para o melhor ou para o pior, por loucura ou por necessidade. E agora ela está aqui. Fugir seria fugir de si própria.

"Esse era o predileto de Churchill, sabe", conta Michael, entregando-lhe uma taça. "Diz-se que ele tomava uma garrafa sozinho todos os dias, no almoço."

"Para ele era fácil. O que ele tinha para fazer à tarde? Salvar o mundo livre?"

Michael ri, e ela começa a rir também. Ela ainda nem tomou um gole mas já se sente bêbada, as superfícies suaves de madeira dourada e envernizada do quarto se destacando levemente, como se toda a Londres houvesse sido empurrada de um píer.

"A você, Lily", ele diz, batendo sua taça na dela. "Minha menina corajosa, que foi até o fim."

Eles bebem. O vinho tão doce e fresco que parecia impossível ser composto apenas de elementos naturais.

"Esta é uma indulgência incomum para mim, mas acredito que a ocasião pede", fala, deixando de olhá-la nos olhos para mirar em torno do quarto, com seus acabamentos luxuosos. Ele faz um gesto para que ela se sente em uma das cadeiras junto à mesa, e Lily fica feliz com isso, pois não confia mais em suas pernas para mantê-la firme, sem vacilar. "Nos Estados Unidos, prefiro os motéis de beira de estrada, os lugares pequenos com suas piscinas manchadas de ferrugem. Europa e Ásia são mais fáceis. Uma porta em quatro é um albergue com um registro escrito à mão e um gerente que se contenta em ignorar o sumiço dos lençóis em troca de uma propina. Tudo pago com papel-moeda, que não deixa traços."

"Adotei o mesmo sistema", diz Lily, tomando mais um gole.

Ela vê que a mão dele se cerra sobre a taça, com tal força que ela tem certeza de que vai espatifá-la.

"Você os viu de novo", diz ele. "Quantos?"

"Dois."

"Você falou com algum deles?"

"Não."

Ele a analisa por tanto tempo com seus olhos mortiços que ela está a ponto de gritar. Mas, antes que isso ocorra, o rosto dele volta a relaxar, a mão na taça se afrouxa e ele bebe o líquido que resta.

"Quem são eles?", pergunta ela.

"Não tenho certeza. Não é uma força policial normal — eles são muito espertos e se movem entre países com muita facilidade. Seu número se renova constantemente, de modo que, quando consigo reconhecer um dos agentes, aparece outro para me surpreender."

Lily quer perguntar sobre sua mãe, o vídeo, o fechamento do círculo que os conecta, mas sabe que terá de tocar nesses assuntos de maneira indireta, esperando uma abertura da qual ele não fugirá quando ela aproveitar a oportunidade.

"Vamos imaginar que eles querem destruir você para impedir que você destrua outras pessoas", pondera Lily. "Você consegue compreender a razão disso, não é mesmo?"

"Eu passei por tudo, de nascer da História a ser parte dela, até ficar completamente de fora. Um vírus imune aos eventos humanos que vocês consideram significativos", afirma, dirigindo-se à janela para acompanhar a passagem de um barco com telhado de vidro que levava turistas. "A destruição de outros? Ninguém pode alterar o rumo que a humanidade escolheu para si própria. Nem a guerra, nem a escassez, nem a eleição de salvadores. Sua marcha em direção ao fim prosseguirá sem perder o ritmo. Haverá seca e fome e a extinção das espécies, uma a uma. Nas horas finais, restará apenas o último dos sobreviventes. O mais feroz e determinado assassino. Restará apenas eu."

Ele continua a olhar para o rio, onde outra série de sirenes a soar sugere que acabou de ocorrer um acidente de carro, ou alguma emergência médica, às margens do Tâmisa. Lily não está curiosa o suficiente para se levantar e descobrir por conta própria.

"Enquanto você se considerar existindo fora da História, você pode causar quanta dor quiser. É isso?"

"Qual o preço adequado para manter uma existência realmente excepcional?", pergunta ele, afastando-se da janela, seu rosto apenas uma silhueta contra o cinzento céu inglês. "Durante minha vida, matei dezenas de milhares, a maior parte por alimento, ainda que deva reconhecer que um número razoável — cinco mil? seis mil? — foi apenas por prazer. Mas testemunhei guerras civis, que já estão se apagando da memória, que enterraram mais corpos. Eu não valho um conflito nos Bálcãs, uma Somália, um Pinochet aqui e ali?"

Lily abre a boca para falar, mas, erguendo a mão, Michael pede silêncio.

"Eu proponho um cálculo simples", prossegue, aproximando-se e colocando as duas mãos sobre a mesa. "A mesma coisa que generais e reis fizeram por milênios, e o que presidentes e diretores-executivos fazem hoje: uma contabilidade de vidas na conquista de algum objetivo maior. Danos colaterais. Não é essa a expressão?"

"Como pode uma única vida valer milhares de vidas?"

"Não é em *mim* que meu valor reside, mas nas ideias que se vinculam a mim. Não sou um profeta. Sou um monstro."

Ele se coloca ao lado dela e se serve de outra taça de champanhe. Observa as bolhas subirem com a atenção de um acadêmico lendo o códice de alguma história antiga. Ela estica a mão para seu copo, mas duvida que consiga segurá-lo, então larga o braço virado para cima na mesa, como se aguardasse uma injeção.

Há muitas coisas que precisa perguntar a ele, mas as perguntas lhe escapam todas as vezes em que imagina tê-las capturado. Lily leva alguns instantes para recobrar o equilíbrio e acaba estudando o rosto dele, onde, pela primeira vez, se reconhece. Sua boca, seu traço mais belo, do mesmo formato que a sua própria. Ou seria isso, questiona a psiquiatra que tem dentro de si, apenas uma distorção narcísica? Tornar seu desejo aceitável ao vê-lo como uma reverência a ela mesma.

"Como é ser você?", pergunta ela, por fim.

"Você está bancando a doutora de novo."

"Estou bancando a curiosa."

"Bem, então. Finja que estamos sentados lá fora, nós dois", diz ele, e Lily fica instantaneamente alerta para essa sensação: o corpo dele junto ao seu, o ar fresco, uma ampla praça à frente deles. Ela se dá conta de que não está imaginando essa cena, ele é que está inserindo essa imagem em sua mente. "Uma criança caminha segurando a mão de seu pai. Eu olho para eles e penso em como deve ser segurar aquela mão, o amor e o carinho tão simples, assim como penso em qual deve ser o gosto do sangue do menino, quão altos seriam os gritos do pai. Eu posso sentir essas coisas — o impulso de matar, os anseios afetuosos de um pai — sem qualquer contradição."

Ele se afasta dela, e o movimento rompe a conexão, deixando a mente dela livre do horror que acabara de vislumbrar. Agora, enquanto fala, ele caminha pelo quarto, toca as cobertas da cama, observa o quadro na parede.

"Para você, alguém que viu tantos atos medonhos — alguém que os executou com as próprias mãos — seria imune à beleza, mas a verdade é exatamente o oposto", diz ele. "Cada dia oferece algo inesperado, mesmo quando espalho ciladas como as colheres de café de Prufrock,[1] cidade a cidade, morte a morte. Pode ser um trabalho enfadonho, preencher o espaço entre os assassinatos. Mas, de repente, algo maravilhoso surge: a maneira como o sol aparece por trás das nuvens e ilumina um século de fuligem em um muro de tijolos; um homem levando flores para o apartamento de sua amante. Tantas versões das mesmas visões, dos mesmos sons — mas isso ainda me comove! Por um momento. Depois, o sol se põe novamente, e eu me recordo do meu lugar sombrio no curso das coisas."

"Que seria...?"

"Encarnar os medos de dois séculos de imaginações coletivas, algo que toda mãe afirma que não pode ser real. O príncipe dinamarquês do Bardo se debatia entre ser e não ser. Meu destino é saber que serei ambos, para sempre."

"E minha mãe?", intervém Lily, chegando à pergunta que ela queria fazer, agarrando a oportunidade de expressar isso pela primeira vez. "Você a amou?"

"Eu tentei. Eu quis."

"Você...", ela começa, e o quarto começa a rodar de novo. "Você me ama?"

Ele se afasta e senta-se na beira da cama, e parte dela quer ir até ele. Lily não sabe se seria para abraçá-lo, beijá-lo ou apenas ficar de pé junto a ele, para saber como seria obrigá-lo a olhar para cima a fim de vê-la.

Ele abre a boca. O que sai é uma canção.

A mesma canção de ninar da qual Lily se lembra de ouvir sua mãe cantar, aquela que Michael cantava no vídeo. A melodia é ainda mais obsedante por ser cantada em uma língua que ela não compreende.

"O que a letra significa?", pergunta Lily quando ele termina.

[1] Referência ao poema "A Canção de Amor de J. Alfred Prufrock", de T.S. Eliot (1888-1965), onde um dos versos diz "Medi a vida em colherinhas de café". [NT]

"'Que você cresça forte. Que à noite esteja livre de pesadelos. Que eu veja você se tornar uma mulher.' Uma paráfrase grosseira."

Lily esfrega os olhos, imaginando que sua mão fique molhada de lágrimas, mas vê a pele seca. "Você não respondeu à minha pergunta", diz ela.

"Você era um bebê, do qual era fácil ter orgulho, mas impossível de conhecer. Amor? Eu basicamente respondi ao meu instinto de proteção. Ninguém machucaria você enquanto eu estivesse vivo."

"Quero saber de agora."

Ele fecha os olhos, como se pensasse na melhor maneira de pronunciar o que ela deseja, ao mesmo tempo em que coloca as mãos nos joelhos. É o tipo de mão que ela aprecia. Forte e calejada pelo trabalho. Então ela se lembra do tipo de trabalho que marcou essas mãos e desvia o olhar.

"Você já sabe das minhas tentativas passadas de transformar um mortal em alguém como eu", começa ele. "Fiquei sem tentar por muitos anos depois das jovens que eu transformara pela metade para Stoker naquele quarto no Soho. Mas foi aí que encontrei a mulher que seria sua mãe."

O treinamento de Lily lhe diz para tentar mostrar indiferença a qualquer tipo de encantamento que ele jogue no ambiente, atraindo-a ainda mais para ele a cada respiração.

Mas você pode parar de lutar agora, contrapõe sua voz interior. *Deixe-se levar. Seja parte disso. Parte dele.*

"Quem era ela?"

"Mesmo quando garota, achavam que Alison possuía dons sombrios", responde ele. "Isso foi na Flórida, no início dos anos 1960. As pessoas iam até a casa onde havia crescido e, em troca de honorários cobrados por seus pais, ela lhes contava cenas do futuro delas, ou então falava com os mortos, ou os tocava com as mãos para aliviar alguma dor. Eles a chamavam do que a avó dela havia sido chamada duas gerações antes."

"De curandeira?"

"De bruxa."

"Ela era uma?"

"Depende do que se quer dizer com o termo", afirma ele. "A avó dela certamente lhe havia ensinado como fazer tônicos caseiros, além de lhe dar um guia medicinal que incluía feitiços. A maior parte não passava de mezinhas primitivas. Mas ela foi mais além que sua avó. Ela sempre me disse que se sentia guiada por uma mão sombria que lhe mostrava como reunir coisas naturais de forma a provocar efeitos sobrenaturais."

"O quanto ela avançou?"

"Tanto que ficou assustada. Assim que cresceu, tudo o que ela queria era se livrar daquele lugar. Mas a mão sombria estava sempre com ela."

"Isso a fez fugir."

"Apenas para descobrir que não havia para onde ir. Ela era uma nômade, assim como eu. Um fardo compartilhado que nos uniu. O demônio em mim e a feiticeira nela. Quando entrei em uma tenda em um circo ambulante nos arredores de Huntsville, no Texas, para que lessem minha sorte, soube que ela era a escolhida antes mesmo que pegasse minha mão. 'Vejo mudança', disse-me ela. 'Vejo uma luz, sangue, vida. Vejo uma menina.' Ela estava lendo o próprio futuro junto do meu."

Lily mexe o braço que ela percebeu estar ainda largado sobre a mesa e derruba sua taça, o champanhe criando um rio na madeira brilhante e pingando pela borda. Nenhum deles tenta arrumar.

"Você decidiu tentar com ela", diz Lily.

"Sim."

"E funcionou? Você a transformou no que você é?"

"O bastante para conceber uma criança. O bastante para que ela fosse mais forte, envelhecesse mais devagar que os outros. Ela era parte humana, parte eu. Ambos temíamos que a tentativa de ir até o fim fosse demais para ela. E logo havia um bebê para levar em conta. Havia uma mudança, como ela havia previsto."

"Ela por acaso... caçava?"

"Algumas vezes. Estava a meio caminho nesse aspecto também. Fiz dentes e garras como as minhas para ela e tentei ensiná-la a usá-los. Mas, por mais que ansiasse por sangue — por mais que precisasse dele —, ela hesitava. Eu quase sempre tinha de fazer o trabalho para ela."

Uma imagem de sua mãe vem à mente de Lily. Com os dentes de aço em sua boca, seu rosto sujo de sangue. O horror em seus olhos quando ela engolia.

"E depois que eu nasci?", pergunta Lily. "Ela continuou a se alimentar dessa forma?"

"Nunca mais. Estava decidida a ser o mais humana possível, pelo seu bem."

"Quanto tempo você ficou com ela?"

"Não saí do lado dela durante o primeiro ano. Mas era cada vez mais difícil esconder nós três dos caçadores e da polícia. Nós nos afastamos, mas antes acertamos um esquema para enviar cartas para caixas postais, além de um código improvisado de locais de encontro, para que eu pudesse ver vocês duas. No entanto, mesmo isso se mostrou perigoso. Era crucial que os caçadores não soubessem que você existia. Eu continuei me mudando. Até que nos decidimos pelo chalé."

"Um lar."

"Um lugar o mais afastado do mundo quanto o mundo permitia."

"Mas, mesmo assim, eles nos encontraram."

"Eles encontraram a *sua mãe*."

"Não entendo."

Ele se levanta da cama, parecendo meio metro mais alto que antes, mais largo também. Inchando e se esticando à medida que flutua para perto dela.

"Ela pensou que os caçadores poderiam lhe dar mais segurança que eu. Ela se arrependia do que havia se tornado e me culpava por isso. Então ela disse a eles onde eu estava. Eles fizeram uma emboscada, e eu soube que ela estava por trás. Até

os caçadores admitiram. 'Sua amiga dedurou você', disse um deles, e foram suas últimas palavras."
"O que você fez?"
"Fui até o chalé. E lá aconteceu algo estranho. Algo que nunca havia me acontecido antes e que nunca se repetiu." Ele abre seus braços de forma tão ampla que Lily pensa que ele será capaz de tocar a janela com uma das mãos e, com a outra, a parede oposta.
"Eu era o cavalo no qual você cavalgou, Lily", diz ele, e seus olhos parecem se arredondar, à maneira do animal descrito. "Um Lipizzan branco, como aqueles que o velho Eszes mantinha. Eu não poderia tirar você dali, porque ou você morreria de frio, ou os caçadores apareceriam para matar nós dois. Então pedi que Deus me transformasse — eu *rezei*, Lily! Ainda que não acredite que foi Ele quem fez aquilo. Algo muito forte me transmutou, e os poetas dizem que só o amor tem esse poder."
Ele para a meio passo dela, estica um de seus braços e passa o dedo sobre a poça de champanhe na mesa.
Fique longe.
Agora ela percebe. Essa era a lição que sua mãe queria compartilhar com sua filha, uma lição que Lily era muito jovem para entender na ocasião. A mãe de Lily — Alison — temia que ela um dia encontrasse este homem, que ele compartilhasse com a filha as mesmas histórias de sua origem extraordinária, como havia feito com ela. Drácula, o sr. Hyde, a criatura de Victor Frankenstein. As histórias de horror que sua mãe contava eram um aviso, não sobre conversar com estranhos ou se perder na floresta, mas sobre Michael.
E agora, um sussurro da voz de sua mãe é convocado pela mente de Lily. Não algo que ela dissera em vida, e sim algo que ela grita para sua filha agora, do outro lado.
Corra.
O objetivo das histórias que ela contava, das lições de tiro e das dicas de sobrevivência, bem como o instinto inculcado para

encontrar um lugar secreto, tudo o que sua mãe dissera visava preparar Lily para o dia em que ela tivesse de encarar seu pai.

Corra como eu deveria ter corrido.

Lily, no entanto, só havia corrido para ele. Ela havia escutado suas histórias, acreditado nelas, sido seduzida e ficado fascinada por elas, da mesma maneira que sua mãe. E, como sua mãe, ela se havia permitido imaginar como seria fazer parte dessas histórias, alguém que tem um papel crucial em um acontecimento extraordinário, um personagem que chega com atraso e muda subitamente a direção do enredo.

Sentia medo das histórias que sua mãe lhe contara quando tinha cinco, seis anos, assim como sentia medo do que Michael contou sobre seu passado monstruoso, mas, em ambos os casos, isso não era suficiente. Nossa resposta ao medo contém repulsa, mas, como bem sabe a psiquiatra que há em Lily, para algumas pessoas ela também contém atração.

"Foi você, Michael?", ela pergunta, sua voz fraquejando, sumindo. "Você a matou?"

"Escute..."

"Você a *matou*, não foi?"

"Lily..."

"Seu filho da puta! Você a *matou*! Mentiroso..."

Ele a agarra pelos pulsos, fazendo-a se calar na mesma hora.

"Os caçadores estavam chegando. Talvez um dia atrás de mim, talvez horas", afirma ele. "Eles queriam me eliminar e destruir sua mãe. Mas eles não sabiam da sua existência. Você ainda poderia ser salva."

Ele a liberta, e a raiva dela, ao menos na superfície, desaparece tão rapidamente como surgiu. Há apenas o peso da aceitação, a resistência infantil à realidade, já cedendo.

"Mas por que minha mãe tinha de morrer?"

Ele se inclina e usa seu dedo úmido para traçar um quadrado na mesa com o champanhe derramado. E, dentro dele, pequenos quadrados enfileirados. Um tabuleiro de xadrez.

"Pense em como as peças teriam se movido", diz ele, agora traçando linhas que atravessam os quadrados, representando batalhas e armadilhas. "Eles não a deixariam de lado depois do fracasso em me matar. Eles a teriam usado para me atrair mais uma vez, e, se isso não funcionasse, se livrariam dela. E, ao fazer isso, descobririam que você existia."

Ao terminar de falar, ele apaga as linhas do tabuleiro com a mão.

"Você tinha de fazer com que pensassem que a linhagem terminava nela", diz Lily, completando o raciocínio dele.

"Exato."

"Eles sabiam que você já tentou transformar outras pessoas antes?"

"Sim. E eles sabiam que eu só fui bem-sucedido com Alison."

"O que significa que eles perseguiriam apenas você, se vissem que ela estava morta. Ninguém procuraria por mim."

"Você estaria segura. Para crescer, para se tornar o que é hoje."

Lily sente o hálito dele e se surpreende com sua doçura. Frente aos odores animais que havia detectado anteriormente, ela se sente subitamente faminta, como se a última coisa que tivesse comido fosse pão saído do forno.

"Quanto do meu sangue tem o sangue da minha mãe? O que eu sou?"

"Só você pode responder a isso." Ele faz uma pausa, observando-a com seus olhos cinzentos. "Porque você acredita em mim, não acredita?"

"Sim", responde ela, e isso ecoa em sua mente com a solenidade de um voto de casamento.

Ele a pega pela mão e a leva até a cama. Há alguma vaga especulação sobre o que pode fazer com ela ali, mas ela não está realmente concentrada nisso, como se fosse uma tarefa complicada com a qual terá de lidar amanhã, mas na qual não tem tempo de pensar hoje.

"Há alguma coisa que você desejava de mim, certo?", pergunta ela, enquanto eles caminham sobre o tapete felpudo. "Eu vindo atrás de você, os diários — não se tratava apenas de fazer com que eu soubesse quem você era. Você quer que eu me junte a você."

"Só farei o que você me pedir", responde ele quando chegam à cama, e ela se senta.

"E depois? O que vamos fazer? Fugir dos caçadores juntos? Matar juntos?"

Ele se senta ao lado dela. "Podemos viver para sempre", sussurra ele. Para Lily, é como estar deitada no solo e descobrir, pela primeira vez, que a terra pode se comunicar. "Um pai e uma filha caminhando juntos para testemunhar o fim dos tempos."

Ela nunca se sentiu como se sente agora, ao mesmo tempo revoltada e aliviada, querendo correr até a porta, mas também virar o rosto dele em sua direção e traçar o contorno de seus lábios com os dedos.

Lily olha para baixo e vê a mão dele sobre seu peito, logo abaixo da clavícula, empurrando-a para baixo, um peso suave afrouxando suas costas contra o colchão.

"Pela manhã, vamos ao parque Hampstead Heath", diz ele. "Encontrarei você lá."

Os olhos dela se fecham. Ela se sente engolida pela maciez sob seu corpo, cada vez mais para baixo, enterrada viva mas capaz de respirar sob o solo. Seria um pesadelo se não fosse tão real, tão emocionante. Ela faz parte da vida e da morte, alguns elementos que crescem e outros que regridem, toda ela formigando com a consciência de uma coisa que se transforma em outra.

—A—
CRIATURA
ANDREW PYPER

CAPÍTULO 24

Lily abre os olhos para um aglomerado de estrelas acima dela, tão próximas que ela tem a sensação de que poderá tocá-las se esticar os braços.

Ela se lembra de Michael, mas não do que ele disse. Recorda-se de seu toque e sente um grito retardado, a meio caminho em sua garganta.

Somente sua força de vontade a impede de deixar sair esse grito. As palavras dele vêm a sua lembrança agora, a informação que luta para ser levada em conta primeiro. Ela também percebe que não são estrelas sobre sua cabeça, mas um candelabro de cristal na escuridão.

Ele disse que era um monstro, e você acredita nele. Quem é o louco agora?

"Nós dois", responde para si própria.

Mas você não pensa assim. Você pensa que vocês dois são os únicos no mundo a saber a verdade.

"Realmente", diz ela, escutando seu próprio riso. Um som estranho, que, em vez de tranquilizá-la, faz com que se dê conta de que está pior do que imaginava.

Ele está no local de onde vêm hoje todos os vampiros, homicidas de dupla personalidade e mortos-vivos.
"Sim."
Ok. Definitivamente, vocês dois, então.
Quando ela se senta na cama, pode ver pela janela o rio negro e a abóbada amarela de luzes elétricas sobre o sul de Londres, limitada pelas nuvens baixas. Ela vê seu reflexo na janela, um rosto espectral pairando em um quarto decorado com antiguidades. Poderia ser há uma centena de anos. Poderia ser há duzentos anos.

Lily precisa jogar água fria no rosto e tomar dois de seus comprimidos para se libertar dele, de modo a permitir que a raiva ocupe o espaço que ele deixou para trás. Ela havia sido meio que hipnotizada por ele o tempo em que rodou a sua volta no quarto, enfeitiçada por um coquetel de surpresa, champanhe e medo.

Mas agora tudo se dissipara.

Ele havia matado sua mãe e continuaria a matar. Sua mãe, que havia lutado tanto contra a doença, a pobreza e o medo, tudo por sua filhinha, para mantê-la segura, para mantê-la longe dele. Ele havia assassinado milhares para dar vida a pesadelos. E agora ele quer a companhia de Lily. Que ela também seja uma assassina.

Michael era o monstro que bateu à porta do chalé.

Ela se veste, suas roupas com o cheiro de estábulo da pele dele. Um almíscar excitante quando ele está presente, mas, em sua ausência, resta apenas o cheiro acre de urina e palha.

Para não ficar vagando pelo quarto, ela liga a TV. O noticiário. A apresentadora anuncia uma notícia de última hora sobre "uma descoberta macabra no Tâmisa". E então a foto da vítima, que ela reconhece. O garoto que ela vira nas telas dos televisores na vitrine da Oxford Street. O menino de doze anos com orelhas de abano e uma camiseta dos Spurs.

Lily escuta os detalhes e, à medida que as provas se enfileiram em sua mente, sabe que foi Michael. O corpo estranhamente sem sangue, como se houvesse sido esfaqueado, mas não havia qualquer ferimento aparente consistente com uma faca. Então a tela mostra o local onde o cadáver foi encontrado. O lado norte do rio, nos fundos do Savoy. As luzes e sirenes da polícia, que os haviam feito deixar o Lyceum e que, mais tarde, Michael observara da janela da suíte, sem qualquer reação, enquanto falava sobre ser o último dos sobreviventes.

Ele havia pego o garoto. Alimentara-se do sangue do menino. E, ao terminar, jogou o corpo no frio cinzento do Tâmisa.

Lily desliga a TV. Vai até o telefone e tecla o número que Will lhe dera, o número que ela memorizou antes de destruir o cartão dele.

Vingança, diz sua voz interior. *Pelo garoto no rio. Por sua mãe. Por você.*

Lily quer que ele pague pelo que o viu fazer quando tinha seis anos de idade. Pelo menino com a camisa dos Spurs também. Por todos eles. Fará isso porque ele é o motivo por trás de ela ver o mundo como um lugar onde os monstros se escondem. Ela dedicou sua vida a dar nome às doenças deles e ajudar a tirá-los do mundo, mas, no fim das contas, eles não param de aparecer.

"Lily?"

Ela ouve a voz de Will e aperta o fone contra sua orelha, como se quisesse trazê-lo mais para perto.

"Ele me contou tudo. O que ele é." *O que eu sou*, ela quase acrescenta, mas se contém.

"O que ele é?"

Ele é meu pai. "Ele mata pessoas pelo sangue delas."

"Sabemos disso."

"Ele nasceu há mais de duzentos anos."

"Também sabemos disso."
"Ele me quer ao lado dele."
"Ao lado dele? Como assim?"
"Transformando-me no que ele é."

Agora não é possível voltar atrás. Ela traiu Michael, como sua mãe o fizera, ainda que por razões diferentes. Sua mãe o havia feito por causa dela, e Lily está fazendo isso por sua mãe. Por todas as mães que perderam um filho para o bicho-papão.

"Onde você está agora?", pergunta Will.
"No Savoy."
"Ele está com você?"
"Não."
"Ele disse a você aonde ia?"
"Não. Mas acho que posso atraí-lo até mim."
"Certo", diz ele. "Precisamos conversar. Mas não pelo telefone. Não com você nesse quarto."
"Aonde devo ir?"
"À recepção. Saia agora. Chego aí em quinze minutos."

—A—
CRIATURA
ANDREW PYPER

CAPÍTULO 25

À noite, a entrada do Savoy é um lugar diferente daquele que Lily havia atravessado durante o dia. Isso porque Michael estava segurando sua mão, o que tornava tudo a sua volta um borrão. Ela se senta em uma das cadeiras de couro e se põe a observar as classes do desfile dos milionários globais a sua frente, com seus trajes de gala, burcas e turbantes.

Quando vê Will entrar, ela se levanta, mas ele passa direto por ela, sem olhar. Ela quase o chama, mas se dá conta de que ele fez de propósito.

Will consulta o relógio, depois vai para a porta. Lily conta até cinco e o segue até o acesso para veículos diante do hotel, onde está um BMW série 7 com vidros pretos, no qual ele entra. Ela se esgueira no banco de trás e o carro arranca antes mesmo de ela fechar a porta.

"Gostei do seu cabelo", diz Will.

Ele está sentado ao lado dela, mas está tão escuro que ela mal o vê, sua jaqueta de couro da mesma cor de alcatrão que o interior do veículo. Até o rosto dele é suavizado pelas sombras.

"Aonde estamos indo?", pergunta ela.
"A lugar algum. É mais seguro ficarmos em movimento."
"Seguros em relação a ele?"
"Sim. Mas há outras coisas a levar em conta."
"Como o quê?"
"Câmeras de vigilância. Testemunhas. Somos os mocinhos, mas ainda estamos agindo a uma grande distância da lei."

A possibilidade de que tudo isso pudesse terminar com ela na cadeia não havia ocorrido a Lily. Ela estava ajudando pessoas desconhecidas a sequestrarem alguém numa cidade onde é estrangeira. Não é possível se safar fazendo isso, é? Mesmo assim, ela tem confiança de que esse homem vai socorrê-la antes que isso aconteça.

"Ele me pediu para encontrá-lo amanhã de manhã."
"Onde?"
"Hampstead Heath."

Ele sorri, mas parece mais uma careta. Lily diz a si própria que ele provavelmente é treinado para ser gentil com pessoas na posição dela, para fazer com que os vejam como aliados. Suas cicatrizes são algo que ele pode usar a seu favor, a reação de piedade fazendo com que as pessoas baixem a guarda e confundam desfiguração com inofensividade. Não importa. Ela gosta dele. Ela gosta da maneira como ele carrega sua dor à vista de todos.

"Você disse no telefone que vocês dois têm uma ligação", diz ele. "O que isso quer dizer, precisamente?"

"Precisamente? Não sei. Mas ele consegue entrar na minha mente. Quando meus pensamentos são barulhentos, ele consegue ler minha mente."

Ela se sente segura flutuando pelas ruas à noite com esse homem. A ideia de manipuladores anônimos em Washington, conscientes de todos os seus movimentos, faz com que ela tenha vontade de propor-lhe uma fuga, para desaparecer com o único ser humano que ela conhece deste lado do oceano.

"Pela manhã, você irá a Hampstead Heath, assim como ele lhe disse", explica Will. "Estaremos lá também."

"Para prendê-lo, é isso? Não acho que isso será fácil."

"Vamos sedá-lo primeiro. Teremos dardos tranquilizantes, capazes de matar um homem de noventa quilos, mas que vão deixá-lo fora do ar até sairmos de cena."

"Para onde vocês vão levá-lo depois?"

"Isso está acima da minha função."

"Mas vocês vão tirar amostras do sangue dele? Salvar vidas?"

"Essa é a ideia."

Ele já fez coisas desse tipo antes, provavelmente inúmeras vezes. Já sequestrou outros homens, em outros lugares. Mas, nesse jogo, ele tem um trunfo escondido, e ela consegue ver isso mesmo dentro de um carro escuro em plena noite.

"Por que isso é tão importante para você?"

"É meu trabalho. Sou bom nisso", diz ele. "E esse sujeito não se parece com nenhum dos alvos que já encontrei. Ele tem talentos extraordinários. E ele é muito, muito mau."

Há uma divisória de plástico opaco entre o assento do motorista e o banco de trás. Lily procura, mas não vê nenhuma porta de correr que possa abrir para olhar o motorista.

"E você?", pergunta ela. "Michael já viu você alguma vez?"

"Não. Ficarei por perto o tempo todo, assim posso estar presente quando ele aparecer."

"Ele saberá que é uma armadilha."

"Foi ele quem marcou a hora e o lugar, não nós. Ele confia em você, certo?"

"Certo."

Lily se lembra da maneira como a expressão de Michael mudou ao falar da traição da mãe dela. O vislumbre daquela coisa dentro dele que é puro ódio. O sr. Hyde. Ela não quer, nunca, que ele olhe para ela daquela maneira.

O carro para, e a mão de Lily já está na porta quando Will a segura pelo braço. Ele quer transmitir sua força para ela, e, no instante em que estão ali, juntos, funciona. Quando a solta, o sangue dela corre até a ponta de seus dedos, formigando como se houvesse milhares de minúsculas picadas.

"Vejo você do outro lado", diz ele antes de a porta se fechar. Ela tem vontade de abri-la de novo e dizer-lhe algo mais, contar-lhe tudo, mas o veículo já se afasta, virando a esquina. Escorregadio como um tubarão.

—A—
CRIATURA
ANDREW PYPER

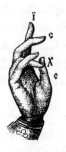

CAPÍTULO 26

Na manhã seguinte, passa pouco das sete quando ela deixa o Savoy. Assim que sai, Londres a atinge com a fumaça de seus ônibus e o barulho dos motores dos táxis. Ela não consegue evitar recorrer a sua visão periférica, a fim de verificar se Will está em algum lugar à sua espreita, talvez segurando um jornal aberto, ou fingindo olhar as vitrines, como fazem os espiões nos filmes, mas não vê ninguém fazendo coisas do gênero. Ela tem medo de estar muito adiantada, de que Will e seja quem for que tivesse de resgatá-la já houvesse perdido seu rastro. E, ainda que eles fossem tão bons nesse tipo de coisa que ela esteja sendo seguida sem se dar conta, poderiam os caçadores ser melhores nisso que Michael?

Lily se recorda de que ele não está aqui na Strand, mas em algum lugar do Hampstead Heath, à sua espera. Ela abre caminho pelas multidões que se dirigem ao trabalho, repetindo uma única frase — *Ele confia em você* — até que ganhe o peso de uma certeza em sua mente.

Quando a rua se abre na Trafalgar Square, ela consulta seu mapa de turista para verificar a localização da estação Charing Cross do metrô. Ela começa a descer as escadas, e os odores da cidade são substituídos por uma combinação de desinfetante e óleo de máquina. Aquilo revira seu estômago.

Apesar de haver uma estação em Hampstead Heath, para chegar lá seria preciso mudar de linha. Então, para manter as coisas simples, ela decide seguir pela linha Northern até o parque Belsize. Isso significa andar mais ao sair do metrô, mas prefere ficar à luz do dia, claramente visível, a entrar no parque sozinha.

Enquanto aguarda na plataforma lotada, ela se espreme contra a parede curva e, mais uma vez, tenta descobrir Will ou um de seus agentes. Eles devem ser grandes, certo? O tipo de homens ou mulheres com experiência de combate, grandões e musculosos. Mas tudo o que Lily consegue ver são ingleses indo para o trabalho, de ombros caídos e cabelos ainda molhados do banho, bocejando e olhando seus celulares.

Há algo errado.

Tudo vem de repente, de uma só vez. A percepção de algo fora de esquadro nos detalhes à sua volta, as lâmpadas fluorescentes azuladas no teto, os trechos de conversas entreouvidas que soam falsos. Tudo se apresenta como as coisas invisíveis para as quais os cães ladram.

Para alguém tão esperta, você pode ser bem idiota. Dessa vez, Lily e sua voz interior estão em completo acordo.

Ela errou ao colocar sua vida nas mãos de Will, um homem que não conhece. Pelo menos está certa sobre o que Michael é. Aqueles que o caçam são, no mínimo, mais misteriosos que o homem de duzentos anos.

O trem cria um vento pegajoso antes de emergir da boca do túnel. Enquanto desacelera, as pessoas à volta dela se aproximam das portas, espremendo Lily entre elas.

Ela se demora o máximo possível, de forma que, no trem, fica junto à porta. Talvez possa escapulir antes da sua estação.

Talvez possa correr até a rua, chamar um táxi e fugir de tudo isso, deixar que Michael e Will joguem sem ela. Não é problema dela. O que está acontecendo agora, o bater assustado de seu coração, a cumplicidade em uma operação da qual nenhuma polícia ou governo está oficialmente ciente — não há a menor necessidade de que Lily participe disso. Ela é uma mulher capaz de manter um segredo. Ela e Mary Shelley têm isso em comum.

Lily está prestes a escapulir quando as luzes se apagam.

Seus companheiros de viagem já viram isso antes, a julgar pelos suspiros e os murmúrios de *Que merda!* Mesmo quando o trem estremece e para em pleno túnel, entre as estações Tottenham Court Road e Goodge Street, os sinais de alarme à sua volta são mínimos. Um arquejo claustrofóbico a meio metro de Lily, de uma mulher que agora estica a cabeça para cima, como se lutasse para respirar na superfície da água. O solitário grito assustado de *Não!*, vindo de uma voz masculina, na outra ponta do vagão.

Eu disse que havia algo errado, fala a voz de Lily.

Um minuto se passa.

A mulher claustrofóbica abaixa a cabeça e olha diretamente para Lily. Através da semiobscuridade, seu pânico faz o rosto dela se retorcer, mantendo-o dessa forma, como se vestisse uma máscara de horror personalizada.

Mais um minuto.

Sob os pés deles, chegou a se ouvir um ronco do motor do trem, numa promessa de que começaria a se movimentar a qualquer momento, mas agora só há o silêncio. As luzes, a ventilação, toda a operação mecânica morre.

É isso que concede aos demais a permissão para entrar em pânico.

A mulher claustrofóbica ergue seus braços e irrompe em soluços. Passageiros sentados se levantam, pressionando aqueles que já estavam de pé, de modo que seus corpos fundidos se deslocam para a frente e para trás. O homem que berrou o solitário *Não!* retoma seus gritos, mais altos a cada vez.

Lily se sente puxada para longe da porta. Cotovelos e ombros investem contra ela, empurrando-a para o chão sem ar. Ela está a meio caminho quando os gritos e berros se juntam para emitir a mesma frase.
Calem-se!
Quase todos o fazem, de modo que o anúncio que vem sendo repetido pelo sistema de som pode ser ouvido.

> *... por favor, mantenham-se calmos. Estamos dando início ao processo de evacuação. Agentes logo vão abrir manualmente as portas. Por favor, sigam suas instruções e fiquem em fila para sair do túnel na próxima estação. Atenção. Pedimos que, por favor, mantenham-se calmos. Estamos dando início...*

A disputa em direção à porta recomeça. Entre os gritos, distingue-se uma voz que clama "Fumaça!", depois outra que diz "É uma *bomba!*". Não há fumaça no vagão, mas a memória recente de coisas assim leva a agitação a outro nível.

Lily não consegue mais se manter de pé. Homens grandalhões a empurram para baixo, até que ela se encolhe no chão. Ela sabe que é assim que as pessoas morrem nesse tipo de situação, os primeiros a cair são os primeiros a ser pisoteados. E é muito mais difícil respirar onde ela está.

Mas, pelo menos, ela pode ver a porta, quando antes não conseguia. E há relativamente mais espaço do que quando estava de pé, de modo que dá um jeito de rastejar por entre as pernas.

"Uma luz!", alguém grita, e um segundo depois Lily a vê. O facho oscilante de uma lanterna do lado de fora do vagão.

Os que estão por trás empurram com mais força; então, quando a porta se abre, a meia dúzia de passageiros que estava à frente é jogada para a escuridão. É assim que Lily alcança a borda, seus olhos no mesmo nível dos de um homem com um grande bigode e o uniforme do Metrô de Londres.

"Um de cada vez!", grita ele. "Você primeiro!"

Ele coloca as mãos sob as axilas de Lily e a puxa. Coloca-a no chão e aponta a lanterna para a frente.

"Fila única", diz. "Siga até a próxima estação e suba as escadas. Bem devagar."

Aqueles que haviam sido empurrados para fora do vagão já estavam de pé, e Lily se põe na fila atrás deles. Para ver o caminho, há apenas luzes de emergência a cada vinte metros, mas, enquanto estiver de pé, tudo o que precisa fazer é sentir as costas do passageiro a sua frente para saber se está na direção correta.

A fila de Lily se junta àquela do vagão anterior, e depois à do outro vagão. Eles se arrastam pelo que parece ser uma curva interminável. A semiobscuridade tornava os gritos ainda mais assustadores, e as paredes faziam com que ecoassem, tornando impossível saber se vinham da frente ou de trás.

Por fim, o oval luminoso da estação Goodge Street se revela, os cartazes nas paredes com anúncios de creme hidratante e do livro de memórias de um jogador de futebol trazendo um estranho conforto.

Lily imagina se Will estará a sua frente, ou atrás.

Ela está agora na plataforma, onde se reúne à multidão que se dirige às escadas rolantes. Os passageiros estão mais calmos aqui, tranquilizados pela familiaridade das luzes fluorescentes, da mesma forma que ela.

Mas alguma coisa ainda está errada, repete Lily para si mesma.

E então ela vê que tinha razão.

Há uma explosão de movimento na plataforma adiante. Alguém lutando para passar, chegar até ela. Primeiro um homem, depois uma mulher, empurrados para fora da plataforma a fim de abrir caminho, os dois batendo com força no concreto e caindo entre os trilhos.

Parca Preta.

Eles se entreolham no mesmo instante.

Ela esquadrinha o lugar, em busca de uma saída. Não há nada a fazer além de voltar por onde veio, mas isso é tão inútil quanto tentar conter uma onda com as mãos.

Parca Preta está a seis metros de distância quando sua expressão muda. Ele puxa uma pistola de seu casaco. Não aponta para ela, e sim para algo que vê atrás dela.

"*Lily!*"

Ela se vira e vê Michael correndo em sua direção pelo túnel. Empurrando pessoas, abrindo caminho a sua frente. Mesmo na obscuridade, ela consegue ver o reflexo das lâminas que se estendem para além dos dedos, as pontas prateadas dos dentes dele.

"*Lily! CORRA!*"

Michael se livra das pessoas que estavam no vagão da frente e segue ao longo dos trilhos com enormes passadas, em direção à luz azulada da estação.

Escuridão.

Lily não consegue respirar. O ar em volta é sufocante e escasso.

Algo a segura, mas ela consegue ter uma das mãos livre por tempo suficiente para segurar o capuz que cobre sua cabeça antes de Parca Preta torcer seu braço para baixo, juntando-o ao outro nas suas costas.

Ele a arrasta, os saltos das botas dela raspando no chão da plataforma.

"Michael!", grita ela.

Parca Preta a larga, e ela cai de joelhos. Demora um segundo para retirar o capuz, mas é o que basta para olhar para cima e ver Michael mergulhar suas garras no estômago do Parca Preta.

Michael olha para baixo, a fim de ter certeza de que ela está observando, um professor transmitindo uma lição importante. Com um movimento rápido para cima, ele arrasta suas garras pelo espaço entre as costelas do homem até seu queixo, antes de retirar as garras na altura do pescoço. Um segundo depois, segue-se um intenso jorro de sangue.

Parca Preta olha para o próprio torso eviscerado, sem acreditar. Como se estivesse apenas curioso, primeiro observa as partes dele que até então estavam dentro de seu corpo se derramarem sobre seus sapatos. Ele estende as mãos para elas, tentando recolocá-las para dentro. Então se volta para olhar Lily, e seu rosto parece perguntar como as coisas haviam chegado àquele ponto. Ao cair, mantém os olhos em Lily. Ele já está morto ao atingir o chão.

"Há mais deles", diz Michael, que a puxa para cima.

Lily vê a multidão abrir caminho quando eles correm na direção dela. Com as costas da mão que está livre, Michael derruba as pessoas e corta algumas delas a sua frente. A garra cortante se move tão rapidamente que é como se lâminas impulsoras ocultas as alimentassem.

"Segure-se em mim", diz ele.

Ela o enlaça pela cintura, juntando as mãos, prendendo-se a ele.

Lily se dá conta dos gritos. Eles vêm dos passageiros próximos o suficiente para ver o que Michael está fazendo — o que ele acaba de fazer. Uma criatura impossível a fazer coisas impossíveis bem diante de seus olhos.

Eles chegam à base da escada rolante. Nas escadas comuns, há mais gente, e, ainda que as pessoas se espremam contra o corrimão para abrir passagem, o caminho acima é um aclive móvel de corpos, sacudindo-se e girando em pânico. Michael opta pela escada rolante. Assim que as pessoas percebem isso, boa parte das que estão nos degraus superiores começa a pular por cima do corrimão para sair do caminho, e elas caem rolando pela escada comum, derrubando outras pessoas, que por sua vez atingem outras pernas, uma avalanche de membros e bocas que gritam.

Michael já havia subido seis metros ao ser atingido.

Lily sente o impacto no peito dele, tão próximo das mãos que ela mantinha unidas que o ar passa entre seus dedos. Uma bala. Michael nem desacelera, suas pernas param apenas pelo instante de um arquejo antes de retomar a subida, agarrando um homem a sua frente pelo cinto e atirando-o por cima do ombro. Lily olha enquanto o homem cai aos trambolhões pela escada rolante, deixando rastros de sangue nos sulcos dos degraus.

"Pare!"

É Will. Abrindo caminho por entre a fila de pessoas lá embaixo e apontando uma arma para Michael.

Não foi ele quem atirou em Michael. O tiro veio de cima. Mas Lily pode ver como Will ajusta a mira, pronto para atirar. Sua única hesitação vem do fato de ele buscar uma parte do corpo de Michael sem também atingi-la.

Will se põe a persegui-los. Michael olha para trás e retoma sua corrida escada acima.

A escada rolante para. Alguém deve ter apertado o botão de emergência, porque agora um alarme soa, uma campainha antiga do tipo que Lily costumava ouvir chamando-a de volta às aulas quando se escondia nos playgrounds de sua juventude.

Eles já subiram dois terços da escada quando Michael é atingido outra vez. Outro tiro no peito, desta vez à esquerda, para contrabalançar o da direita.

Lily consegue achar o atirador, um homem com o mesmo tipo de arma de Will, o rosto familiar. É o motorista do táxi que a levara até o hospício de Lipotmezei. Não um taxista, mas um dos caçadores. Agora à caça dela e de Michael.

O taxista atira de novo e atinge o ombro de Michael, logo abaixo da clavícula.

Ele não havia desacelerado após os dois primeiros tiros, mas agora hesita, balançando-se para um lado e para o outro, fazendo com que Lily esbarre contra o corrimão da escada rolante, quase deixando-a cair. Ele consegue segurá-la, como alguém que carrega uma criança para a cama.

Nesse ângulo, Lily vê que Michael não foi atingido por tiros, e sim por dardos — suas pontas, com minúsculas penas vermelhas, despontam do local onde penetraram a pele. Ela se lembra de Will ter dito que um desses dardos seria capaz de matar um homem. No entanto, mesmo atingido por três, Michael continua subindo. Ela mira seu rosto, os olhos dele rolando nas órbitas, lutando para manter o foco. Os lábios dele tremem, tentando falar algo.

"Você...?", ela o ouve dizer.

Ela compreende o que viria depois, se ele tivesse forças para pronunciar as palavras.

Você contou a eles?

Ela desvia o olhar, um claro sinal de que a resposta é positiva. Ainda assim, ele não a solta.

Will está a menos de meio metro deles agora. Ele não havia atirado por medo de acertar Lily, mas ela agora está fora do caminho, deixando as costas de Michael expostas. Há um segundo de hesitação quando ele a olha nos olhos e vê a raiva dela, como ela compreende que tudo foi armado sem que fosse informada, que os objetivos dele não são os que ele dissera, antes que atirasse um dardo entre as omoplatas de Michael.

Michael desaba por cima de Lily. Ela não consegue se mexer, nem respirar. Um instante depois, Will e Taxista o removem de cima dela.

"Você está bem?", pergunta Will.

"Mentiroso de *merda*!"

Outros dois homens se juntam a eles. Com ajuda de Taxista, eles erguem Michael.

"Mexam-se!", grita um deles para os passageiros que se aglomeram ao redor. "Antiterror! Abram caminho! *Antiterror!*"

Eles não usam uniforme ou qualquer tipo de identificação, mas todos acreditam. Por isso, quando a polícia de verdade aparece e os homens de Will sacam suas pistolas, as pessoas se assustam ao vê-los derrubar dois policiais com tiros na testa. A queda deles é a última coisa que Lily vê antes de Will tirar um capuz de seu casaco e colocar na cabeça dela. Os dois policiais tombam no chão em uníssono, como dançarinos modernos, uma violência sincronizada que termina com os dois batendo seus crânios no piso de pedra.

Agora é Will que a carrega. Ela se contorce, chuta e tenta gritar, mas seus esforços parecem abafados, sua voz subtraída pelo ar limitado dentro do capuz. A qualquer instante, ela espera levar um tiro, como os policiais. É o que vão fazer, aqui ou em algum outro lugar, ela tem certeza. Estes devem ser os últimos momentos de sua vida, e quase tão horrível quanto isso é a incapacidade de entender a cadeia de eventos que a trouxeram até aqui.

Há gritos e novos alarmes que se unem à campainha, mas de repente tudo some. Na ausência de um eco para os passos deles, Lily conclui estarem em um espaço menor.

Lily tem sorte. Ela chuta Will, e seu pé acerta o osso com tal força que ele a larga.

"Que porra é essa?", ela ouve Taxista falar.

"Acerte-a", diz Will.

Lily se prepara para o tiro. Mas o que aparece é a picada de uma agulha na parte de cima de seu braço.

Ela sente que Will a pega de novo. Dessa vez, quando tenta lutar, há apenas um espasmo, um pé que balança. Todo o seu corpo frouxo, frio e fraco.

Depois vem um pretume ainda mais escuro que dentro de um capuz, e ela não se lembra de mais nada.

—A—
CRIATURA
ANDREW PYPER

CAPÍTULO 27

"Não deixe nada em sua mente, exceto uma coisa", diz a voz de sua mãe, a centímetros de sua orelha.

"Que coisa?"

"Aquilo que você precisa fazer. Porque você tem de ter certeza. E, assim que você tiver certeza, não hesite."

Lily segura o rifle o mais firme que pode, mas o cano traça círculos hesitantes, por mais que ela tente acertar a posição. O foco dela se alterna entre isso, a voz de sua mãe e a escultura feita de varetas amarradas, de pé a quarenta metros, por trás das árvores.

Mais que qualquer coisa, é a sensação de sua mãe junto dela que transpassa o momento. Seu corpo fundido com o dela, sua constituição forte mantendo Lily firme, como uma espécie de exoesqueleto. Lily fora instruída a se sentir uma só coisa com a arma, mas ela foi além disso. Ela é uma com sua mãe, com o rifle, a floresta, a terra sob seus pés.

Mas não com o homem de varetas.

É o que ele é; não uma escultura, e sim uma forma humana que sua mãe havia fabricado a partir de galhos que serviam de braços e pernas, um quadrado de casca de árvore como tronco e um cogumelo grande como rosto. Um alvo.

"Estou pronta", diz Lily.

"Tem certeza?"

"Sim."

"Então vá."

Ela imediatamente se arrepende, odeia a si mesma por isso, mas faz o que sua mãe lhe disse para não fazer. Ela hesita.

"Vá! *Agora*, Lily. Agora!"

—A—
CRIATURA
ANDREW PYPER

CAPÍTULO 28

O estalido da arma a desperta do sonho, mas leva algum tempo até Lily abrir os olhos e mantê-los assim.

Uma janelinha. Uma taça de vinho branco. Um par de pernas que imagina serem suas, mas que usam calças e sapatos que ela jamais viu.

"Bom dia."

Uma voz que ela conhece e à qual se agarra, como uma boia para manter sua cabeça acima da água.

"Onde estou?"

Will olha o relógio. "Exatamente agora? Alemanha, creio."

A janelinha permite olhar para uma camada de nuvens a milhares de metros abaixo. As pernas pertencem a ela, mas alguém tirou suas roupas e a vestiu com outras. Will lhe estende um copo de suco de maçã.

"Beba isto", diz ele. "Você precisa de açúcar."

O cheiro do suco desperta sua sede. Ao terminar, ela coloca o copo na mesa entre ela e Will, mas seus dedos entorpecidos o derrubam quando ela retira a mão.

"Vai demorar uma ou duas horas até você recuperar totalmente sua capacidade motora", explica ele, acertando o copo. "Quer beber alguma outra coisa? Quer comer? Acredite ou não, tenho um ótimo..."

"Estamos em um avião", diz ela.

"Isso mesmo."

"Onde ele está?"

"Conosco."

Lily gira em sua poltrona, e o súbito movimento faz com que veja pontos pretos diante dos olhos.

"Vá com calma", diz Will, inclinando-se para ajudá-la a se endireitar na poltrona.

"Ele está vivo?"

"Sim."

"Dormindo?"

"Deveria, dada a quantidade de etorfina que injetamos nele nas últimas vinte e quatro horas. Ele está controlado."

"Controlado", repete Lily.

Will coloca as duas mãos sobre a mesa, em um gesto de total abertura. "Escute, Lily. Peço desculpas pelo que..."

"Vá se foder."

"Deixe-me explicar."

"Você mentiu para mim. Sobre pegá-lo em Hampstead Heath, sobre me manter a salvo. E você não é da CIA."

"Faria alguma diferença se eu lhe dissesse que já fui?"

"Para quem você trabalha?"

"Eles não têm um nome. Não estou certo sobre especificamente quem nos financia, mas são pessoas com recursos ilimitados, que não se importam com bilhões. Não somos do governo, é tudo o que sei."

"E essas pessoas — elas não vão usá-lo para salvar vidas."

"Não."

"O sangue dele como uma cura universal. Era lorota?"

"Total."

"Então *por quê*? Por que gastar todo esse dinheiro em um exército particular, só por causa dele?"

Will olha para suas próprias mãos, depois para ela. Um lampejo de vulnerabilidade, que ela pressente como verdadeiro.

"Eles me disseram que era para matá-lo", responde.

"Mas ele ainda está vivo."

"Estamos nos dirigindo a outro lugar. Ele será neutralizado lá."

"Neutralizado significa submetido a uma eutanásia?"

"Sim."

"Você não parece muito seguro disso."

Will começa a se levantar. "Vou pegar algo para você comer. Você precisa..."

"Primeiro as perguntas. *Minhas* perguntas."

Ele abandona o sorriso amarelo que vinha tentando sustentar desde que lhe oferecera o suco. "Certo", diz, sentando-se.

"Para onde estamos indo?"

"Romênia."

"Onde exatamente?"

"Será melhor se eu não der uma localização específica."

"Melhor para você ou para mim?"

"Para ambos."

"Por que a Romênia?"

"O dinheiro vai mais longe em alguns lugares. E é preciso muito dinheiro para manter o tipo de privacidade de que necessitamos."

Lily tenta organizar os detalhes que rodam em torno de sua cabeça em uma narrativa, mas algumas partes escapam quando ela estava quase conseguindo.

Atenha-se às perguntas. Você é boa nisso. Depois você vai descobrir o que as respostas significam.

"Por que você me contou aquela história do sangue?"

"Era preciso que você confiasse em nós. A ideia de mantê-lo vivo para salvar milhões de pessoas nos pareceu ter mais apelo que uma conspiração para matá-lo."

"Então toda aquela babaquice sobre..."

"Não espero que você acredite em mim, mas é verdade. Bem como a sua proteção ser minha prioridade."

"E por quê?"

"Fui treinado para morrer a fim de assegurar que pessoas na sua posição ficassem a salvo." Ele esfrega os olhos. "Escute. Você já estaria morta se não fosse por mim."

"Michael teve várias oportunidades de me machucar, mas não fez nada."

"Não estou falando dele. Estou falando de nós", diz ele, e Lily se lembra do Parca Preta correndo atrás dela em Budapeste e na estação Goodge Street. "Alguns membros da equipe defendiam pegar você muito antes, arrancar o que fosse possível, depois enterrá-la. Defendi o contrário."

"O que você sabe sobre mim?"

"Sobre você?", diz ele, como que surpreso por ter sua atenção desviada para a pessoa diante de si. "Eu diria que tudo; no entanto, pela minha experiência, sempre há alguma coisa que as pessoas guardam para si, mesmo que o arquivo seja enorme."

Essa também é a sua experiência. Não é, doutora?

"Por que você acha importante parecer gentil para mim?"

"Não acho importante."

Lily reluta em aceitar isso, mas aceita. Apesar das flagrantes mentiras que a trouxeram até aqui, ela olha para o rosto cheio de cicatrizes de Will e, mesmo agora, vê um homem honesto. Ou essa é a especialidade dele, ou ele é realmente honesto.

"Voltando ao metrô", prossegue Lily.

"Nosso plano, desde o início, era pegá-lo no metrô", responde Will.

"Por quê?"

"Para ter as coisas a nosso favor."

"Vocês não podiam ter me colocado a par disso?", pergunta ela.

"Ele tem uma conexão com você. Você mesma disse isso."

"Como vocês sabiam que ele estaria no trem?"

"Havia a forte possibilidade de que ele seguisse você a partir do hotel. E no metrô poderíamos controlar o entorno — entradas e saídas, invadir o sistema para parar o trem, apagar as luzes, desbloquear as travas."

"De quem foi o plano?"

"Meu."

"Ele incluía o assassinato de dois policiais?"

"Gostaria que aquilo não tivesse acontecido. Mas acredito nos benefícios do que estamos fazendo. Às vezes ocorrem baixas; são danos colaterais."

Ao ouvir isso, Lily se recorda de que Michael usou as mesmas palavras para descrever as vidas que tirou para manter-se vivo.

"Você está no comando, então", diz ela. "Deve ser difícil. Caçar um monstro e bancar o cavaleiro de armadura para — o que eu seria? Um trunfo?"

"Não é assim", começa ele. "Você tem de..."

"Como vocês pararam o trem?", interrompe ela. "E para nos tirar da cidade e pegar um jatinho particular? Quem consegue arranjar tudo isso para vocês?"

"Eu já disse. As pessoas para quem eu trabalho têm recursos consideráveis."

"E elas resolveram gastá-los para matar um único homem."

"Sim."

"Então vou perguntar de novo. Por que ele ainda está vivo?"

Will fica em silêncio, e na mesma hora ela percebe que ele já se fez essa mesma pergunta. Ao hesitar, ele revela uma dúvida que não havia demonstrado antes.

"Minhas ordens são para entregá-lo primeiro", responde ele, por fim.

"Para que eles façam o quê? Deixar que ele converse com um padre? Pedir sua última refeição antes de ir para a cadeira elétrica?"

"Acho que alguns deles querem ver a presa em cuja caça gastaram tanto dinheiro."

"Isso não faz sentido. Deve haver outra razão."

"Talvez. Mas eles é que assinam os cheques."

Um dos homens de Will passa por eles para ir ao banheiro, na parte da frente do avião. Lily o reconhece. O bonitão que bebia do lado de fora do pub perto do Hotel Montague, aquele que a havia cantado. *Um por mim, docinho!* Antes de fechar a porta, ele olha para ela e pisca.

"Por que estou aqui?", pergunta ela.

Will esfrega a barba crescendo em seu maxilar.

"Mil perdões", diz ele. "Mas você compreende a necessidade de segredo em uma operação desse tipo."

"Vocês não podem me manter refém. As pessoas em Nova York vão dar pelo meu sumiço."

"Não, não vão. Você sabe disso melhor que ninguém. Você largou sua vida para trás. E agora sumiu."

"Quem é você?", rebate ela.

"O que você quer dizer com isso?"

"Quem. É. Você. É bastante simples. Gostaria de saber por que a pessoa que me sequestrou está fazendo o que está fazendo."

A porta do banheiro se abre, e o homem do pub sai. Will espera que ele passe, para depois falar em voz baixa.

"Fui treinado em muitas habilidades, mas nenhuma é mais importante do que não existir."

"Mas você existe. Você está bem aqui."

"Estou aqui", repete ele, como se precisasse se convencer disso.

Lily tenta pensar em alguma outra estratégia para fazer com que ele se abra, quando surge um rosnado, vindo de algum lugar atrás dela. Ela se levanta e fica de pé no corredor, em busca do ruído.

Eles o colocaram em uma poltrona bem no fundo do avião. Foi feita especificamente para ele: correias de couro largas em torno dos tornozelos, pernas, cintura e peito, atando até o pescoço. Ele ainda está de capuz, então Lily não pode ver seu rosto, mas consegue imaginá-lo. Por causa do som que ele faz. Um rugido baixo cuja vibração o chão transmite.

Seja que diabos isso for, não é Michael, diz ela a si mesma. *É o corpo dele. Mas não é ele.*

Um homem e uma mulher em quem Lily ainda não havia reparado estão sentados junto dele, um de cada lado. A mulher tem uma seringa nas mãos, e o homem, uma arma.

Quando você morrer... eu estarei à espera...

Uma voz que lembra um amolador de facas sai de sob o capuz. Um grave estremecedor que atinge Lily bem no peito.

A mulher mergulha a seringa nele. Lily teme que Michael solte outro rugido, mas ele faz coisa pior: gargalha. Um som que não tem nada a ver com ele.

E não é uma voz, mas a gargalhada de dezenas, homens, mulheres e crianças. Um ruído que cresce até o sedativo fazer efeito, e as vozes então desaparecem, uma de cada vez, até restar apenas uma: a de uma garotinha. E ela não está rindo agora, e sim chorando.

Lily já ouviu isso antes. Ela tenta lembrar a quem pertence essa voz, então se dá conta que é dela mesma.

–A– CRIATURA
ANDREW PYPER

CAPÍTULO 29

Lily devora um sanduíche de queijo rançoso e engole um litro de suco de maçã antes de o avião aterrissar em uma pista cheia de rachaduras, cercada de arame farpado, contra o qual se espremia uma parede de arbustos emaranhados.

Will está de novo sentado diante dela. Seu rosto parece ainda mais desigual que antes. O cansaço avermelhou os sulcos em sua pele, e uma barba grisalha desponta em seu queixo.

"Quase lá", diz ele.

"E o que é lá?"

"A base física das operações. Com um quarto para o convidado de honra."

O avião para na pista. Pela janela, Lily não vê qualquer sinal de construção, veículo ou outra aeronave. Eles poderiam estar em qualquer lugar, não fossem as nuvens baixas e escuras que ela agora associa ao Leste Europeu.

"Você vai colocar de novo o capuz em mim?", pergunta.

"Não é necessário. E tenho de confiar em você em algum momento, certo?"

"Ou você nunca me deixará partir."

"Se você prefere pensar assim, está bem."

Ocorre a Lily, mais uma vez, que pode não terminar o dia viva. De alguma maneira, imaginou que estava do lado de fora, imune, uma informante livre para partir assim que o serviço terminasse. Essa crença se baseava tanto em seu relacionamento com Will como em um desejo irracional.

"Quanto tempo ficarei aqui?"

"Não sei. Há algumas coisas das quais eu teria de me assegurar primeiro", diz ele. "E então eu teria de arranjar uma cobertura para você."

"Uma cobertura?"

"Onde você esteve nos últimos dias. Quem você encontrou, e por quê. Se alguém perguntar sobre qualquer um desses assuntos, você terá de ter as respostas na ponta da língua, e elas terão de ser respaldadas em registros. Vamos?"

"Preciso beber algo."

"Mais suco?"

"Um drinque de verdade."

"Venha comigo."

Na pista, há um velho Mercedes, bastante amassado, e uma Kombi em ainda pior estado esperando por eles.

"O orçamento não cobre limusines no aeroporto?", brinca Lily quando Will abre a porta de trás do Mercedes para ela.

"Aqui é a Romênia. Carros novos chamam atenção", diz ele. "E isto não é um aeroporto."

Ele entra ao lado dela, e o carro arranca, chacoalhando e passando por uma cabine de segurança vazia. Eles logo chegam a uma estrada de mão dupla que os conduz através de campos onde só brotavam pedras e alguns vilarejos com umas poucas mulheres corpulentas pelas calçadas, com lenços nas cabeças.

Lily tenta manter em mente que, a qualquer momento, o motorista vai virar numa rua deserta e Will pedirá desculpas, mas ela tem de sair agora, e será mais fácil se cooperar e não fizer barulho. Isso a assusta, mas não tanto como havia imaginado. Tantas outras coisas irreais haviam acontecido nos últimos dias que a possibilidade de sua própria morte parece apenas mais um acontecimento perturbador. Ela conseguirá manter esse distanciamento enquanto o carro continuar em frente, sem desacelerar ou fazer uma curva.

E então o carro desacelera e faz uma curva.

Aos solavancos, eles passam por uma estradinha esburacada e entram em um amplo lote cheio de árvores, com plantações de pinheiros dos dois lados. Não há qualquer sinal de que estejam se aproximando do que possa ser uma "base física de operações". Somente árvores e o chão da floresta, um carpete marrom de agulhas de pinheiro caídas.

"Quase lá", diz Will, exatamente como no avião.

Depois de muitas centenas de metros, o Mercedes para. Adiante, há duas cercas altas, paralelas. Entre elas, rolos de arame farpado. A estrada em que estão vai diretamente para esses rolos, e, até que parte da primeira cerca, depois a outra, comece a se abrir, Lily não via qualquer maneira de entrar.

Eles entram e chegam a uma espécie de praça, com vários prédios de cimento de apenas um andar. A grama cresce nas rachaduras do piso. Pichações são o único enfeite nas paredes.

O carro vai até um dos prédios, e uma porta de garagem se abre. Lá dentro está escuro. E fica mais escuro ainda depois que a porta se fecha atrás deles.

"Por aqui", diz Will, saindo do carro.

Lily o segue até uma porta, e ele digita um código de segurança em um painel. Do outro lado, há uma escada que ela não consegue ver onde termina, iluminada por lâmpadas fluorescentes.

Will começa a descer, e Lily o segue. Ela olha para trás, a fim de saber se o motorista ou qualquer outra pessoa se junta a eles, mas a porta se fecha, deixando-os sós.

A descida dura tempo o bastante para que Lily perceba o erro que é estar em tal subterrâneo, num espaço tão estreito. Assim que um suor frio começa a umedecer sua roupa, eles chegam ao fim da escada, entrando num longo corredor com inúmeras portas de metal dos dois lados. Lily olha para além de Will, para tentar ver onde acaba. A cinquenta metros há uma parede, onde o corredor se bifurca. As idas e vindas que se seguem fazem Lily pensar em um labirinto, que começa de maneira simples, mas cuja complexidade aumenta à medida que você tenta chegar ao centro dele.

Will abre uma porta que dá para um corredor mais estreito, com mais portas. Ele escolhe uma e entra. O local lembra Lily de uma das celas do Kirby: uma cama estreita, uma mesa, um pequeno armário.

"Este é meu quarto", diz ele. "Você pode ficar com o do fim do corredor. O banheiro é do outro lado. Se estiver planejando tomar uma ducha, melhor trancar a porta. Os caras aqui são profissionais, mas não ponho minha mão no fogo por todos eles."

Will tira uma garrafa de Maker's Mark de uma das gavetas da mesa, serve uma dose generosa do uísque para ambos, e Lily toma metade de um só gole.

"Tenho um pedido", diz ela.

"Certo."

"Quero falar com ele."

Will considera a questão. "Não vejo por que não", responde. "Mas também não vejo *por quê*."

"Ele foi meu cliente um dia, lembra? A médica em mim gosta de encerrar seus arquivos."

Ele termina seu drinque de um gole só. "O que achar melhor, dra. Dominick. Mas agora, se não se importa, tenho de fazer algumas ligações. Bato à sua porta mais tarde."

Lily sai e vai para o quarto no fim do corredor. Ela pensa que essa pode ser sua oportunidade de bolar um plano, uma rota de fuga. Mas, seja por efeito do uísque, seja por ter ficado dopada por tanto tempo, ela deita na cama e fecha os olhos.

O sono se enrosca nela como um gato. Ela está prestes a se entregar quando, de repente, dá um pulo.

Ele está aqui.

O único som é o das lâmpadas fluorescentes em seu quarto, e não há qualquer mudança de temperatura ou de odores. Mas, mesmo assim, ela pressente a chegada dele. Em algum lugar deste labirinto subterrâneo, o minotauro foi colocado em sua cela.

Ele está aqui. Mas não é mais ele mesmo.

Sua intuição lhe diz que sonhar é perigoso, especialmente quando um espírito como o dele quer você, procura você. Mas ela não consegue resistir e pega no sono.

Quase no mesmo instante, ela sonha que alguém bate à porta. A maçaneta gira sozinha, e a porta se abre lentamente. É Will.

Uma língua pontuda sai de sua boca retorcida e se estica até a cintura. Quando ele fala, porém, é com a voz do demônio.

Eu provei você. Mas agora é hora de comer...

—A—
CRIATURA
ANDREW PYPER

CAPÍTULO 30

Quando ela acorda, Will está sentado na beirada de sua cama.
"As coisas mudaram", diz. Antes, ele parecia cansado. Agora, parece preocupado.
Ela se ergue, apoiada nos cotovelos. "Que coisas?"
"As pessoas para quem eu trabalho, toda a missão — não era o que me fizeram acreditar."
"Explique melhor."
"Meu trabalho era trazer o homem que você chama de Michael a este lugar, para ser exterminado. Fiz isso. Mas agora eles me dizem que estão vindo para cá. Não apenas os homens do dinheiro. Cientistas, cirurgiões. Em alguns dias, este lugar será transformado em um centro de pesquisa."
"Vão examiná-lo?"
"Querem saber como ele foi capaz de viver por duzentos anos sem envelhecer. Eles não estavam nos pagando para remover uma ameaça deste mundo. Estavam atrás da única fonte da juventude da qual se tem notícia."

"Você foi enganado."

"É, os filhos da puta me enganaram."

"Nunca passou pela sua cabeça que era isso o que queriam o tempo todo?"

"Você pode não acreditar, mas nunca passou. Eu via apenas o que queria ver, que era vê-lo morto."

"Por que você queria tanto isso?"

"Você não entende. É pessoal. Fui atrás dessas pessoas. Queria que eles o matassem. Não podia fazer isso sozinho. Eu sei porque tentei."

"Por quê?", pergunta Lily, mais uma vez. Isso faz com que Will chegue mais perto, e, por um momento, ela tem certeza de que ele vai se deitar ao seu lado.

"Ele matou minha irmã", responde Will.

—A—
CRIATURA
ANDREW PYPER

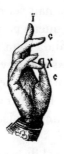

CAPÍTULO 31

"Conte", pede Lily.

Will esfrega a boca com a mão, e Lily percebe que tanto as mãos como os lábios dele estão trêmulos.

"Foi numa sexta-feira à noite", diz. "Eu e Amanda pegamos a sessão das nove de *Os Suspeitos*. Estávamos andando de volta para casa, e tive a sensação de que alguém nos seguia. Todo mundo na cidade de Madison — onde morávamos — comentava sobre os casos de desaparecimento que haviam surgido nos jornais naquela semana. Um estudante visto pela última vez andando pelo campus, a mãe de duas crianças que não voltou de uma ida ao centro para pegar um par de óculos. As pessoas estavam tensas.

"Podíamos ver nossa casa do outro lado da pracinha, as luzes na cozinha, a TV ligada. Nossa mãe estava esperando. Bastava uma caminhada rápida até a entrada da frente, ou pular a cerca dos fundos, e estaríamos em casa. Isso não me tranquilizou. Então fiz uma proposta a Amanda. Se ela chegasse em casa antes de mim, eu lhe pagaria vinte pratas. Uma corrida. Ainda lhe dei cinco segundos de vantagem. *Pá!* Ela partiu. E eu contava. Cinco... quatro... três. No dois, eu o vi."

Will fixa o olhar em um ponto no meio do quarto, e Lily percebe que ele está na cena. De volta àquela noite em que tudo foi destruído, para jamais ser refeito.

"Um vulto surge da pequena ponte que ligava o trepa-trepa ao escorregador. Amanda nem mesmo percebeu. Tentei correr para alcançá-la, mas meus pés não saíam do lugar. Havia uma mão invisível sobre meu peito, me empurrando para trás. Alguma coisa que me fez ficar olhando enquanto o vulto se demorava sentado em um dos lados da ponte, para depois descer pelo escorregador."

Will volta seu olhar para Lily. Com isso, ela vê que os olhos dele estão cheios de lágrimas. Não de dor, mas de raiva.

"Eu gritei para ela, mas a mão sobre meu peito me impedia de respirar, e nenhum som saiu. O vulto ficou de pé. Eu podia ver seus longos dedos. Pontudos e em forma de gancho. Amanda estava emparelhada com aquela coisa quando quase perdeu o equilíbrio. A coisa deve ter dito algo. Ela ficou olhando aquilo se aproximar, lentamente. Eu gritava, mas somente na minha cabeça. *Amanda! Volte!* Eu precisava alcançá-la. E, para fazer isso, eu tinha de me convencer de que a mão invisível que me prendia não era real. A coisa havia *insinuado* que era, mas minha mente é que me paralisou. E eu é que comandava minha mente. Eu. Não a coisa que agora segurava minha irmã pelo ombro."

Will engole em seco. Ele se endireita na cama. Respira fundo, obtendo forças para contar o que aconteceu depois.

"Eu me libertei. Saí correndo na direção deles. À medida que chegava mais perto, pude ver a coisa indo para a garganta da minha irmã. Eu me lembro do rosto dela. Nenhuma dor, apenas uma espécie de decepção, como se esperasse ganhar um concurso e descobrisse que o prêmio foi para outra pessoa. A areia da pracinha atrasava meus passos. Estava tão próximo que achei que haveria tempo de atacar a coisa — nunca pensei que fosse um homem, nem por um segundo — e afastá-la. Mas, quando cheguei mais perto, a criatura me atingiu com o dorso da mão. Minha cabeça virou com tal força que pensei que seria arrancada fora. E as garras — as pontas atingiram meu rosto antes que eu caísse. Aquela coisa fez isto comigo."

Ele toca seu rosto com um ar ausente, as pontas dos dedos passando pelas marcas como um cego lendo braile.

"Ao cair, atingi a parte metálica do fim do escorregador, a borda afiada fazendo um corte fundo no alto do meu braço", prossegue. "Estava quase desmaiando, podia sentir isso dentro de mim como um produto químico. Mas ainda consegui ficar olhando aquela coisa se alimentar da minha irmã. Os olhos dela nos meus, nos momentos finais de sua vida, que testemunhei sem poder reconfortá-la. Quando terminou, a coisa a largou na areia como um saco de lixo. E olhou para mim. *Lembre-se*. Repeti aquilo para mim, sem parar. *Lembre-se daquele rosto*. E eu me lembrei. Cada ruga em seus lábios quando ele os abriu para falar. *Doce como mel*, foi o que disse."

—A—
CRIATURA
ANDREW PYPER

CAPÍTULO 32

"Forneci uma descrição à polícia, e eles fizeram um retrato falado", diz Will alguns instantes mais tarde, após Lily estender-lhe a mão, que ele segura. "Era semelhante à criatura, mas não era ela. Eles transformaram uma *coisa* em um *humano*, entende?"

"'Há algo de errado com sua aparência; algo desagradável, algo claramente detestável. Nunca vi um homem me causar tanta repulsa, e ainda assim não sei direito o porquê.'", diz Lily.

"O que é isso?"

"Um trecho de *O Médico e o Monstro*."

"Sério? A descrição é perfeita."

Lily está prestes a contar a Will sobre os diários de Michael, sobre os encontros dele com Shelley, Stoker e Stevenson, talvez até sobre a relação familiar entre ela e ele. Ela quer dar algo em troca do que ele acabou de compartilhar, mas decide manter tudo em segredo. O que sabe é valioso, constituindo assim seu único poder de barganha.

"Por que não agora?", sugere Lily. "Mate-o. Antes que eles cheguem."

"Porque eles me matariam. Se fosse só isso, eu até faria. Mas também matariam você. E não quero isso nas minhas costas."

Ele a solta e pousa a mão na perna dela. O calor da mão dele acaba com o tremor que havia surgido na base de sua espinha. Ela começa a imaginar se ele pretende levar a mão mais para cima e fica surpresa ao se dar conta de que parte dela deseja isso. Mas sabe que não é disso que se trata. Ele a está usando como uma âncora.

"O que você vai fazer?"

"Ter certeza de que você está a salvo", responde ele. "Eu tiraria você daqui imediatamente, mas seria mais perigoso que convencê-los a concordar com isso."

"Quais são as chances?"

"Meio a meio."

"Quero vê-lo."

Will tira a mão da perna dela. "Por quê?"

"Se as coisas derem errado para mim, quero falar com Michael antes que eles o façam."

"E o que você poderia dizer que faria alguma diferença?"

"Ele está aqui por minha causa", responde ela. "Por pensar que seus homens me matariam no metrô, ele se revelou. Ele tentou me salvar."

"Por que você acha isso?"

"Não sei", mente Lily. "Talvez seja por causa disso que quero vê-lo."

Will não se move. Provavelmente está fazendo os mesmos cálculos sobre confiar nela que ela havia feito sobre ele.

"Certo", diz, levantando-se abruptamente. "O zoológico é por aqui."

—A—
CRIATURA
ANDREW PYPER

CAPÍTULO 33

Ela o segue até o fim do primeiro corredor pelo qual passaram ao descer as escadas. As portas ali estão marcadas apenas por letras ou números, em uma ordem aparentemente aleatória — depois de T-432 vem E-896 —, de modo a não servirem para sinalizar nem um avanço nem um recuo. Eles viram à esquerda, à direita e novamente à direita, e ela se dá conta de que nunca vai se lembrar qual caminho fizeram, desistindo de tentar memorizá-lo.

Por fim, Will abre uma porta igual a todas as outras, e ambos entram numa sala encardida cheirando a hambúrguer frito. Ali há uma mesa com um laptop. Will fecha a porta e vai até um painel instalado na parede.

"Pronta?"

Lily não tem certeza do que ele está falando, mas assente com a cabeça.

Will gira um botão no painel de controle, e um retângulo iluminado surge na parede mais distante da porta. Quando a visão dela se ajusta, percebe haver uma janela, que dá para uma sala do outro lado da parede.

Há mais coisas ali, que apontam uma combinação entre hospício de segurança máxima e sala de cirurgia. Uma maca com correias de couro e metal pendendo das laterais, um vaso sanitário exposto em um canto. Nada de espelho, pia ou cama.

Lily se aproxima do vidro e vê o monstro.

Ele está sentado no meio do chão, balançando-se para a frente e para trás. Enquanto ela o observa, a cabeça dele se vira lentamente. Ao encontrá-la no vidro, ele para, mantendo seus olhos nos dela.

"Estou visível?", pergunta ela.

"Não. E a coisa também não pode nos ouvir, a não ser que eu ligue o sistema de som."

"Então por que está olhando exatamente na minha direção?"

Will acena para a criatura, bate no vidro, mas ela nem pisca. "Não sei", responde. "Pode-se detonar uma granada aqui que quem estiver do outro lado não vai ouvir."

Lily ergue a mão, pousando-a no vidro. Isso faz com que a criatura se levante, ainda que demore alguns segundos. Seu corpo se rearranja enquanto ele se ergue, uma montagem de peças, como uma boneca quebrada se consertando sozinha. Quando a criatura está totalmente de pé, Lily pode confirmar que não é mais Michael. A pele é a pele que ela tocou, o rosto tem os mesmos traços. Aquela coisa, no entanto, parece mais um estranho que roubou as roupas de seu pai.

"Posso falar com ele?"

"Como queira", responde Will, e ele liga o sistema de som, o volume tão alto que eles podem ouvir a respiração úmida da criatura do outro lado. E então eles veem: um longo fio de baba amarela que pende do seu lábio inferior, até soltar-se e bater no chão.

"Você", diz a coisa.

Uma única palavra, que a assusta mais do que qualquer história que já ouviu em sua vida. Uma voz encarnada nos ombros inclinados para um lado, a coluna curvada formando um S. A cabeça que se estica à frente a cada passo, a boca que estala.

"Doce como mel."

Lily volta-se para Will e vê a raiva que essas palavras provocam nele. A raiva, porém, é imediatamente sufocada por algo maior, o medo decorrente de encontrar, por fim, o pesadelo de sua infância e transformar-se em uma criança machucada de novo.

A criatura se vira para Will. "Minha garotinha", diz.

Até agora, Lily conhecia apenas uma das personalidades de Michael. A criatura curvada a sua frente é a outra, a coisa que surgiu na cozinha do dr. Edmundston, o monstro que estraçalhou sua mãe. O demônio que Robert Louis Stevenson chamou de Hyde.

"Quero falar com Michael", diz Lily.

A criatura olha a sua volta, tentando descobrir de onde vem a voz. Já se passou algum tempo desde a última vez em que assumiu o corpo que agora habita, então precisa se acostumar de novo com o mundo. Quando seus olhos pousam de novo no retângulo de vidro que só permite ver de um lado, eles se fixam em Lily. O rosto da criatura se contorce numa expressão de agonia, mas algo diz a Lily que aquilo é uma tentativa de sorrir.

"Sua voz", diz. "Vai cantar lindamente quando eu fizer você gritar."

"Não estou interessada em você. Quero falar com Michael."

A criatura se aproxima do vidro, abandonando o sorriso distorcido.

"Ele está morto", diz. "Ele *sempre* esteve morto."

"Não tenho medo de você."

"Deveria."

"Você se esquece de que meu trabalho é lidar com psicóticos. Não há quaisquer palavrões ou ameaças que eu já não tenha escutado."

"Mas você sabe que eu vou fazer o que prometo. E você sabe que não sou um dos seus psicóticos."

Lily tem de se controlar para não se afastar do vidro. Ela olha para Will. Ele faz um gesto em direção ao botão que controla o sistema de som, mas Lily faz um sinal de não com a cabeça.

"Olhe a sua volta", diz ela, devolvendo o olhar da criatura. "É você que está em uma cela."

A criatura faz como ela disse. Olha em torno da cela, para depois soltar uma gargalhada que mais parece um latido.

"*Esta* é minha prisão?"

"Vão torturar você aí. Pela primeira vez, vai sentir o que fez aos outros."

A criatura ergue uma das mãos para que Lily veja e, com o indicador e o polegar da outra mão, segura a unha do dedo médio. Lily pode ouvir o som da unha sendo lentamente arrancada, soltando-se da pele.

"Divertido", diz a criatura, atirando a unha contra o vidro, a centímetros do rosto de Lily.

"Um espetáculo inútil", ela se controla. "Acabou."

"Mas eu tenho grandes planos para nós."

"Se você pode sair daí, por que não o faz?"

"Isso estragaria a surpresa."

Lily desliza para a direita, e os olhos da criatura a seguem. Se a coisa pudesse romper a barreira de vidro entre eles, já o teria feito. No entanto, a cada momento que passa, Lily fica mais fraca, e a criatura se fortalece.

"Está se sentindo bem, filha?", pergunta. Ela tem de desviar o olhar e lutar para engolir o jorro de bile morna antes de falar de novo.

"Você é Peter Farkas?", pergunta Lily.

"Não sou ninguém."

"Mas você se lembra dele, não lembra?"

"Eu me lembro de *todos* eles. De seus olhos, seus corações, seus cus e seus paus. Da dor deles."

A criatura se aproxima mais do vidro, até que seu nariz e seus lábios fiquem pressionados contra ele, a carne rosa esbranquiçada nos pontos de contato.

"E agora... você vive em Michael", diz Lily num murmúrio quase inaudível.

"Nada de Peter. Nada de Michael."

A voz da criatura está na sala-observatório com ela, preenchendo o espaço de forma a não haver nada além de suas palavras. Até o hálito da coisa infiltrou-se pelo vidro.

"Você vai ver com seus próprios olhos", diz a criatura. "Prometo que nenhum nome ocorrerá a você. Nenhuma linguagem. Nenhuma oração. Nenhum deus."

Lily faz um sinal para que Will desligue o som e escureça o vidro. Com sua visão periférica, ela percebe que Will tenta fazer isso, mas está como que paralisado, suas mãos retorcidas em ganchos artríticos que não respondem ao comando da mente.

O demônio fala numa voz tão grave que as palavras parecem sair de debaixo da Terra.

"Já posso sentir seu gosto. Logo..."

A mão de Will bate contra o painel e acerta o botão do áudio. A coisa ainda fala, mas os alto-falantes da sala não deixam o som passar. Pouco importa. Lily escuta do mesmo jeito.

Logo você estará dentro de mim, e eu estarei dentro de você.

"Apague a luz", ordena Lily a Will.

"Estou tentando. Minhas mãos..."

"Apague a *luz*!"

Will gira o botão com a palma da mão, e a janela escurece.

Por um segundo, mesmo na escuridão semelhante à do fundo de um poço, o rosto da criatura permanece visível. O branco de seus olhos. Seus dentes.

–A–
CRIATURA
ANDREW PYPER

CAPÍTULO 34

"Que porra era aquela?"

Will esfrega as mãos e olha para Lily com a mesma expressão perplexa de muitos advogados ao visitarem seus clientes no Kirby pela primeira vez.

A coisa a partir da qual o dr. Eszes fez Michael.

Um serial killer chamado Peter Farkas, que morreu no início do século XIX.

Um demônio.

"Eu realmente não sei", responde.

"Aquilo estava me *segurando*."

"Michael também pode fazer isso, mas não é tão forte como aquela coisa ali."

Will sacode os braços, como se tentasse se livrar de cordas invisíveis ainda atadas a eles.

"Você está dizendo que é um caso de dupla personalidade?"

"É mais do que isso. Há dois seres no mesmo corpo", responde Lily. "Um é a coisa que acabamos de ver. O outro é um homem — menos que um homem, porém mais que um homem — trazido à vida há mais de duzentos anos."

"Trazido à vida", repete ele. "Você quer dizer ressuscitado? Um cadáver reanimado?"

"Ele não é o mesmo que ocupou o corpo em vida. Ele é algo novo. Nenhuma concepção. Nenhuma infância, nenhum processo de amadurecimento. Sem pai, sem mãe, sem família, sem lar."

Agora que disse isso em voz alta, uma tristeza se apodera de Lily. Boa parte se deve à simpatia pela criatura que ela chama de Michael, mas parte é por si mesma. Se nada o precedeu, está confirmado o que sempre sentiu, que parte de si mesma é desconhecida até para ela.

"Ele lhe contou tudo isso?", pergunta Will.

"Parte. E parte foi o que me fez descobrir. Ele busca respostas para as mesmas perguntas que você está fazendo."

"Você tem alguma teoria?"

"Pensei se ele não seria uma alma perdida que encontrou a oportunidade de viver de novo na pele de outra pessoa", diz, expressando um pensamento do qual ela mal tinha consciência até agora.

"A alma de quem?"

"Não sei. Nem ele sabe. Ele está à procura de seu nome. De sua identidade. Foi por isso, em parte, que me procurou."

"Era isso que ele queria dizer com 'minha filha'?"

"Sim."

"Como assim?"

Ela dá um passo para trás, afastando-se do vidro, como se a criatura na escuridão ainda estivesse ali, escutando.

"Sim", diz ela. "Michael é meu pai."

–A–
CRIATURA
ANDREW PYPER

CAPÍTULO 35

Will e Lily voltam para o quarto dela, retomam suas posições — ela reclinada, ele sentado ao pé da cama — e passam algum tempo olhando um para o outro, como se quisessem confirmar que estão ambos ali, que ambos testemunharam o que acabaram de vivenciar, a confissão que ela fez.

"Há outros como você?", pergunta Will por fim, rompendo o silêncio. "Quero dizer, ele tem outros filhos?"

"Ele me disse que eu sou a única, e eu acredito."

"O que ele quer de você?"

"Companhia."

Will está prestes a fazer outra pergunta quando o rádio preso a seu cinto desperta, com uma explosão de estática. Soterrada pelo ruído branco está uma voz que ambos reconhecem ser a do homem do lado de fora do pub em Londres. Suas frases cortadas pela recepção ruim.

... problema... rumpel... perigo...

"Estas paredes aqui — são à prova de bombas à moda antiga", diz Will, levando o rádio até sua orelha. "São uma merda para a recepção."
"O que significa 'rumpel'?"
"O código que usamos para o alvo. Abreviação de Rumpelstiltskin." Will aperta um botão no aparelho. "Aqui é Líder Um. Fale de novo. Câmbio."
Outra série de estalos, apenas uma palavra atravessa o ruído.
"Merda."
"Eu ouvi 'abertura'", diz Lily.
"Eu também."

O caçador que Lily vira em frente ao pub em Londres observa a criatura na cela se autoflagelar.
Mesmo não estando presente, Lily pode ver as coisas acontecerem. O demônio tocou sua mente e permite que ela assista. *Obriga* que ela assista.
A criatura curvada está a meio metro dali, batendo com a cabeça contra o vidro. Seu crânio e a superfície rígida se encontram em uma série de pancadas, que deixam um círculo gotejante de sangue.
O caçador ergue o rádio que tem em mãos.
"Líder Um? Temos um problema aqui", diz ele no aparelho. "Rumpel está em perigo."
Ele não se aproxima da porta. Não é hesitação, mas uma espécie de feitiço provocado pela visão da criatura repetidamente batendo a cabeça no vidro. Algo impossível de compreender, ainda que ele lute, como esses jogos infantis em que é preciso apontar as diferenças entre duas imagens aparentemente idênticas. Qual é a diferença entre esse homem e qualquer outro homem? O caçador conclui que é o olhar. Os olhos da criatura encontram os olhos do caçador, ainda que não seja possível que ele seja visto. O risinho irônico que se mantém, apesar da boca entreaberta que engole o fluxo de sangue do ferimento em sua testa, que não para de aumentar.

Ele tenta o rádio de novo.

"Líder Um? Você está ouvindo, câmbio?"

Pode haver alguma resposta no meio do ruído, mas o caçador se dirige à porta sem esperar para ouvi-la; a decisão não é mais sua, mas sim uma ordem da criatura do outro lado.

Abra a porta.

Will está na porta do quarto de Lily quando para e olha para ela. "Você vem?"

Lily se levanta da cama rapidamente, e sua cabeça parece sair flutuando, solta do pescoço. Ela luta contra a tontura, esticando as mãos para os lados, como um equilibrista na corda bamba.

Will sai às pressas pelo corredor, tirando a arma do coldre. Ao fazer a curva, ele se vira para ter certeza de que ela vem logo atrás.

"Você tem de *correr!*"

Lily sai correndo, e o monstro lhe revela o que ele vê.

O caçador deixa a sala-observatório e vai até a antecâmara à frente da cela do alvo, passando por uma mesa onde estão as luvas de couro ressecado com lâminas no lugar dos dedos e um conjunto de dentes de metal, que pertencem à criatura. Uma janelinha na porta lhe permite ver que a criatura do outro lado não está mais batendo a cabeça contra o vidro. Ela está de pé no centro da cela, suas roupas cobertas por um vermelho espesso, como se fosse uma vela humana, seus cabelos um pavio emaranhado no topo de sua cabeça.

"Não se mova", diz o caçador, digitando o código que abre a porta. Ele se lembra de tirar a arma tranquilizante do bolso de trás.

Por alguns instantes, o tempo desacelera, então o homem-vela está ali, o caçador erguendo a arma como se houvesse sacos de areia amarrados a ela. De repente, o homem-vela está bem a sua frente. Arranca a arma da mão do homem e a larga no chão.

"Respire fundo", diz o homem-vela.

Will dá tantas voltas e é tão mais rápido que Lily imagina uma linha os unindo, uma corda de pular, como aquelas que ela e seus colegas usavam nas viagens da escola. Desde que sinta essa linha entre eles, ela não precisa ter medo de se perder — basta continuar movendo as pernas.

Ele para e abre uma porta ao lado da sala-observatório onde estiveram há alguns minutos. Ela fica no corredor enquanto Will entra na antecâmara do lado de fora da cela. De sua posição, pode ver a maca, o vaso sanitário nos cantos. Ela então se dá conta de que não seria possível ver essas coisas se a porta da cela estivesse fechada.

"Temos de sair daqui", diz ela.

Mas Will não escuta. Ela acompanha a direção do olhar dele e vê o caçador do pub londrino no chão, braços e pernas bem abertos, como se houvesse tentado amortecer sua queda de uma grande altura. Ao lado, está a cabeça do caçador. Não estava presa ao resto do corpo. Olha para Lily com um horror semelhante ao dela.

"Ele não está aqui", fala Will, e é como se estivesse a quilômetros de distância. Ele segura o rosto dela e a faz olhar para ele.

"*Ele não está aqui*", repete Will. "O que significa que eu tenho de tirar você daqui. Entendeu?"

Antes que Lily possa assentir, ouve-se um tiro. Um único e inútil estalo, seguido pelo grito de um homem.

"Agora", diz Will.

—A—
CRIATURA
ANDREW PYPER

CAPÍTULO 36

Will olha para trás a todo instante enquanto eles correm. O olhar dele é tão desesperado que ela conclui que a criatura está se aproximando, mas decide não olhar para trás e verificar.

Apesar de não ouvirem mais nenhum tiro, há outro grito. Diferente do anterior. Lily deduz que o primeiro tiro não derrubou a criatura. E que o segundo homem que gritou nem teve tempo de sacar a arma.

Ela espera ouvir o uivo ou a gargalhada do monstro em meio a sua própria respiração sufocada, e alguns segundos depois *realmente* ouve ambos, ainda que não tenha certeza de que não passa de sua imaginação. Isso pode não fazer qualquer diferença. Imaginar é tornar real. Ouvir é deixar entrar.

Will abre uma porta na metade de um corredor mais largo que os demais. Ela o segue e vê lá dentro um escritório: uma mesa de metal, um arquivo, uma cadeira cujo estofamento escapa pelos buracos do tecido.

"Pegue isto", diz Will, virando-se para entregar sua própria arma. Ela a segura na palma da mão como um pássaro de asa quebrada. "Fique na porta e assegure-se de que ninguém entre."

Lily se coloca a alguns centímetros da porta, olhando para os dois lados. Vê cerca de nove metros à direita, e uma lâmpada fluorescente pisca em seus estertores, projetando sombras irregulares no chão.

Atrás dela, Will tira um envelope grande e um GPS de uma gaveta. Quando ele o liga, emite um sinal, e sua tela se ilumina. Ele o analisa antes de bater em sua lateral.

Lily se vira. "Qual o problema?"

"Colocamos um chip de localização quando ele estava apagado", diz Will. "Este aparelho deveria informar onde ele está, mas aqui funciona tão bem como os rádios."

Ela olha o corredor de novo. A lâmpada agora pisca ininterruptamente, de modo que, por um milésimo de segundo, ela pensa ver a coisa que não é Michael em uma área escura. Mas, na piscada seguinte, desaparece.

"E agora?", pergunta ela.

"Caímos fora."

"Para que lado?"

"Direita ou esquerda. Você decide."

Lily devolve a arma para ele e toma a esquerda, afastando-se da lâmpada fluorescente, que, com um estalo, fica preta.

"Por aqui", diz ela.

Lily sente que o labirinto a consome, puxando-a para onde o minotauro a aguarda.

Corredores e portas com números e letras enlouquecedores, ao infinito. Will hesita algumas vezes ao decidir que rumo tomar, o que a faz pensar que ele agora está apenas chutando.

Cada vez que eles dobram em um corredor, ela tem a certeza de que ele estará à espera, rindo por terem ido até ele tão facilmente, e por conta própria. É por isso que, quando Will abruptamente para diante de uma porta igual a todas as outras, Lily pensa que é para dizer que acabou, que não há mais saída.

"Aqui", diz ele, abrindo a porta para um corredor iluminado e dirigindo-se escada acima.

Eles sobem uma meia dúzia de degraus e são novamente engolidos pela escuridão. Lily ouve as passadas de Will acima dela, a distância entre eles aumentando. Diz a si mesma para que não tente sentir os degraus e confie que não vai cair. A subida aquece o ar, até se tornar sufocante. Ela pensa em parar e se firmar, mas ouve um movimento ao pé da escada, algo deslizando pelo concreto, então segue em frente, às cegas.

Quando a luz a atinge, ela cambaleia para trás. A luz *bate* nela — a palidez do exterior, a escada cinzenta, seu próprio corpo hesitante.

"Temos de ir", fala Will do topo da escada. Ele está com o GPS, que agora faz barulho. Uma série de bipes, tão próximos uns dos outros que parecem ecoar o bater assustado do coração de Lily.

Ela recorre aos braços para se pôr em marcha. Eles balançam na lateral, como se para impulsionar o movimento dela.

"Vê o carro ali?" Will aponta um Mercedes velho estacionado a quarenta metros, colocando um conjunto de chaves em sua mão. "Tome a direção."

"E você?"

Ele aponta a arma para a escada, parcialmente iluminada pelo exterior.

"Vou me assegurar de que você tenha tempo para arrancar", diz ele.

Lily se dirige para o carro, mas consegue sentir o cheiro da criatura. A carne podre de seu hálito sobe pela escada.

Ela abre a porta do carro e desaba no assento.

"Entrei!", grita para Will enquanto vira a chave e dá a partida no motor, que chacoalha e ruge. Mas ele não olha para ela. Ele está congelado por algo que se aproxima, vindo do subterrâneo.

Lily pensa em voltar para lá, sacudi-lo, quando ouve o estalo seco da arma dele.

"Will!"

A voz dela o alcança dessa vez. Ele se vira e a vê no carro. Coloca um pé na frente do outro e então se põe a correr na direção dela.

"Você o atingiu?", pergunta ela assim que ele toma o assento do carona.

"Não tenho certeza."

"Mas você o viu?"

"Eu o ouvi."

"O que ele disse?"

Will quase conta, mas sacode a cabeça para se livrar das palavras. "Dirija", diz.

Lily pisa no acelerador. Eles vão em frente, contornam os prédios e se dirigem para a cerca.

"Aqui é Líder Um", grita Will pelo rádio. "Controle? Abra o portão."

Ela não desacelera, apesar de a cerca permanecer no lugar.

"Controle! Abra o portão!"

Will se inclina para checar o espelho lateral de sua porta. Isso leva Lily a fazer o mesmo com o retrovisor.

A criatura surge por trás dos prédios.

Ainda encurvado, as passadas irregulares, mas movendo-se incrivelmente rápido, arremetendo em direção ao carro como um híbrido de animal e inseto. Gorila, aranha, touro. Lily olha adiante e vê os dois portões, das cercas interna e externa, abrirem lentamente. Será impossível estarem abertos o bastante quando chegarem lá.

"Vai. Vai. *Vai!*", grita Will.

Lily posiciona o carro perpendicularmente aos portões, mirando exatamente a abertura. Um segundo antes do impacto, olha o retrovisor de novo. Vê o monstro cada vez mais próximo, seus olhos fixos nos dela.

Eles passam pela primeira cerca, mas a segunda atinge o lado do motorista, fazendo o carro dar de lado com a traseira. Ela corrige a derrapagem, e a Mercedes sai aos solavancos pela estrada esburacada.

Lily não está mais dirigindo. Ela mantém o pé no acelerador e as mãos firmes no volante, apenas isso.

Sua atenção está fixa na criatura que não é Michael. Que atravessa os portões abertos, emitindo um rugido que se sobrepõe ao motor do carro.

—A—
CRIATURA
ANDREW PYPER

CAPÍTULO 37

Eles rodam em silêncio, interrompido apenas por Will indicando o caminho, uma série de voltas que os leva por cidades tão iguais que Lily tem a certeza de andar em círculos.

Depois de deixarem os portões que cercavam a área, a criatura os perseguiu por cerca de uma centena de metros, até que, de repente, virou-se e entrou na floresta. Houve uma quebra, que durou um segundo, na imobilidade das árvores, então tudo voltou ao normal. Will e Lily não se olharam por muitos quilômetros, ambos checando as janelas para se assegurar de que a criatura não os atacaria.

Agora, em um vilarejo igual a todos os outros, ele manda Lily parar em um estacionamento ao lado de uma lojinha de conveniência. Junto à porta, dois adolescentes fumam enquanto olham para eles com o tédio de uma audiência cética em um espetáculo de mágica.

"Desligue o motor", diz ele, e o Mercedes estremece antes de silenciar.

Eles ficam algum tempo sentados ali, os dois olhando, através do para-brisa, para um cartaz desbotado de um show do Iron Maiden, ocorrido há quatro anos.

"Você está bem?", pergunta Will.

"Não sei como responder."

"Nem eu."

Ela se vira para olhá-lo. "Acho que seus patrões não vão ficar muito felizes", diz ela.

"Não, não vão. Mas agora tudo mudou."

"Como assim?"

"Não trabalho mais para eles. Agora trabalho somente para nós."

Lily se recorda da voz de Will, naquilo que ela tentou se convencer de que era um trote, quando estava em Nova York. *Quero proteger você.* Não "queremos", e sim "quero". É algo pessoal para ele, e Lily agora percebe que sempre foi. Rastrear Michael, dar cabo dele — mas também fazer por ela o que não pôde fazer pela irmã.

Will afasta os olhos do cartaz. "Vou caçá-lo", diz.

"Como?"

"Durante o tempo em que rastreamos Michael, descobrimos mais sobre suas operações do que ele imagina. Onde esconde suas provisões de dinheiro, seus passaportes falsos. Ele escapou — *a coisa* escapou —, mas agora enfrenta restrições. E eu tenho isto", diz ele, mostrando o GPS, que emite uma série calma e regular de bipes. "Essa é a melhor oportunidade que terei para encontrá-lo."

Will olha para sua outra mão e parece surpreso ao ver que ela ainda segura a arma. Lily imagina que ele vai guardá-la no coldre, mas ele apenas a aperta contra sua coxa, confirmando seu peso.

"Ele virá atrás de mim", diz Lily.

"Eu sei."

"Então precisamos enfrentá-lo juntos."

"Não."

"Pare de ser o bom soldado por um minuto. Estou pensando em maximizar nossas chances, só isso."

"Eu também. E faremos isso comigo andando rápido e você ficando fora de campo."

Ele coloca o GPS de lado e pesca no bolso o envelope que havia tirado do arquivo, colocando-o no colo dela.

"O que é isso?"

"O plano de segurança", responde ele.

Lily rasga o envelope e vê o que há dentro. No fundo, estão um pendrive e uma chave.

"Assim que você sair daqui, abra o arquivo que está nesse pendrive", explica ele. "Há o endereço de um esconderijo, e essa chave vai abrir a porta. Lá você encontrará armas, dinheiro, comida."

"Onde ele fica?"

"Não sei."

"Não estou entendendo."

Will fecha os olhos. "O homem que entrou na cela, aquele assassinado pela criatura — eu já havia trabalhado com ele. Quando começamos essa história, sabíamos que as coisas podiam ficar complicadas, então arrumei um esconderijo seguro para ele, e ele fez a mesma coisa por mim. Não contamos nada um ao outro sobre a localização, de modo que, se um de nós caísse nas mãos do alvo — ou se decepcionássemos nossos empregadores —, não teríamos nada para revelar. Não posso informar sua localização a ninguém se não sei onde você está. Essa falta de conhecimento também vai protegê-la de Michael. É como você falou. Uma vez feita a conexão, ele pode olhar dentro de você."

"Isso é verdade em relação a mim. E o que conecta você a ele?"

"Você", responde ele. "Talvez você se importe um pouco comigo também. Isso deve ser o suficiente."

Lily acha que ele tem razão. Michael provavelmente poderia encontrá-la conectando-se a Will, e vice-versa.

Ela fecha de novo o envelope. Pela janela de Will, vê os dois adolescentes lá fora acenderem outro cigarro e novamente encararem o carro em silêncio.

"Você explicou todas as maneiras para não tomarmos conhecimento do paradeiro um do outro", diz ela. "E que tal uma maneira de voltarmos a nos ver?"

"Há um telefone por satélite nesse esconderijo, com um número gravado."

"O seu."

"O meu. Mas não é aquele para o qual você ligou em Londres. É um telefone em um local que eu sei qual é, mas ainda não o tenho", explica ele. "Quando você chegar a seja lá qual for o endereço que está no pendrive, pode me ligar, ou não. Eu vou entender se você não o fizer. Mas se ligar e eu não atender, é porque estou morto."

A ideia da separação torna Will subitamente mais presente para ela, o corpo dele tão próximo no pequeno espaço do carro que ela está consciente das menores variações do batimento cardíaco dele, do calor da sua pele, do seu hálito de canela. O desejo por ele é realçado pelo medo que a vem desgastando desde que esteve frente a frente com Michael no Kirby, o que parece ter sido anos atrás. Ela quer tocar esse homem, não para dissipar seu medo, mas para inflamar esse medo, realçá-lo, investi-lo de uma urgência ainda mais desesperada. Há coisas que gostaria de fazer com esse homem. E a ideia de fazer essas coisas agora, exatamente quando não deveria desejá-las, só aguça sua ânsia. Ela está prestes a se inclinar para Will quando ele pega, no mesmo bolso de onde tirou o envelope, um passaporte norte-americano e o entrega a Lily.

"É seu", diz ele. "Você precisa dele por causa do visto falso de turista na Romênia. Oficialmente, você não está aqui, recorda-se?"

"Certo", responde ela, abrindo o passaporte para ver sua foto, exatamente o mesmo rosto austero que consta em seu documento verdadeiro.

"Você precisará de acesso a uma conta. E certa quantidade em moeda local para tomar o ônibus." Ele lhe entrega um pacote de notas romenas e um cartão bancário com uma senha pregada no verso. "Isso vai levar você até Bucareste. De lá, vá para o esconderijo. Faça isso em várias etapas, de modo a ser mais difícil rastrear você."

Lily guarda o dinheiro e olha pelo retrovisor. Até agora mesmo não havia nada, mas um ônibus de viagem velho, arrotando nuvens de diesel, está chegando. Os dois adolescentes apagam seus cigarros e atravessam o estacionamento até a placa amassada do ponto de ônibus.

Lily abre a porta do carro, mas não desce. O ônibus para no ponto, bufando, e sua porta se abre. Os adolescentes sobem, mas mantêm os olhos nela.

"Até mais tarde", diz ela, e sai correndo até o ônibus.

Ela embarca sem olhar para trás e se senta no lado oposto ao qual o Mercedes está parado. Tudo para não ver Will, para evitar o sentimento de vazio que ele deixará para trás ao partir. Mas, quando o ônibus engata a primeira com um gemido, ela olha pela janela e o vê, mal segurando um sorriso no rosto, ainda que, para o bem dela, ele continue se esforçando até o veículo entrar na primeira curva.

—A—
CRIATURA
ANDREW PYPER

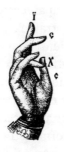

CAPÍTULO 38

Enquanto Lily vai, às sacudidas, pela estrada esburacada, passando por fazendas e trechos intermitentes de floresta, ela pensa se sua mãe também teria se sentido assim após tomar a decisão de ir para aquele chalé no Alasca. Assim como ela, Lily havia se aliado aos caçadores, confiado em homens que no fundo não conhecia, em vez de naquele que faria qualquer coisa para mantê-la a salvo.

Teria sido uma decisão correta, que apenas por acaso teve um desfecho errado? Ou ela deveria ter optado por Michael desde o princípio, reconhecendo que seu destino estava inexoravelmente ligado ao dele?

O que se sabe é que a decisão que sua mãe tomou a deixou sozinha com Lily em um fim de mundo. Apesar de ter apenas seis anos, Lily se lembra de sua mãe tentando ensinar o que deveria fazer para sobreviver ao jogo para o qual havia nascido. Mostrou como limpar e carregar a Remington .25-06 que ficava guardada ao lado da vassoura, junto à porta da frente, por exemplo. Que cores de roupa usar para ficar camuflada na floresta, conforme a época do ano. Como chegar à trilha oculta que levava ao trailer enferrujado junto ao riacho, que ela chamava de lugar secreto.

Lily pressupunha que era para lá que deveria correr se Michael ou os caçadores aparecessem. Ela se lembra de sua mãe colocando caixas no trailer, que Lily imagina serem de comida enlatada e recipientes com água. Agora que pensa nisso, não faz muito sentido: não importa a quantidade de comida e água estocada no trailer, em algum momento teria de sair, e então para onde ela iria?

"Se você vir coisas ruins acontecerem, é para cá que tem de correr", disse sua mãe na porta do trailer. "Você vem para cá sem a mamãe, você vem não importa o que aconteça. Está bem?"

Lily queria abraçar sua mãe em vez de ficar ouvindo aquela conversa assustadora, mas apenas fez que sim com a cabeça, que entendia, já então tratando o controle do medo como um sinal de maioridade.

Após a morte de sua mãe, Lily não foi para o trailer, fazendo exatamente aquilo que lhe fora dito para não fazer: perambular pela floresta. O lugar secreto havia sido apagado de sua mente pelo pânico, pelas imagens do monstro sobre o corpo de sua mãe.

E então surgiu o cavalo branco.

No aeroporto de Bucareste, ela escolhe um voo direto da KLM para Amsterdã, pela única razão de ser o primeiro no quadro de partidas, devido à ordem alfabética. É noite quando ela chega. O medo que se agarra a ela, a mudança de fuso horário, a privação de sono — tudo isso conspira para deixar Lily sem qualquer noção de tempo. Sabe que precisa dormir ou vai começar a tomar decisões ruins, e ela já tomou muitas ultimamente.

Ela consegue um quarto no Hotel Ambassade, na parte antiga da cidade. Mesmo nas condições em que se encontra, registra o fato de que a cidade é linda, com os canais que ela atravessa ao cruzar pontes em arco, pessoas de todas as idades em bicicletas, os postes delicados que iluminam as ruas de pedra. É uma cidade de contos de fada, e, como um conto de fada que se escuta antes de ir para a cama, ajuda Lily a dormir durante a noite e boa parte do dia seguinte. Ela come no quarto, vendo pela janela os barcos que passam, dirigindo seus pensamentos para Will a fim de ver se consegue sentir se ele encontrou ou não Michael, mas não tem sucesso.

No dia seguinte, compra uma passagem para Nova York. Ela sabe que não pode voltar a seu apartamento sob qualquer hipótese, mas, por reflexo, a cidade é seu ponto de partida. Também é lá que vai conectar o pendrive que Will lhe deu para descobrir onde fica o esconderijo. Poderia fazer isso no aeroporto, mas prefere colocar pelo menos um oceano de distância entre ela e Michael, para tentar evitar que ele leia seus pensamentos.

Quando anunciam seu voo, ela termina o café e joga o copo, junto de um exemplar do jornal *The Guardian*, no cesto de materiais recicláveis, os horrores do vasto mundo distantes demais para fazerem algum sentido para ela neste momento.

Lily se acomoda na fileira central. Ela fecha os olhos imediatamente. Sem dormir, apenas para se aferrar à sensação de fuga enquanto o 747 ruge pela pista e levanta voo. Só quando coloca os fones de ouvido dados pela comissária de bordo é que percebe o objeto.

Um envelope que desponta do espaço para revistas à frente de sua poltrona. Ela apanha o envelope, mas não o abre até que o mapa da tela mostre a aeronave sobrevoando o Atlântico Norte. Ao imaginar a água fria a nove mil metros lá embaixo, ela desdobra e lê o papel.

Querida Lily,
Esta será minha última correspondência para você. Fico muito triste que o propósito de minhas cartas tenha mudado tão drasticamente, da autorrevelação à promessa de vingança, já que eu apreciava ver que a distância entre nós era menor a cada encontro. Pelo menos era o que parecia para mim.

Vejo agora o quão improvável era que você e eu tivéssemos — o quê? Qual seria a natureza desse relacionamento que eu buscava para nós? Francamente, não o tipo pai e filha que jantam juntos, vão ao teatro e compartilham os altos e baixos de suas vidas. Mas poderíamos ter alguma coisa. Nossa própria harmonia. Nossa própria espécie.

Mas isso acabou.

Vou matar você, Lily.

Por que é importante que você saiba disso? Porque eu quero que os últimos momentos de sua vida sejam tão escaldados pelo medo que você acabe preferindo morrer por suas próprias mãos a receber o veredicto das minhas mãos. Ainda assim, não terá a oportunidade, talvez nem a coragem, de terminar assim. Parte de você vai se aferrar à esperança de que terei piedade no fim, de que, apesar de todas as provas de crueldade que já demonstrei, com você será diferente, de que uma palavra sua vai me fazer parar. Seria equivocado da sua parte pensar assim.

Um erro.

Se eu tivesse de colocar em palavras a expressão nos rostos dos milhares que me serviram de alimento enquanto suas vidas se esvaíam, o significado por trás da "máscara mortuária" pela qual os psicopatas que você tentava classificar anseiam rever, não é apenas o horror, mas o desejo de ter feito algo diferente. De ter tomado outro caminho na volta para casa. De não ter aceitado o convite para subir. De ter nascido em outro lugar, em outra época, de ser outra pessoa, de modo a evitar a evidência esmagadora do agora.

Seu erro, Lily, foi confiar mais em um grupo de mercenários covardes do que em mim.

Você pode tentar se enganar, dizendo que sua afeição pelo homem do rosto marcado atraiu você para o lado dos bons. Mas é a mim que ele busca como prêmio, não você. Você é um atalho para o monstro, nada além disso. Talvez uma foda. Algo que nenhum homem recusa se vem de brinde.

Não importa onde você estiver, eu vou encontrá-la. Você nunca vai me despistar, e eu nunca estarei longe.

Pense neste momento, por exemplo.

Estou a bordo deste avião com você.

Olhe a sua volta, ou não. Tente me achar, ou não.

No momento mesmo em que escrevo, evoco maneiras de fazer isso. Você pode pensar que, depois de tantos assassinatos, não há mais nada de novo para mim. Mas matar você, minha única filha, pensar em como você primeiro tentará não gritar, para depois gritar sem parar, até não ter mais ar para emitir seus gritos — isso me excita, Lily.

A seu dispor,
Cliente nº 46874-A

A CRIATURA
PARTE 3

LIVRE

—A—
CRIATURA
ANDREW PYPER

CAPÍTULO 39

Logo que aterrissam e todos obstruem os corredores, de modo a ficarem uns dez minutos em uma fila estática, Lily faz o que havia se prometido não fazer: procura por ele.
 Ele está no avião, mas ela não consegue encontrá-lo. Ele quer prorrogar o medo dela antes de fazer sua aparição, o que pode ser no terminal ou em qualquer outro lugar.
 Assim que sai do avião, ela pensa em correr para o banheiro e se esconder em uma das cabines, mas já imagina ver Michael encostado na parede em frente quando ela sair. Ir adiante é a única estratégia que lhe pode fazer ganhar tempo. Movimento constante.
 Imaginando que ele tem certeza de que ela pegará um táxi para ir à cidade, ela se dirige, então, ao ponto de ônibus. Passam-se cinco terríveis minutos em que está sentada no fundo, esperando que o motorista feche a porta, olhando os passageiros mostrarem seus bilhetes, um de cada vez.
 Ela afunda no banco e espia pela janela.

Vai logo, suplica mentalmente ao motorista. *Apenas... ande... porra.*

Um segundo depois, a porta é fechada e o ônibus se põe em marcha, juntando-se ao fluxo do tráfego nas pistas curvas e pegando a via expressa. Nem assim ela para de procurar por ele. Em cada veículo da empresa Town Car, um vidro traseiro que podia descer e mostrar o rosto dele. Em cada carro alugado, uma buzina a ser acionada enquanto ele seguia o ônibus.

Ela desce na Penn Station e embarca em um Greyhound. Sua ideia é que o ônibus lhe dá a vantagem de pular de um para o outro, sem falar na existência de testemunhas. Ele vai querer estar a sós com ela. Se pressionado, ele o fará rápido e na frente de centenas de pessoas, ainda que preferisse saborear o momento, apenas eles dois.

No guichê, Lily demora um pouco a decidir para onde ir primeiro, mas acaba optando pelo parador que vai até Buffalo. Em algum momento, terá de encontrar um computador, a fim de descobrir onde é o esconderijo, mas agora ela precisa se pôr em marcha.

Ela cochila durante uma parte da viagem, até Utica, e quando acorda decide ir até o ponto final. Na estação de Buffalo, compra um *donut* de chocolate e uma lata de Hawaiian Punch, e pede emprestado o laptop de uma garota com piercings e uma camiseta dos Dead Kennedys. Ao abrir o único arquivo do pendrive, abaixa a tela de modo que ninguém além dela possa ler o que está ali.

DAWSON DRIVE, 18, FARO, YUKON, CANADÁ

Lily abre um mapa e digita o endereço, lê o verbete da Wikipédia referente ao local. Uma área de mineração isolada, a cinco horas de carro ao nordeste de Whitehorse, antes próspera mas hoje abandonada.

Ela devolve o laptop para a garota do piercing e vai ao banheiro, onde despeja o pendrive na privada e dá descarga, mandando-o para o esgoto. Seu destino está apenas em sua cabeça agora. Será impossível encontrá-la, a não ser que arranquem o endereço diretamente de seu cérebro.

A partir de agora, ela sabe que aquele que a persegue tentará fazer exatamente isso.

–A–
CRIATURA
ANDREW PYPER

CAPÍTULO 40

Ela atravessa o continente na rodovia Trans-Canadá, primeiro pelo infindável sobe e desce ao longo da corcova do lago Superior, depois nas planícies das pradarias, os campos salpicados de neve se estendendo pelo horizonte, até que eles desaparecem e deixam o céu cinzento dominar tudo. Lily só desce para ir ao banheiro ou comprar comida nas lojinhas de conveniência, insistindo para o ônibus ir mais depressa ao passar pelas placas das cidades de Medicine Hat e Moose Jaw, nomes que ela acharia engraçados se não estivesse tão apavorada.

Em Calgary, resolve fazer o resto do caminho de avião. Ao aterrissar em Whitehorse, sua única opção é comprar um carro. Ela vai até um banco e consegue um cheque administrativo, que usa para adquirir uma picape Ford F-150 usada. Depois de comprar galões extras de gasolina, água e uma caixa de barras de cereal, parte rumo ao norte.

A privação de sono faz com ela veja coisas. Um vulto correndo paralelamente à picape em uma floresta queimada.

Um animal — um cavalo branco — no meio da estrada quando ela chega a um aclive. A pior de todas foi a visão da menininha. Um corpo minúsculo em um casaco aberto, deitada no acostamento da estrada. Mas, ao chegar perto, não é uma menina, não é ela própria aos seis anos de idade, e sim um saco de lixo rasgado.

Não há muita neve para aquela época do ano, e, ao sair da estrada no acesso a Faro, ela agradece por isso. Como sua mãe conseguia viver numa região como esta, atravessando invernos como este? A resposta estava no fato de ela nunca sair. Quando vinha a época da neve, as duas viviam de comida enlatada e leite em pó, optando pelo refúgio em lugar do mundo lá fora.

Mas não era longe o bastante. Mesmo aqui, o monstro as encontrou.

Está escuro quando chega à cidade, seus faróis revelando a usina de energia elétrica, a mercearia, a única loja em funcionamento do quarteirão comercial, a fileira de casinhas construídas às pressas quando a mina ampliou sua produção, trinta anos atrás. São poucas as janelas iluminadas. Uma delas mostra uma silhueta feminina, que olha para ela com curiosidade.

Mesmo no escuro, Lily pode ver que a cidade fora esvaziada com a mesma pressa com a qual fora construída. As casas são praticamente idênticas, as poucas instalações comunitárias — o campo de beisebol, o posto de gasolina, a escola — estão fechadas. Ela encontra o endereço sem nem procurar. Num momento está circundando a cidade, no outro está na Dawson Drive. O número 18 é uma construção descuidada como as outras, exceto por uma lâmpada sobre a placa que ainda funciona.

Ela estaciona nos fundos. Há apenas dois outros veículos ali, outra picape e um velho Jeep Cherokee, e, a julgar pelo tapete de neve intacto ao redor, nenhum deles foi usado recentemente. Ela desce e tranca o carro. O bipe automático da buzina a assusta de tal forma que seus joelhos quase cedem.

Depois de entrar, leva algum tempo para decidir se deve ou não acender a luz. Mas, se Michael a seguiu até aqui, ela não poderá se defender muito bem, desarmada e no escuro. O termostato marca doze graus. Ela o ajusta para vinte.

É uma casa de dois quartos escassamente mobiliada; apenas algumas panelas e utensílios básicos na cozinha e uma solitária toalha no banheiro. A única coisa extraordinária no lugar são as armas, que ela encontra no closet do quarto principal. Um rifle de caça Sauer, um revólver Beretta, uma escopeta de bomba Mossberg .12 e ampla munição.

Na mesa da cozinha, exatamente como Will lhe dissera, há um telefone por satélite, com um número pré-programado. Ela liga sem pensar.

"Lily?"

Ela fica tão surpresa ao ouvir a voz de Will — ao ouvir alguém chamá-la pelo nome — que sua garganta se fecha. "Você está vivo!"

"Eu o perdi. Estava perto, mas o perdi. De alguma forma, ele deve ter arrancado o GPS do braço, porque..."

"Onde você está?"

"Chicago."

"Por que aí?"

"É o melhor lugar para se tomar um avião e chegar a seja lá onde você estiver."

Ela lhe diz onde está. Que Michael estava no voo que a trouxe de Amsterdã, mas que não o viu desde então.

"Não saia", diz ele. "Não faça nada. Estou indo."

Os olhos de Lily vão da porta da frente para as cortinas fechadas na janela da sala, e dali para a porta dos fundos.

"Will?"

"Sim?"

"Depressa."

—A—
CRIATURA
ANDREW PYPER

CAPÍTULO 41

Waffles congelados. Uma cumbuca de cereais Froot Loops. Uma lata de suco de frutas.

O desjejum de Lily é o sonho de uma criança de cinco anos, e ela devora tudo, faminta, tendo um pico de glicose no fim. Depois, uma ducha. Ela vê a água escoar pelo ralo, os dias de viagem se descolando dela numa espuma sem cor.

Não há qualquer roupa nas gavetas, então Lily é obrigada a colocar aquelas que estava usando para lavar. Com isso, acaba se vendo nua no espelho enquanto carrega a escopeta.

Olhe só para você agora, sua voz interior a felicita. É quando a campainha da frente toca.

Impossível Will ter vindo de Chicago tão rápido.

Lily se enrola na toalha e, levando a Mossberg, desce até a entrada, ficando a um metro e meio da porta. A escopeta está apoiada em seu ombro, e o cano mira bem no alvo.

"Quem está aí?"

Ela ouve alguma coisa do outro lado, mas o som é baixo demais para entender.

"*Quem* está aí?"

"Jim", responde uma voz masculina, mais alto desta vez. "Jim Hurst. Seu vizinho. Do número 14."

Lily vai na ponta dos pés até a janela, puxa a cortina um centímetro. Mas não vê nada além de pegadas que vão até a entrada.

Ela volta para a porta e aponta de novo a escopeta. Com um passo à frente, ela destranca a porta.

"Ok. Está aberta."

Nada acontece. Então ela vê a maçaneta girando. Com um empurrãozinho, a porta se abre suavemente.

"Ah, merda", diz o homem ao ver Lily com a escopeta.

"Você está sozinho?"

"Divorciado."

"Perguntei se tem alguém aí fora com você."

O homem olha para a rua deserta. "*Aqui fora?* Não."

"Certo", diz Lily, baixando a arma. A atenção do homem se volta para o fato de ela estar usando apenas uma toalha.

"Acho que não vim numa boa hora."

"Não é das melhores."

"É que eu vi seu carro lá atrás e quis dizer oi", explica ele. "Não temos muita gente nova por aqui nessa época do ano. Ou em qualquer época."

Lily fica em silêncio.

"Bem, se você precisar de algo, como falei, estou no número 14", encerra Jim Hurst, pegando a maçaneta.

"Muito obrigada", diz Lily, que então se recorda de que precisa ficar invisível. "Jim, você se incomodaria de não dizer a ninguém que estou aqui? Meu marido está para chegar, e quero fazer uma surpresa para ele."

"Uma surpresa", repete o homem antes de fechar a porta. "Aposto que você é boa nisso."

–A–
CRIATURA
ANDREW PYPER

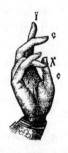

CAPÍTULO 42

Lily passa o resto do dia observando as janelas da frente e de trás, checando milhares de vezes se a escopeta estava engatilhada. Ela demora a decidir onde se posicionar para atirar se Michael tentar invadir a casa. Acaba optando por uma cadeira que pega da mesa de jantar, colocando-a entre a sala acarpetada e o corredor de azulejos, de modo a poder atirar para a porta da frente, a de trás e a janela panorâmica. E, mesmo que ele entre pelo segundo andar, o pé da escada também está coberto.

No entanto, não contava com o fato de ser muito difícil ficar sentada horas a fio em uma cadeira vagabunda, tentando manter-se alerta para estourar os miolos de alguém. Não demora para sua bunda ficar dolorida, sua cabeça ficar dolorida, tudo ficar dolorido.

Will poderia ajudar. Eles poderiam se revezar na vigília. Talvez também pudessem fazer outras coisas juntos.

Ela diz a si mesma que é preciso se assegurar de que não é Will que está tentando entrar antes de abrir um buraco em seu peito, e Lily está gravando esse pensamento nos músculos de seus braços que seguram a escopeta como se envolvessem um bebê — *não atire em Will* — quando pega no sono.

Ela está beijando. Sendo beijada.
Seus olhos se abrem, e ela imediatamente estica o braço em busca da escopeta, no seu colo ou apoiada a seu lado.
Sumiu.
"Merda. *Merda!*"
Ela está prestes a correr escada acima para pegar outra arma no closet quando vê um homem segurando a Mossberg, sentado no sofá da sala.
"Entrei por minha conta", diz Will.
"Você quase me mata de susto."
"Este lugar é isolado, não há dúvida. Mas as fechaduras? Não são lá essas coisas."
Lily sabia que ficaria feliz em ver Will. Mas, agora que ele está aqui, ela está muito mais feliz do que havia imaginado.
"Você esteve me beijando enquanto eu dormia?", pergunta.
"Não", responde ele. "Mas o seu sonho realmente parecia muito bom."
"Era mesmo."
"Há muito tempo não tenho um desses."
"O sonho ou o beijo?"
Will sorri mas não diz nada, o que em si já é uma resposta.

Depois de comerem algo, Will lhe conta como perdeu a trilha de Michael logo depois de deixar a Romênia, e de como tinha certeza de que ele iria atrás de Lily, e que apostava que ela teria voltado para os Estados Unidos.
"Você sabe onde ele está agora?", pergunta ela.
"Não. Mas com você aqui — com nós dois aqui — este lugar deve ser um farol para ele."
"O que vamos fazer então?"
"Vamos resistir. Não há mais sentido em fugir."

Eles ficam sentados em lados opostos na mesa de jantar, tentando adivinhar o que se passa na cabeça um do outro.

"*Frankenstein, O Médico e o Monstro, Drácula*", diz Lily. "São ele. Ele está por trás da origem de todos eles."

"Isso não estava nos nossos arquivos."

"Acho que sou a única pessoa para quem ele contou isso. Além da minha mãe, suponho."

"Por que você está me dizendo isso?"

"Porque, quando o matarmos, estaremos matando a história. Porque parte desses romances é verdadeira, e, depois que ele se for, voltarão a ser apenas romances."

Will apoia as costas na cadeira. "Você está querendo mudar de ideia? Nesse caso, é melhor dizer logo."

"Não é isso que estou dizendo."

"Então o que, exatamente, você está dizendo?"

"Que eu sou a única que sabe de tudo sobre ele."

"O mundo não precisa saber de tudo", diz ele. "Na maior parte do tempo, é melhor para o mundo *não* saber de tudo."

Neste momento, ela o sente. Uma presença mais forte que qualquer coisa que já sentira. Ele está voando para este lugar e chegará em breve.

"Quer ir lá para cima?", pergunta para Will.

"Você quer dizer o quarto lá em cima?"

"Sim."

Ele levanta, pegando seu rifle sobre a mesa.

"Vamos levar as duas armas", diz.

–A–
CRIATURA
ANDREW PYPER

CAPÍTULO 43

Mais tarde, deitados na cama, a única mobília do quarto, eles trocam segredos.

Para Will, trata-se das pessoas que ele teve de matar a serviço do país ou, mais recentemente, por dinheiro. "As pessoas dizem que esse tipo de coisa tira seu sono", conta ele. "Mas eu durmo bem. O que me incomoda é o fato de isso *não* me incomodar. Talvez me falte algo."

"Talvez me falte algo também", diz Lily.

Ela conta de como sempre se sentiu distante dos outros, como se estivesse estudando as pessoas em vez de ser uma delas. Por muito tempo ela achou que isso fosse resultado de ter perdido sua mãe muito cedo, ou de ter perdido um bebê, ainda que tivesse a certeza de nunca ter desejado um filho. Mas agora, depois de ter conhecido Michael, ela não tem tanta certeza sobre qualquer uma dessas explicações.

"Esse vazio em minha vida — e se eu for assim?", diz, acariciando o braço dele. "E se for a personalidade do meu pai? Em mim?"

É a primeira vez que ela diz isso em voz alta. Antes que ele diga algo, a campainha toca.

"Fique aqui." Will pula da cama e veste seu jeans.

"Vamos juntos", diz ela, vestindo-se e pegando a Mossberg no chão.

No térreo, Will se retrai, com seu rifle apontado para a porta. Ele faz um sinal para Lily espiar pela janela da frente.

"É o vizinho", sussurra ela. "Está tudo bem."

Will apoia o rifle na parede da cozinha, fora de vista, e Lily faz o mesmo com a escopeta, deixando-a em um canto da sala.

A campainha soa de novo.

Lily destranca e abre a porta.

Jim Hurst está parado no alpendre. Ele está o mais longe da porta que permite o piso de cimento, de modo que parece querer jogar algo dentro da casa antes de sair correndo. Isso também o deixa quase todo na escuridão, já que a luz da entrada consegue iluminar suas botas, mas não seu rosto.

"Jim?", diz Lily, e ele dá um passo à frente.

O olhar dele vai de Lily para Will. "Seu marido conseguiu chegar", diz.

Will se aproxima e se coloca à frente de Lily, de modo a ocupar todo o portal. Ele olha para os dois lados da rua vazia. "Podemos fazer algo por você?"

"Há algo errado", diz Hurst.

"Como assim?"

"Fui ao mercadinho comprar cigarros e... céus."

Ao ver que o homem parece prestes a desmaiar, Will o segura pelo ombro.

"O que aconteceu no mercadinho?", pergunta Will.

"Era Ella. A mulher que trabalha à noite. Ela estava... em *pedaços*." Hurst olha para Lily. "Ele disse que um urso havia feito aquilo."

"Quem disse isso?"

"O homem."

Hurst olha apreensivo de um para o outro, como se houvesse cometido um erro que nem ele entende.

"Ele era um policial?", pergunta Will.

"Se era, não estava de uniforme."

"O que ele disse a você?", intervém Lily.

"Ele me disse para avisar as pessoas sobre o urso. Ir de porta em porta. Perguntou se eu sabia de algum locatário novo, que houvesse acabado de chegar à cidade. Só pude pensar em você."

Will passa por Hurst e examina a rua com atenção. E os telhados também.

"O homem que falou com você não é da polícia", diz Will, entrando de novo na casa.

"Quem diabos é ele, então?"

"Ele está do lado errado das coisas."

Hurst assente com a cabeça, como se entendesse.

"Vá para casa. Entre e tranque as portas", ordena Will. "Não saia de lá, não importa o que você ouvir."

O homem assente de novo, mas, depois do primeiro passo, para e se volta para eles. "O que você vai fazer?"

"Matá-lo", responde Will, fechando a porta.

–A–
CRIATURA
ANDREW PYPER

CAPÍTULO 44

Lily pega a Mossberg e espera Will se afastar da porta.

"Ele está aqui", diz Lily.

"Sim."

"Ele sabe onde estamos."

Will olha para ela. "Tudo bem", diz. "Queremos que ele venha."

Ele faz um sinal para que Lily se sente no chão. Assim que ela o faz, ele se senta também, de costas para as costas dela.

"Você fica com a porta dos fundos. Eu com a da frente", diz ele.

"Por quanto tempo ficaremos sentados aqui?"

"Até que tudo acabe."

Mesmo antes de Jim Hurst ter contado do homem na mercearia de Faro, Lily sabia que Michael havia chegado. Não o monstro da cela na Romênia, mas o homem-que-não--era-um-homem. Ele fora o homem que ela conheceu naqueles encontros, ao menos pelo tempo de escrever a carta que deixou para ela no avião, mas havia se transformado de novo em algum ponto da perseguição a ela. Agora sabe que a fronteira entre um e outro não é confiável, podendo mudar a qualquer instante.

Ela fecha os olhos e tenta encontrar Michael, ver onde ele está, mas tudo o que vem a sua mente é um oceano de óleo negro. Ele está se escondendo dela. A criatura logo abaixo da superfície, esperando para puxá-la para o fundo.

"Lily?"
"Sim?"
"Se fizermos tudo certo, podemos tirar férias."
"Férias do tipo fugindo-de-assassinos-pelo-resto-da-vida?"
"Acho que sim."
"Que tal Samoa?"
"Por que Samoa?"
"Sabe Robert Louis Stevenson? *O Médico e o Monstro*? É onde ele..."

Alguma coisa bate com tanta força nos fundos que a porta traseira quase se solta.

"Atire, Lily!", ordena Will. "Atire agora!"

Lily posiciona o dedo no gatilho. Exatamente como sua mãe havia lhe ensinado. Só que, desta vez, não vai hesitar. Assim que o vir, ela vai matá-lo.

A arma já está apoiada em seu rosto quando ela ouve o grito.

Um homem. Do lado de fora. Um gemido aterrorizado, no qual ela reconhece a voz de Jim Hurst.

"Ajudem-me! *Por Deus!*"

Will se levanta.

"É uma armadilha", diz ela.

"Se for, vamos desarmá-la."

–A–
CRIATURA
ANDREW PYPER

CAPÍTULO 45

Will sai correndo pela porta dos fundos, seguindo os gritos de Jim Hurst, e já está no meio do estacionamento quando Lily chega lá fora.

Ela corre atrás dele por um declive coberto de uma camada fina de gelo e escorrega, a escopeta escapando de suas mãos. Ao se pôr novamente de pé e recuperar a Mossberg, ela vê, de relance, Will passar correndo entre outros dois quarteirões de casas. Ela o segue, de cabeça baixa contra a neve que cai, cada floco uma picada em sua pele.

Por trás das casas está o campo de beisebol que ela avistou ao entrar na cidade. Ao se aproximar, ela vê três homens junto à cerca no fundo do campo. Michael segura Jim Hurst, o braço em torno do pescoço dele. Will está a cerca de nove metros deles, com o rifle apontado.

Lily para na divisão entre a grama congelada e o saibro que marca o centro do campo. Michael a vê. Exibe seus dentes prateados em um sorrisinho estranho.

"Estamos todos aqui", diz ele.

Em uma passada larga, ele se aproxima dela, o braço em torno da garganta de Jim tão apertado que o homem não consegue falar ou respirar.

"Largue-o", ordena Will.

"Eu me lembro de você", diz Michael, movendo seu olhar de Lily para Will. "Da sua irmã também."

A fúria de Will o congela. Cada membro de seu corpo está prestes a explodir, exceto sua mente, fixa nas palavras do homem.

"Quanto mais jovens, melhor, descobri", continua Michael. "É claro, deve ter sido *terrível* para você."

Ele se aproxima. De maneira tão relaxada que é fácil esquecer o quão rapidamente ele atravessa as distâncias. Michael está agora diante de Will. De repente, ele ataca, rápida e diretamente, seus pés mal tocando o chão enquanto ele voa para a frente.

"Não!"

Will atira, mas a voz de Lily representa uma distração que, mesmo à queima-roupa, desvia a bala de seu alvo. Ela atravessa o ombro de Jim Hurst, em vez do rosto de Michael.

Lily olha os lábios inchados de Hurst se mexerem, ainda que nenhum som saia deles. É como se estivesse ensaiando um beijo.

Will atira de novo.

Desta vez ele acerta Hurst na perna e também atinge a coxa de Michael, ainda que só o primeiro dê sinais de ter sentido algo. Hurst começa a ter espasmos, o choque provocando uma convulsão que parece ainda mais artificial, porque nenhum membro seu toca o chão. Uma marionete nas mãos de um titereiro que empurra ambos para a frente.

O corpo de Hurst acerta Will antes que ele consiga dar outro tiro.

Ele cai de costas, o rifle voa para trás. Quando agita os braços tentando descobrir onde está a arma, Michael larga Hurst em cima dele, de modo que, por alguns segundos, os dois homens ficam lutando para desembaraçar pernas e braços. Então Will consegue soltar um de seus braços e tenta sacar a pistola do coldre em sua cintura. Antes que a alcance, Michael chuta o pulso dele com tanta força que o quebra, com um estalo perfeitamente audível.

A escopeta, diz Lily a si própria. *Está nas suas mãos.*

Ela ergue a coronha e mira em Michael. Está escuro, mais escuro ainda neste instante do que naquele que o antecedeu, e todo o seu corpo treme por algo que não é o frio. Mas ela havia carregado a Mossberg com balas para atingir alvos à queima-roupa, e é impossível ficar mais perto do que está agora.

Michael para e olha diretamente para ela, um olhar tão desprotegido e transparente que ela não tem escolha a não ser retribuí-lo. Ele olha para Lily com o desejo de um homem memorizando os traços de sua amante antes de abandoná-la para sempre.

E, de repente, antes que diga uma palavra, antes que ela possa atirar, ele se transforma.

De Michael para Hyde. Dele para a coisa.

O monstro ergue Will pelo pulso quebrado e leva a garganta do homem até sua boca. Os dentes se cravam. Atravessam a pele.

"*Não!*"

Lily puxa o gatilho, mas cambaleia para trás e o tiro passa longe do alvo. Recarrega.

Uma vez. Tem de ser de uma única vez.

Ela mira bem no meio do peito da criatura.

Mas, no instante em que ela atira, ele se dobra para evitar a bala. Ileso.

Lily recarrega de novo. Só agora vê que a criatura, quando se moveu para escapar do tiro, arrastou Will junto, dessangrado e tendo espasmos, seu rosto inexpressivo.

A criatura espera até que Lily olhe de novo para ela. Então balança sua mão com garras e enfia as cinco lâminas no dorso de Will, joga-o sobre seus ombros e vai até ela.

Lily se vira. Manda suas pernas se moverem, mas elas não lhe obedecem por completo, os joelhos fracos, as coxas pesadas. A cada contato de seus pés no chão, ela espera sentir as lâminas cortando suas costas.

Ela para um instante e sabe que é um erro olhar para trás. Mas olha mesmo assim. A criatura está tão próxima que Lily não terá tempo de chegar ao aclive antes de ser alcançada. A criatura avança, Will aos solavancos em cima de seus ombros. Ela ergue a escopeta. Atira. A criatura vacila, e Lily vê o motivo: um semicírculo de sangue logo acima do quadril. Ele toca o ferimento com sua mão livre. Olha para ela e emite um som ao mesmo tempo animal e mecânico. O uivo de um lobo combinado com o silvo agudo de uma serra elétrica.

Lily se dirige ao estacionamento das casas. No meio do caminho, pensa em atirar novamente, mas não tem certeza de quantos cartuchos ainda restam. Dois. Talvez apenas um. Talvez nenhum.

Entre no carro. Entre e vá embora.

Ela chega ao estacionamento e olha para trás. A criatura solta um jorro de baba e sangue que derrete a neve, formando um círculo escuro. E retoma a perseguição.

As chaves. Onde estão as chaves? Ela encontra o aro metálico em seu bolso e abre a porta.

A criatura chega e larga o corpo de Will no chão.

Lily pula na picape e fecha a porta no exato instante em que a criatura ataca, enfiando as garras na maçaneta.

Ela liga o carro e engata a ré sem olhar para trás, tentando chegar à estrada. A criatura, porém, não a larga. Arranhando o para-brisa, suas garras raspando a porta, um guincho metálico, como alguma coisa viva e em sofrimento.

Com um pulo, a picape vai para a frente. Lily dá uma olhada no retrovisor.

O monstro está lá, balançando o corpo de Will pelos tornozelos como se ele não passasse de um saco de roupa suja. Seus dentes se chocam antes de a criatura irromper em um novo uivo de riso histérico, ou fúria, ou dor. Exceto que não é nada disso. É um som que não comporta nenhum sentimento humano.

—A—
CRIATURA
ANDREW PYPER

CAPÍTULO 46

Lily atravessa a fronteira entre Canadá e Alasca quando a aurora surge, uma faixa cinzenta por trás das colinas.

Só precisa parar para mostrar seu passaporte falso ao agente de fronteira e para colocar os galões extras de gasolina no tanque. A estrada está coberta por uma fina camada de gelo, então ultrapassar os sessenta quilômetros por hora seria arriscar-se a derrapar e cair numa vala.

Calcula ter algum tempo para chegar a seu destino sem que a criatura a alcance. Depois de ela sair correndo de Faro, o monstro teria de encontrar um carro e as respectivas chaves. Isso significava, em primeiro lugar, arrombar uma das casas vazias. Provavelmente também significava mais mortes. E, ainda que soubesse que aquele tiro não bastaria para matar a criatura, seria ao menos retardada por causa do ferimento.

Era impossível que o monstro a alcançasse antes que ela chegasse à rodovia Klondike. De lá, havia inúmeras estradas secundárias pelas quais era impossível se esquivar, lugares nos quais ela poderia se esconder e esperar.

Talvez até tivesse a chance de escapar completamente do monstro, se ele já não soubesse para onde ela estava indo.

Os quilômetros que separam os vilarejos de Tetlin Junction e Dot Lake são tão parecidos que Lily tem certeza de que terá dificuldade em distinguir a estradinha de terra que conduz ao chalé. No entanto, quando chega a mais uma colina, igual às centenas pelas quais havia passado, ela vê na hora: nada de placa, nada de portão, apenas um espaço vazio em meio às árvores atarracadas ao sul.

Ela pega essa saída e, alguns quilômetros depois, descobre que a trilha continua ali: irregular e tão estreita que os galhos batem contra as janelas do carro, mas, ainda assim, usada por caçadores de alce com frequência suficiente para permitir a passagem de um veículo 4x4.

Depois de cerca de um quilômetro e meio, ela tem de parar. Arbustos cresceram na área, os galhos de bétulas e abetos enredados em uma teia. Lily pega a Mossberg e um garrafão de água, e começa a fazer o resto do caminho a pé, calculando faltar ainda cerca de um quilômetro.

Ao chegar, a clareira é maior do que se lembrava. A ausência das gramíneas altas do verão dá ao local uma aparência estéril, de modo que o chalé ali no centro parece uma anomalia, seu telhado inclinado e as janelas trapezoides uma concessão ao artifício humano em meio ao caos da floresta.

Ela se surpreende ao encontrar a porta ainda no lugar. Isso, além de outros sinais de reparos, mostra que os visitantes ocasionais do chalé fazem o necessário para evitar que a precária construção desabe.

Está escuro lá dentro. Assim que seus olhos se adaptam, ela pode ver que a cozinha permanece lá, assim como uma mesa com pratos onde há somente cocô de rato e algumas cadeiras largadas, como se as últimas pessoas que estiveram ali tivessem saído correndo como ao som de um alarme.

A primeira coisa que faz é checar a escopeta, soltando um gemido involuntário ao ver que resta apenas uma bala.

É só disso que você precisa.

Ela se assegura de que a arma está destravada e toma um grande copo d'água.

Apenas acerte onde faz efeito.

Agora que está aqui, Lily tem a expectativa de seus nervos assumirem o controle, mantendo-a alerta. Em vez disso, o peso da fadiga faz com que ande pelo chalé, lutando para ordenar os pensamentos mais simples. Onde deve se posicionar? Ficar junto a uma janela e manter vigilância ou esperar que ele entre? Ela termina sem chegar a uma conclusão. Simplesmente se larga no chão, junto ao que um dia fora seu quarto de criança, as costas apoiadas na parede.

O corpo tem seus limites. A mente também. Você enfrenta horror e pânico em doses suficientes para nunca mais dormir, mas o sono chega mesmo assim, indesejado e sufocante como um capuz de lã puxado sobre sua cabeça.

Os olhos de Lily se fecham sem que se dê conta. Ela sonha com sangue.

Nadando em um oceano de sangue, espesso e que se move em ondas vagarosas. Tão denso que é difícil manter sua cabeça no alto para respirar. Mas ela precisa. Há uma necessidade premente de continuar batendo seus braços à frente, e não apenas para evitar se afogar. Há alguém com ela no infinito mar de sangue.

Lily? O que você está fazendo?

Ela ouve sua mãe chamar e nada em direção à voz.

Pare com isso. Pare com isso agora.

Quando a encontra, sua mãe luta para se manter na superfície. Seus cabelos grudados em seu crânio, seus dentes muito brancos.

Lily! NÃO!

Os olhos de sua mãe não estão cheios de alívio por ver Lily, e sim de horror. Isso não impede Lily de fazer o que faz em seguida, não faz com que ela pare para pensar no porquê.

Ela alcança sua mãe, coloca as mãos sobre a cabeça dela e empurra para baixo. Mantém sua mãe lá embaixo. Lily sente o corpo de sua mãe vibrar, engolindo, engasgando e engolindo de novo, até que afunda de vez, e o oceano fica imóvel como um espelho.

Ela é despertada pelo monstro que bate à porta.

–A–
CRIATURA
ANDREW PYPER

CAPÍTULO 47

Três pancadas. Cada uma seguida pelo ruído surdo de nós dos dedos raspando na madeira. Assim como sua mãe havia feito há muitos anos, depois da terceira pancada Lily se levanta e vai até a porta.

"Michael?"

Um silêncio ainda mais profundo.

Ela cola o rosto na porta e pode sentir a coisa do outro lado: braços pendendo ao longo do corpo, ombros curvados, cabeça inclinada para a frente.

Para dar certo, terá de ser rápido: destrancar a porta, dar dois passos para trás, abrir um buraco no peito dele. Três ações comprimidas em uma.

Ela destranca a porta. Dá dois passos para trás. Ergue o cano da escopeta e apoia a coronha em seu ombro.

A porta não se abre pela força, e sim sozinha, lentamente. A parte de baixo dela raspa o chão impulsionada pelo ar frio que vem de fora.

Ela teria de atirar agora. Agora. *Agora.*
"Will?"
Ele dá um passo à frente, e as tábuas do piso soltam um gemido aborrecido por causa do peso. Os olhos rolam nas órbitas, pousam nela um instante e depois giram de novo. A boca abre e fecha, os lábios estalam. O reflexo de morder e mastigar sendo testados antes do ato.

Assim como as mulheres que Michael havia oferecido a Stoker no quarto alugado no Soho ou como a série de experiências fracassadas, as noivas que ele havia tentado fazer antes de encontrar a mãe de Lily, aquele era Will apenas na aparência externa, vivo somente na capacidade de se mover, matar e comer. Pela primeira vez, o rosto marcado e disforme combina com a monstruosidade do restante dele.

"Por favor, não", diz ela, ao mesmo tempo em que ajusta a mira.

A coisa responde avançando. Um pé e depois o outro, cada passo mais seguro que o outro.

Ter dom.

Um ruído escapa de sua boca. Tenta de novo. Podem ser palavras, pode não ser nada.

Perto longe.

Está a menos de um corpo de distância quando Lily consegue ouvir corretamente.

Perdoe-me.

Ela puxa o gatilho.

—A—
CRIATURA
ANDREW PYPER

CAPÍTULO 48

A coisa que um dia fora Will cambaleia para trás. Lily só deixa cair a escopeta depois de ver a criatura olhar para o próprio peito, os olhos momentaneamente focados no sangue que encharca seu casaco.

A criatura toca o ferimento e pressiona, não para estancar a sangria, mas sim para colocar a mão dentro de si, sentir em torno de sua espinha, como se buscasse alguma coisa caída em uma piscina de água salobra.

Olha mais uma vez para Lily. E então cai de lado no chão e fica imóvel.

Lily se abaixa para pegar a escopeta, mas aí lembra que a arma agora é inútil. É pouco provável que haja outra arma no chalé. Isso não a impede de procurar. Embaixo da pia há uma panela de ferro. Em uma prateleira, uma lata de feijões cozidos. Ela pensa em pegar os dois, mas acaba largando ambos onde estão.

Qual é o plano, doutora? Você vai psicoanalisá-lo até a morte?

Pela porta aberta, olha a clareira e as árvores mais adiante. Ela não consegue vê-lo, mas sabe que Michael está lá, observando-a.

Ele vai farejar você se não a vir, vai rastrear você se não a farejar. Ele vai ler sua mente.

"Por que você não cala a boca se não tem qualquer ideia para dar?", chia ela.

Mas eu tenho uma ideia.

Há trinta anos, sua mãe lhe disse para onde ir. Não devia haver nada no trailer junto ao riacho, mas ela precisa acreditar que havia uma razão para sua mãe dizer que aquele era um lugar secreto. Se nada desse certo, pelo menos Lily não morreria aqui, no mesmo lugar, no mesmo chão onde sua mãe havia morrido.

Ela se afasta da porta, colocando-se fora de vista. Ainda deve demorar algumas horas para escurecer, calcula. Deve ficar aqui e esperar que anoiteça? Se a ideia é correr para o trailer — ou para qualquer outro lugar —, será impossível fazer isso sem um mínimo de luz do sol, mas ela acredita que um pouco mais de sombra do crepúsculo de inverno pode ajudar a servir de cobertura.

Isso lhe dá tempo de encontrar uma chave de fenda, em uma das gavetas da cozinha, que usa para arrancar as tábuas que cobrem a janela do quarto. Foi aqui que Lily e sua mãe dividiram a cama, há uma eternidade, bem abraçadinhas pela manhã, depois de o calor do fogão ter se extinguido durante a madrugada. Foi aqui que ela viu o monstro matar sua mãe.

A lembrança disso e o que ele fizera a Will reavivam seu ódio. Não importa se ele já contava com esses sentimentos por parte dela, se naquele exato momento ele detectava sua raiva, que brilha sobre ela como um holofote. Ela está cheia de ficar se controlando. Ela o odeia e se permite odiá-lo. O calor desse ódio atravessa todo o seu corpo, agindo como um anestésico, de modo que, ao atravessar a janela e cortar seu antebraço em um caco de vidro, ela mal percebe a dor.

Não há um caminho claro, mas ela acha que seus instintos conseguirão levá-la ao local onde deveria estar o trailer. Depois de avançar vinte metros, ela para e tenta ouvir algo, olha para ver o caminho já feito. Nada. Mas ela sabe que Michael está próximo. Esse é o fim prolongado que ele disse que ela teria, e mal começou.

Ela afasta os galhos de um espinhoso ginseng siberiano e chega a uma clareira menor do que aquela do chalé.

O trailer continua lá. Mais enferrujado que da última vez em que o viu, ao voltar aqui há alguns anos, e seu equilíbrio sobre quatro blocos de cimento está mais precário, porém ainda é algo sólido, no qual se pode entrar sem o risco de que ceda sob seus pés.

Ela coloca os dedos no buraco onde costumava ficar a fechadura. Galga os dois degraus e entra.

Lily examina o interior do trailer e vê o que esperava: uma desordem em ruínas. Armários de compensado vazios, latas corroídas, uma mesa de fórmica aparafusada na parede, um exemplar de *O Lobo da Estepe* destruída pela umidade. Um cheiro forte de amônia de urina animal a sufoca.

Por que sua mãe a mandaria para este lugar? Não há nada aqui com que ela possa se defender, nenhum canto onde se esconder. Seja o que for que tinha em mente, desapareceu.

A não ser que nunca tenha estado aqui dentro, psicopata.

Lily se lembra daquela tarde quando encontrou sua mãe deitada no chão junto ao trailer. Sempre achou que havia flagrado sua mãe no meio de alguma coisa que ela queria manter em segredo. Mas e se ela *quisesse* que Lily a encontrasse ali? E se a ideia fosse que ela tentasse descobrir o que sua mãe lhe havia deixado, para que o encontrasse quando estivesse crescida o bastante para entender o segredo?

Ela sai, deita de costas e desliza para baixo do trailer, afastando a neve com as mãos. Depois que todo o seu corpo está lá embaixo, é mais fácil se mover, mas ela teme que o menor toque abale um dos apoios e a esmague.

Sob o trailer, há uma colcha de retalhos de tábuas de compensado, quadrados de metal aparafusados aqui e ali para cobrir os buracos, um par de barras enferrujadas ao longo da estrutura, sustentando-a. Lily curva a cabeça, vira de lado para ver em torno de seus pés. Nada.

E então, algo estranho pregado na base do trailer.

Uma caixa de madeira.

Lily a reconhece. Uma simples caixa quadrada de pinho, com um cadeado na fechadura, que ela recorda ver sua mãe tirando de uma fronha que guardava na mala. "O que tem aí?", havia perguntado Lily.

"As cinzas do seu avô", respondeu sua mãe. Lily não quis fazer mais perguntas, temendo aborrecer a mãe.

Ela desliza até lá e vê que a caixa está completamente presa. Sem ferramentas, não será possível tirá-la de lá. A chave de fenda. Aquela que havia usado para escapar pela janela do chalé. Ainda em seu bolso.

Ela usa a chave de fenda como uma cunha entre o cadeado e a lingueta da caixa. Puxa para baixo.

"Merda!"

A dor vem junto com o movimento brusco. Ela sente que seu dedo quebrou. A boa notícia é que a lingueta parece ter cedido um pouco. Mais alguns puxões devem arrancá-la de vez.

Ela retira o indicador, que já começa a inchar, usando agora o dedo médio. E segura o pulso direito com a mão esquerda para puxar a chave de fenda com mais força.

É melhor ter dois dedos quebrados que esperar para que ele me puxe daqui.

Ela conta até três e puxa para trás, com a maior força possível.

Com um som metálico, a lingueta é arrancada da madeira, e a tampa abre. Um saco plástico cai ruidosamente no chão.

Cinzas não fariam tanto barulho.

Ela pega o saco e olha dentro. Um par de luvas com garras metálicas encurvadas no lugar dos dedos. Um conjunto

de dentes de metal. As pontas afiadas, os pré-molares longos como agulhas de sutura.
Ela usava isso para caçar.
O segredo do lugar secreto.
Ela os deixou para você.
Lily desliza de volta para fora, levando o saco consigo. Seu indicador latejando. Ao examiná-lo, a articulação faz um ângulo de noventa graus. O inchaço se espalhou para o resto da mão, que está inchada e dura como uma bola de beisebol.
Ao sair de baixo do trailer, ela fica ali, olhando atentamente para a trilha e os arbustos em torno. Nenhum movimento, nenhuma pegada nova. Ela se ergue, desliza as costas pela lateral do trailer e abre a porta. Há um rangido tão alto que ela quase a fecha de novo, mas se dá conta de que não tem opção a não ser entrar.
Ela fecha a porta e procura algo com que possa trancá-la. O melhor que consegue é um pedaço de corda largado no balcão da cozinha: ela amarra um ponta no buraco onde ficava a fechadura e outra no cano embaixo da pia. Nem de longe será capaz de impedir que a criatura invada o trailer, mas lhe dará algum tempo.
Lily se afasta da porta, bem abaixada para não ser vista pelas pequenas janelinhas de vidros quebrados. Ao chegar na parte traseira, abre o saco e retira os objetos.
Estão surpreendentemente conservados: o couro das luvas e as tiras para prendê-las nos pulsos ainda flexíveis e resistentes, as lâminas tão afiadas que, ao tocar uma com o polegar, ela se corta.
Vá em frente...

—A—
CRIATURA
ANDREW PYPER

CAPÍTULO 49

Ela começa com os dentes. É preciso tentar algumas vezes para perceber que não deslizam, e sim se encaixam sobre seus próprios dentes, até que se prendem firmemente, com um clique, nos molares. Ela coloca uma das luvas na mão esquerda, que não está inchada. Serve perfeitamente, o couro confortável e macio.

Há um pedaço de espelho na parede do banheiro, e ela vai até lá para examinar seu rosto.

Sua aparência está ótima. Está igual a sua mãe.

Algo se choca contra o lado de fora do trailer. A estrutura geme, tremendo em seus pilares.

Está aqui. O demônio de Peter Farkas. O sr. Hyde. Mas Michael também está aqui. A voz dele encontra uma forma de alcançá-la.

Já consegue ver o que você é, Lily? Vê o que você fez?

Ela aguarda outro choque contra o trailer. Em vez disso, o monstro arrasta suas garras ao longo da parede, até a porta.

Sua mãe tentou curá-la. Você se lembra? Os chás e caldos que ela fazia você tomar? As estranhas canções? Algumas eram canções de ninar. Mas outras eram salmos, encantamentos. Ela tentou expulsar o sobrenatural de sua alma e manter você humana.

Cambaleando, Lily sai do banheiro. De repente, o guincho metálico para. Ela sente o gosto das colheradas amargas que sua mãe lhe dava, dizendo que era sopa, ainda que Lily soubesse que não se tratava disso. E as palavras que sua mãe murmurava enquanto Lily engasgava e engolia — eram um feitiço. Era uma luz que tentava expulsar a escuridão que havia nela.

Mas você não queria que a escuridão fosse embora, não é? Não por completo. Você queria ser a filha de seu pai. Então o que você fez para impedi-la, Lily?

Do lado de fora do trailer, o monstro grunhe. O som satisfeito de um animal que sabe que sua presa está encurralada.

A mente de Lily está tomada pelo sonho do sangue, a memória de estar, aos seis anos, ajoelhada sobre o corpo. Foi ela. Acertou uma bala no peito de sua mãe, com a Remington que ela mesma ensinara Lily a usar.

"Não!"

Era para ser apenas um aviso para que sua mãe parasse de tentar mudar quem ela era. Ela era uma criança que estava descobrindo que não era apenas uma criança, não era como todas as outras pessoas do mundo, e isso a assustava. Mas também a excitava.

"*Não!*"

Ela vê os olhos de sua mãe, arregalados, diante dela.

"*Por favor, querida!* NÃO!"

Lily puxa o gatilho. E então, para ter certeza de que estava terminado, para fazer com que sua mãe parasse de olhar para ela, ela toma em suas pequenas mãos a faca de caça e ataca.

Quando entrei, o corpo de Alison estava no chão. Entendi o que havia acontecido, podia ver em seu rosto. Então deixei a criatura dentro de mim se mostrar. Dilacerei o corpo de Alison, apesar de ela já estar morta. Para parecer que um urso havia feito aquilo. E você? Sua cabeça despontou no corredor. E você ficou olhando.

As garras batem repetidamente na carcaça metálica do trailer. Milhares de unhadas atravessando e puxando o metal, até que a parede fica esburacada como um ralador de queijo.

Eu a protegi da verdade, Lily. Fiz com que parecesse que eu cometera aquilo — fiz com que visse um monstro e levei você para muito longe. Você era uma criança. Minha única filha. Mas chegou a hora de ver o que você fez. O que você é.

"Pare", murmura Lily.

Chegou a hora de eu lhe dar o presente pelo qual você veio até aqui.

O monstro engancha uma das garras no buraco onde ficava a fechadura e puxa. A porta range, mas a corda aguenta.

Lily luta contra a vontade de vomitar. Ela continua encostada na parede, de modo que a criatura terá de arrancar a porta e subir o primeiro degrau antes de vê-la.

"Minha querida garotinha."

A voz está a cerca de meio metro, do outro lado da fina porta de metal do trailer.

"Você está pronta?"

Sim. Você está pronta, diz a voz interior de Lily. *Mostre a ele como você está pronta.*

Uma segunda garra entra pelo buraco, apertando com mais força, de modo que a ponta das lâminas se enterra no metal. Puxa para trás.

O cano embaixo da pia sente o puxão da corda e aguenta por um quarto de segundo antes de arrebentar, com a porta sendo arrancada das dobradiças.

Às cegas, Lily ataca com a mão esquerda. Ela só tem certeza de ter acertado depois de ver três das cinco lâminas brilhando com sangue.

O monstro está aqui.

A coisa olha para seu peito, enquanto Lily se afasta. Passa pela pia e vai até o banco que se transforma em cama.

A criatura olha para ela. Os lábios arreganhados, mostrando os dentes e rosnando.

"Você me *feriu*."

O monstro entra no trailer, ocupando toda a estreita entrada. Começa a andar na direção de Lily.

"Não é algo bonito para se fazer com seu querido pai, é?"

Lily pode ouvir o *chuik-chuik* de suas garras enquanto elas cortam o ar.

Ela se ajoelha. Não há para onde correr, as janelas são estreitas demais para que passe por elas. Não importa. Ela não quer fugir. Um novo poder se assoma dentro dela, a vida pulsante do próprio horror.

"Nada bonito de se fazer... "

A coisa chuta Lily. A ponta do seu pé atinge em cheio o peito dela. Ela é jogada contra o banco e bate a cabeça na ponta. O golpe quase a faz desmaiar. Ela luta para permanecer consciente, sente-se nadando para chegar à superfície, como se tivesse sido derrubada por uma enorme onda.

A criatura a chuta de novo.

Está tentando fazer você deitar no chão, diz sua voz interior. *Quer que desista de lutar para eviscerar você como um peixe.*

Lily não consegue ver nenhuma forma de evitar isso. Ela se apoia contra o banco, as pernas esticadas a sua frente. Sente seus olhos rodando. Por isso, quando o monstro aproxima seu rosto do dela, ela tem apenas vislumbres daquela face, como se estivesse em um carrossel e só a visse uma vez a cada volta.

"Não sei o que Michael viu em você", diz o monstro.

Seus olhos são como os de um morto. Ele leva as garras de sua mão direita lentamente à pele macia do pescoço dela.

"Mas eu gostaria de ver parte disso por minha conta."

Lily tenta apenas bloquear o braço da criatura com o seu, mas, enquanto balança furiosamente sua mão direita, ela toca algo diferente. Um rasgão audível, molhado e espesso, provocado pelas longas lâminas de sua luva ao agarrarem a pele da criatura e provocarem um corte ao longo de sua garganta. Há uma pausa, um momento alongado de silêncio, antes que uma espuma quente jorre do pescoço do monstro, seguida de outro jato, e outro. A vida dele se esvaindo ao ritmo constante de seu coração.

A criatura vê o que Lily fez. Seus olhos negros se voltam para a poça de si própria que se forma em torno de seus pés.

O monstro a ataca com suas garras e corta seu peito. Lily grita com a dor, mas sente que o ferimento não é profundo. Ela tem outra chance. Uma única chance.

Desta vez, ela usa seus dentes.

Seja por falta de equilíbrio, seja porque não esperava que ela o atacasse dessa forma, o monstro não se defende. Ela morde com força o ferimento aberto no pescoço dele. O sangue jorra em sua boca, e ela engole, e engole.

Ele se debate, mas ela não o solta. Pode sentir as garras batendo e dilacerando as costas de seu casaco, mas não conseguirão se cravar em sua pele, desde que ela mantenha esse abraço, que ela aperte seus dentes cada vez mais.

Lily mensura a morte da criatura pelo aumento de sua fraqueza. Os golpes nas costas dela, cada vez mais fracos. Seus dentes se aquietando. Por fim, um tremor e a imobilidade.

Lily cospe o que resta do fluido em sua boca. Mais uma vez, acha que vai vomitar, mas então seu estômago se acalma. É como se acabasse de ingerir um consomê fortificante, que a reconforta e aquece, não o grude escarlate que se espalha pelo chão.

Uma nova força a faz ficar de pé. Ela olha para o corpo da criatura. É Hyde ou Michael? Os olhos estão abertos e vazios, os lábios apertados contra os dentes de prata. Parte daqueles traços pertence a seu pai, parte à coisa antiga que vivia dentro dele. O que ela sabe é que, seja lá o que for, está morto.

Lily retira os dentes de sua boca e os guarda no bolso do casaco. Embrulha as luvas com garras em uma bolsa de lona que encontra embaixo da pia e a amarra com um pedaço da corda que havia usado para prender a porta.

Ela pensa em retirar o corpo do trailer e escondê-lo. A polícia vai encontrar tudo isso no devido tempo. Já devem estar em Faro, examinando Jim Hurst e concluindo que não fora um urso. Depois vão encontrar Will e esse homem no trailer, nenhum deles imediatamente identificável. O tipo de mistério que os levará a chamar gente de fora para ajudar.

É coisa demais para pensar agora. O frio a preocupa mais do que a polícia. É preciso chegar à estrada.

Mas ela ainda se demora o suficiente para encontrar o diário.

O botão do bolso do casaco onde ele estava devia ter aberto enquanto eles lutavam, e agora a ponta de sua capa de couro aparece, o cordão grosso que o amarrava estendido sobre seu peito como uma cobra.

Lily pega o diário. Ela enrola o cordão com força, e as páginas se amarrotam, com um som que lembra um aplauso distante. Cabe tão direitinho no bolso de sua jaqueta como havia se encaixado no casaco dele.

Começa a andar pela trilha. Quanto ainda resta de luz do dia? Ela está tão desorientada devido aos acontecimentos dos últimos minutos que é impossível adivinhar. Duas horas? Três? Tudo o que pode fazer é seguir o estreito vão entre as árvores.

Passado algum tempo, ela chega ao local do acidente.

O Jeep Cherokee que a criatura havia conduzido até aqui esmagado contra a traseira da picape dela, inutilizando ambos.

Lily continua andando.

Ele permitiu que você o fizesse, diz sua voz interior. *Não a criatura dentro dele, não Hyde, mas a outra parte. Michael.*

Agora que ouve isso, ela não consegue ver outra explicação. Era impossível que fosse ela a sair viva dali. Era esse o plano dele desde que cometeu o crime que o enviara ao Kirby. *Talvez você possa me ajudar com a questão do meu nome.* Ele a havia ameaçado, perseguido, assassinado diante dela, de modo que, ao chegar a hora, ela se defendesse com tudo o que possuía. Tudo o que estava dentro dela e que pertencia a ele, mas que ela precisava descobrir por si própria.

Ele queria que você engolisse o sangue dele.

Lily se lembra de algo de um dos livros que havia lido. O que Stoker colocara na boca de seu vampiro.

O sangue é a vida! O sangue é a vida!

E realmente é.

—A—
CRIATURA
ANDREW PYPER

CAPÍTULO 50

É quase noite quando Lily sai da floresta. Ela sobe a vala engatinhando e desaba no meio da estrada. Se puder descansar um pouco ali, ela conseguirá reunir forças para andar mais alguns quilômetros. É o que diz a si mesma.

Você fez isso. Você matou sua própria mãe. Foi você.

Ela mantém os olhos na estrada, que se eleva progressivamente ao norte. O frio a deixa sonolenta. Ela luta contra isso olhando para o horizonte.

A estrada, as árvores.

O cavalo.

Um garanhão emerge da floresta, a uns duzentos metros à frente. Seu couro é mais branco que a camada de neve recém-caída sobre a qual ele está. Ele se destaca do entorno, como se envolto em nuvens.

O animal para no meio da estrada e olha para ela.

Se é uma alucinação, ela poderia fechar seus olhos que, ao abri-los de novo, ele teria desaparecido. Mas quando os fecha e reabre, o animal continua ali.

Lily ergue o braço e acena para ele, chamando-o. *Volte!*

O cavalo atravessa a estrada e entra na floresta do lado oposto ao que veio. O rosto dela toca o asfalto, o sono puxando-a para baixo.

Acabou. Ela está morrendo, mas está tudo bem. Michael se foi. O bebê. Will. Sua mãe. Ninguém para quem voltar, ninguém para quem ser devolvida.

Antes que suas lágrimas congelem, cerrando seus olhos, ela vê o caminhão se aproximando. O veículo desacelera e para perto dela. Lily vê rolos de arame e um elevador aéreo na parte traseira. É da companhia elétrica. Ela já viu esses caminhões por aqui, o elevador servindo para erguer os operários até as torres de eletricidade. A porta do motorista se abre, e o condutor desce.

O homem se aproxima dela. Seus ferimentos estão cicatrizando enquanto ela está deitada ali, um formigamento pruriginoso, como se uma equipe de formigas invisíveis estivesse puxando, costurando e suavizando sua pele.

Ele se inclina sobre Lily. Ele cheira a cobre.

"O que aconteceu com você?"

"Havia um homem..." Lily até responde, mas deixa sua voz morrer quando se dá conta de que é impossível dizer a verdade.

"Você está ferida?"

"Acho que estou sangrando."

"É melhor você entrar no caminhão. Consegue fazer isso sozinha?"

"Acho que não."

Ele a recolhe em seus braços. Sentir aqueles músculos em suas costas é agradável. Agora que está mais próxima, ela pode sentir o cheiro de café e a doçura de um *donut* no hálito dele.

O motorista coloca Lily no banco do carona e fecha a porta. Vai até o outro lado. Ela observa os movimentos deliberados dele e percebe que é alguém que pensa em etapas. Ajeitar corretamente o ângulo da escada, assegurar-se de que a linha está aterrada, conectar o novo cabo. Exceto que, agora, ele está trabalhando em outro processo. Colocar a mulher no caminhão, dirigir até o hospital em Fairbanks, mantê-la acordada.

Não vão descobrir nada até a primavera se você fizer isso agora.

Ela sente o diário pressionando-a em seu lado esquerdo, como um animalzinho buscando proteção. Mais tarde, ela terá anotações a fazer. O fim da história dele. O começo da sua.

"Você se cortou em algum lugar?", pergunta o motorista. "Você levou um tiro?"

"Não. Não estou ferida. Apenas... assustada."

"Bem, agora está tudo certo. Você está a salvo, não é?"

Lily toca o bolso direito do seu casaco e sente os dentes de prata. As pontas afiadas pegajosas e lisas.

O motorista evita olhar para ela. Lily pode sentir a preocupação dele, o medo de que ela morra no caminhão. Ela também consegue ouvir algo mais. O coração dele. Batendo forte, cada vez mais alto.

"Você quer ouvir rádio?", pergunta ele.

"Claro."

Ele liga. Música country, exatamente como quando ela foi recolhida por um homem em um caminhão, nessa mesma estrada, quando tinha seis anos. Desta vez, não é Randy Travis, e sim Ronnie Milsap. A canção é "There's No Getting Over Me", ou "Não há como me esquecer".

O motorista aumenta o volume, mas Lily mal consegue ouvir a música. Há apenas o coração do homem, a ensurdecedora passagem do sangue pelo pescoço. Ela desliza os dedos pela abertura de seus dentes de prata. Os olhos do motorista estão fixos na estrada à frente.

Well you can say that you need to be free
But there ain't no place that I won't be...
ou
Você pode dizer que quer liberdade
Mas eu estarei por toda parte...

Não há nada em sua mente, nem um som, nem uma voz, nem um pensamento. A vida morna dentro dele, ciciante, pulsante. Tão perto, tão disponível que é como se estivesse ali somente para ela. Um presente.

FIM

AGRADECIMENTOS

Em primeiro lugar, agradeço a guardiã da minha ideia inicial e esposa incrível, Heidi Rittenhouse, a melhor parceira em tudo que um homem jamais poderia sonhar, e a Maude e a Ford, crianças que confirmam nosso amor e nossa boa fortuna todos os dias.

Eu diria por que estas pessoas a seguir merecem agradecimentos, mas estou tentando salvar uma ou duas árvores e, de todo modo, elas já sabem: Nita Pronovost, Emily Graff, Jonathan Karp, Marysue Rucci, Kevin Hanson, Anne McDermid, Howard Sanders, Jason Richman, Martha Webb, Chris Bucci, Monica Pacheco, Peter Robinson, Jon Wood, Jemima Forrester, Ben Willis, Amy Prentice, Craig Davidson, Peter McGuigan, Stephanie Cabot, Dominick Montalto, Steven Hayward, Mike Edmonds e Sarah Knight.

A pesquisa para *A Criatura* levou-me para lá e para cá, tanto fisicamente como através dos livros. Nesse último caso, uma menção especial deve ser feita a estes excepcionais textos e biografias: *Robert Louis Stevenson*, de Claire Harman; *Mary Shelley*, de Muriel Spark; *The Poet and the Vampyre*, de Andrew McConnell Stott; e *Who Was Dracula?*, de Jim Steinmeyer.

ANDREW PIPER é autor de oito romances, entre eles *O Demonologista* (DarkSide® Books, 2015), primeiro lugar na lista de mais vendidos na sua terra natal, o Canadá, e *Os Condenados* (DarkSide® Books, 2016). Seus outros trabalhos incluem *Lost Girls* (ganhador do Arthur Ellis Award e na lista de mais vendidos do *New York Times*), *The Killing Circle* (Romance Policial do Ano do *New York Times*) e *The Guardians* (Melhor Livro do *Globe and Mail*). *O Demonologista* está atualmente sendo transformado em um filme pelo produtor e diretor ganhador do Oscar Robert Zemeckis, com a Universal Pictures. Ele vive em Toronto. Saiba mais em andrewpyper.com.

Mas o problema de fracassar não é morte: é ficar como ele,
criatura asquerosa da noite, sem coração e sem consciência,
predador dos corpos e das almas daqueles que mais amamos.
Se portões do céu se fecham para sempre, quem os abre novamente?

— *DRÁCULA*, DE BRAM STOKER —

DARKSIDEBOOKS.COM